dtv

premium

Ramiro Pinilla

Nur ein Toter mehr

Roman

Aus dem Spanischen von
Stefanie Gerhold

Deutscher Taschenbuch Verlag

Von Ramiro Pinilla
ist im Deutschen Taschenbuch Verlag erschienen:
Der Feigenbaum (24660)

FSC
www.fsc.org
MIX
Papier aus verantwortungsvollen Quellen
FSC® C006701

Deutsche Erstausgabe 2012
Deutscher Taschenbuch Verlag GmbH & Co. KG,
München

Titel der spanischen Originalausgabe:
›Sólo un muerto más‹
(Tusquets Editores S. A., Barcelona 2009)

Umschlagkonzept: Balk & Brumshagen
Umschlaggestaltung: Wildes Blut, Atelier für Gestaltung,
Stephanie Weischer unter Verwendung von Fotos
von Trevillion Images/Valentino Sani und
plainpicture/Arcangel
Satz: Greiner & Reichel, Köln
Gesetzt aus der Janson 10,25/13,5˙
Druck und Bindung: CPI – Ebner & Spiegel, Ulm
Gedruckt auf säurefreiem, chlorfrei gebleichtem Papier
Printed in Germany · ISBN 978-3-423-24911-9

In Erinnerung an Romo P. Gircas

›*Misterio de la pensión Florrie*‹

(1944)

1 Ein alter Fall für einen neuen Detektiv

Mit schweren Schritten schleppe ich mich den Strand runter zum Meer, in der Hand das Päckchen, das ich gerade von der Post in Algorta geholt habe. Darin ist mein neuester Roman, dem dasselbe Los beschieden ist wie meinen vorherigen: Der Verlag hat ihn abgelehnt. Das ist mein letzter Versuch gewesen, definitiv. Sechzehn Mal habe ich in den letzten Jahren oben auf die erste Seite »Erstes Kapitel« geschrieben, sechzehn Mal habe ich irgendwann feierlich den Schlusspunkt gesetzt – und genauso oft ist das fertige Manuskript abgelehnt worden. So viele Rückschläge sollten als Beweis reichen, dass ich kein Talent fürs Schreiben habe.

Die Wellen branden träge gegen den Strand von Arrigunaga. Das Einzige, was nicht zu der friedlichen Stimmung passt, ist meine Aufgewühltheit. Trübsinnig sehe ich mich nach einem schweren Stein um, der geeignet wäre, dem Päckchen ein Ende zu bereiten, und mit ihm meinen Ambitionen, *den* Krimi schlechthin zu schreiben. Wie Whisky Soda hätte er funkeln sollen, mit solch brillanten Sätzen wie: *Einer muss bleiben, um die Toten zu zählen; In dem Kinnhaken, den ich ihm verpasste, lag die ganze Wucht meiner fünfundneunzig Kilo;* oder *Der Tote war ein schlanker junger Mann, der bis dahin gar nicht mal so schlecht ausgesehen hatte.* Ach, von welch stilistischer Eleganz sind die Meisterwerke eines Hammett, Chandler, Cain, Himes, Ambler und wie sie alle heißen. Und was habe ich dagegen verfasst? Die Antwort darauf erspare ich mir lieber. Wie viele Jahre versuche ich nun schon, die Großmeister des Genres nachzuahmen, mache die Nacht zum Tag, um ihre Bücher vorwärts und rückwärts zu lesen, sage mir beim Einschlafen immer wieder ihre geschliffenen Sätze vor … Umsonst: Von ihrer Virtuosität hat nichts auf mich abgefärbt. Ihre Sätze pulsieren – während meine dröge Kopfgeburten sind. Und diese letzten Zeilen sind nur nicht völlig missglückt, weil ich darin die Namen meiner Idole eingeflochten habe, ein Mittel, zu dem ich im Übrigen nicht das erste Mal gegriffen habe, ja ich war sogar schon mal kurz versucht gewesen, eine meiner Romanfiguren Chandler oder Cain zu taufen, um vom magischen Klang des Namens zu profitieren, habe es dann aber aus einem letzten Rest an Anstand doch sein lassen.

Endlich habe ich einen brauchbaren Stein gefunden. Aus der Hosentasche ziehe ich eine Schnur, mit der ich ihn auf dem Päckchen festbinde. Gleich werde ich es weit von mir schleudern, und nachdem es eine traurige Flugbahn beschrieben hat, wird es sein ewiges Grab in den dunklen Fluten finden und damit meiner Starrköpfigkeit ein Ende setzen. Der Packen Papier ist ganz schön dick. Meinen Hang zu ausufernden Sätzen kann ich mir wohl nicht abgewöhnen. Meine Meister brauchen für ihre fesselnden Geschichten gerade mal zweihundertfünfzig bis dreihundert Seiten, sobald ich aber versuche, mich kurz zu fassen, verkümmert mein Text zum Telegramm.

Das Bündel in meiner rechten Hand, hole ich wie ein Diskuswerfer aus – da bleibt mein Blick an einem Felsblock am Ende des Strands hängen, den die Ebbe freigelegt hat. An seiner zum Meer hin gewandten Seite befindet sich ein dicker Metallring, an den vor Jahren jemand die Altube-Zwillinge festkettete, damit sie mit dem Einsetzen der Flut ertränken. Es starben jedoch nicht alle beide. Eladio kam gerade noch einmal mit dem Leben davon, wenn auch nur knapp: Als Antimo Zalla mit seiner Eisensäge anrückte, reichte ihm das Wasser schon bis zu den Augen, und aus Mund und Nase stiegen die Luftblasen eines Ertrinkenden auf … *die Luftblasen eines Ertrinkenden* … hm … das klingt echt gut … Seine Rettung hatte er allerdings nur dem Umstand zu verdanken, dass Lucio Etxe an jenem Morgen am Strand verzweifelte Schreie hörte, die die letzten des nach Luft ringenden Zwillings hätten sein können: »Hilfe! Holt mi … raus!!« Das heißt, noch waren die Wellen nicht hoch, sondern gewissermaßen nur die Vorboten der steigenden Flut, doch sie schlugen Eladio schon ins Gesicht, sodass er jedes Mal eine gehörige Portion Wasser schluckte … Hey, das ist gar nicht mal so übel … na ja, die anschließende Erklärung könnte man vielleicht weglassen … Das Verbrechen riss Getxo damals jedenfalls aus seiner Lethargie. *Riss Getxo aus seiner Lethargie:* Oh, là, là, Sancho, das hat ja richtig Ausdruckskraft, das hätte sogar Hammett schreiben können! Erstaunlich, dass mir auf einmal solche Sätze einfallen, und das ausgerechnet in dem Moment, da ich meine schriftstellerischen Ambitionen für immer zu Grabe tragen wollte …

Unentschlossen blicke ich aufs Meer hinaus. Tatsächlich ist es nicht leicht, mit einem so lange gehegten Wunschtraum auf so grausame Weise Schluss zu machen. Auch wenn ich weiß, dass Koldobike mich in der Buchhandlung mit einem Ausruf der Erleichterung empfangen wird: »Na, Gott sei Dank bist du zur Vernunft gekommen, das wurde ja auch Zeit! Jetzt kannst du Narr dir endlich eine Frau suchen.« Meine Hand umfasst wieder resolut den Packen Papier, denn die letzten paar Sätze haben eindeutig wenig nach

Chandler, Hammett oder Cain geklungen, sondern viel zu sehr nach mir.

In letzter Zeit hat sich meine Angestellte immer öfter unmissverständlich über meine Geschichten ausgelassen. »Es tut mir wirklich leid, Sancho, aber deine Plots sind einfach völlig an den Haaren herbeigezogen. Denk nur mal an den von den Kindesentführern, die ihre Geiseln vertauschen. Als ein Vater protestiert, das sei nicht sein Sohn, flucht der eine: ›Verdammt, hat James schon wieder nicht aufgepasst! Dann holen Sie Ihren Knirps eben in der Soundso Street. Dort hat einer auch einen falschen losgekauft.‹«

Das gehört zu meinem neunten Krimi, in dem zwei Elternpaare einmal quer durch ganz New York fahren müssen, um ihre Sprösslinge wiederzubekommen. Er endet damit, dass Samuel Esparta – mein Privatdetektiv, den ich nach Sam Spade benannt habe – die Kidnapper dabei ertappt, wie sie gerade ein kleines Kind in einem Karussell »ausleihen«.

Auch über den zwölften hat Koldobike sich mokiert. »Hat man schon mal so was Wirres gehört! Nachdem eine Frau Samuel damit beauftragt hat, ihren Ehemann zu beschatten, verschwindet sie plötzlich spurlos, worauf dein Detektiv nichts Besseres zu tun hat, als von ihrem Gatten sein Tageshonorar von fünfundzwanzig Dollar zuzüglich Spesen einzufordern. Der schnaubt zuerst wie ein Stier, setzt Samuel dann aber selbst auf seine Frau und deren Liebhaber an, Letzterer fängt zeitgleich aber etwas mit der Geliebten des Ehemanns an, beide misstrauen einander natürlich, sodass sie den jeweils anderen ebenfalls von deinem Helden überwachen lassen. Und um das Maß vollzumachen, taucht die Ehefrau plötzlich wieder aus der Versenkung auf und bittet Samuel, nun allen dreien hinterherzuspionieren, also ihrem Gatten, dessen Geliebter und ihrem eigenen Liebhaber. Samuel weigert sich zunächst, weil sie ihm etliche Arbeitstage zu fünfundzwanzig Dollar zuzüglich Spesen schulde, woraufhin sie giftet, er sei ein fürchterlicher Federfuchser, schließlich aber doch zahlt. Das bringt Samuel vollends in die Bredouille, da er nicht mehr weiß, welchem seiner vielen Auftraggeber er was erzählen kann. Und wie holst du ihn da wieder raus? Indem du den Ehemann ermorden lässt! Da niemand deinen Detektiv mit der Suche nach dem Mörder beauftragt, folgert er daraus, dass die drei ihn gemeinsam umgebracht haben, und damit ist der Fall für ihn erledigt. Also echt, Sancho!«

Behagt hat es Koldobike wahrscheinlich nicht, meine Krimis so zu verhackstücken, dennoch predigte sie mir bei jeder Ablehnung aufs Neue, dass meine Geschichten einfach keine glaubwürdigen Plots hätten. Deshalb wird sie sich bestimmt freuen, wenn ich ihr meinen Entschluss mitteile, das Schreiben ein für alle Mal sein zu lassen, weil ich endlich kapiert habe, dass es mir an Vorstellungsgabe fehlt.

Noch immer kann ich meinen Blick nicht von dem Felsen abwenden. Den Ring kann ich von hier aus zwar noch nicht sehen – *noch nicht*, weil ich nun direkt auf das Ende des Strands zusteuere, in der Hand mein fest verschnürtes Manuskript –, doch ist er gewiss noch da, denn mir ist nicht bekannt, dass irgendwer oder gar die Wucht der Flut ihn in all den Jahren herausgerissen hätte. Félix Apraiz hat ihn vor vielen, vielen Jahren dort für seine Reusen einzementiert. Seither heißt er bei uns nur »der Felsen von Félix«. So als hätte der Fischer ihn damit käuflich erworben, als wäre es ausschließlich seiner: Kein anderer aus Getxo hat jedenfalls danach auch nur im Traum daran gedacht, seine eigenen Netze an diesen Ring zu binden, so praktisch das auch gewesen wäre.

Obwohl ... so ganz stimmt das nicht, dass niemand sich jemals des Rings bemächtigt hätte: Die dreisten Altube-Zwillinge befestigten immer ihre eigenen Reusen daran, sobald Félix Apraiz auf hoher See fischte, ja in Getxo wurde sogar gemunkelt, dass sie sie auch neben die des Felsenbesitzers gehängt hätten und wieder einholten, bevor er an den Strand kam, das heißt, gleich mit Einsetzen der nächsten Ebbe. Hatten sie sich mit dem Fang in ihren eigenen Reusen begnügt? Oder hatten sie sich auch Apraiz' Fische unter den Nagel gerissen? ... Hm, das macht ihn natürlich der Tat verdächtig ... Er ist allerdings nicht der Einzige, der ein Motiv gehabt hätte, es den skrupellosen Brüdern heimzuzahlen.

Das Verbrechen ereignete sich 1935, und vermutlich hängt die Tatsache, dass Polizei und Untersuchungsrichter sich damals kein Bein ausrissen – zwei, drei fruchtlose Verhöre, und das war's –, damit zusammen, dass der Mord keinen politischen Hintergrund hatte. Weshalb der Täter noch heute, zehn Jahre danach, mitten unter uns lebt! Warum haben wir alle, ich eingeschlossen, dieses ungeklärte Verbrechen bloß so viele Jahre vergessen? »Bei den hohen Verlusten kommt es für die Basken auf einen Toten mehr oder weniger auch nicht mehr an«, hätte Franco erklärt, würde man ihn dazu befragen. Und er hätte recht: Aufgrund des Bürgerkriegs und der anschließenden Repression haben wir viel zu viele Tote zu betrauern, als dass es uns heute noch interessiert, wer vor einem Jahrzehnt einen Menschen ermordet hat, der uns von jeher ein Dorn im Auge gewesen ist. Zwar war Leonardo der Sohn des unbescholtenen Roque Altube, doch waren er und sein Bruder die schwarzen Schafe der Familie und schon in jungen Jahren durch ihre Gaunereien in Verruf geraten ...

Voller Elan stapfe ich weiter durch den Sand. Er ist nicht fein und hell, sondern dunkel und grobkörnig wegen der Hochofenschlacke, die von den Kuttern der Hüttenwerke im offenen Meer entsorgt und von der Strömung wieder an den Strand gespült wird. Sie enthält kleine Brocken Koks, die mittellose Familien aufsammeln, um damit ihre Öfen zu befeuern – und die Eladio und Leonardo in einem unbeobachteten Moment stahlen. Ja, die Altube-Brüder waren wahrlich Blutsauger … *Blutsauger:* Der Ausdruck gefällt mir, er bringt den Charakter der beiden Gauner auf den Punkt … wirklich erstaunlich, dass mir auf einmal solch treffende Formulierungen einfallen, zu schade, dass ich keinen Stift dabeihabe und das alles nur im Kopf fabuliere, sonst hätte ich es nachher Koldobike vorlesen können. Der neue Ton wäre ihr sicher sofort aufgefallen, ja, ganz bestimmt.

Während die belebende Meeresluft meine Lungenflügel aufbläht, erinnert mich das Päckchen in meiner Hand plötzlich wieder daran, warum ich an den Strand gekommen bin. Passagen des Schunds kommen mir wieder in den Sinn. Warum kasteie ich mich selbst mit diesen Gedanken? … In seinem Büro in Los Angeles erhält Samuel Esparta einen anonymen Brief mit der Aufforderung, sich in einer gewissen Villa einzufinden, »in der in den folgenden vier Tagen ein Verbrechen geschehen wird«. Für den Fall, dass er den Mörder finde, stellt der Schreiber ihm eine erkleckliche Summe Dollars in Aussicht. »Mich laust der Affe!«, ruft mein Held überrascht. Ja, mit solch lächerlich klingenden Stilpatzern habe ich meine Geschichten immer kaputt gemacht: Nur ein Dilettant wie ich legt einem hartgesottenen Privatdetektiv, der von Schlägereien über Schusswechsel, Messerstechereien bis hin zu Morden schon alles gesehen hat, ein »Mich laust der Affe!« in den Mund. Und es war ja nicht nur der eine oder andere ungeschickte Ausdruck, nein, auch das ganze Handlungsgerüst habe ich stets verkorkst. Koldobike hat das schon vor langer Zeit erkannt, wohingegen ich erst jetzt … wenn ich nur daran denke, dreht sich mir der Magen um … Jedenfalls ist noch niemand tot, als Samuel in der Villa eintrifft. Statt den potenziellen Mörder zu suchen, macht er sich gleich daran, seinen Auftraggeber in der illustren Gesellschaft ausfindig zu machen, die aus der Familie Baxter sowie zahlreichen Gästen besteht. Er mustert Gesichter, lauscht aufmerksam selbst den langweiligsten Unterhaltungen, verfolgt jede einzelne Bewegung des bunten Völkchens, das durch die Salons flaniert, denn er ahnt, dass derjenige, der ihm den Brief geschrieben hat, das Mordopfer sein wird. Als er ein Augenpaar auf sich gerichtet spürt, tritt er einmal sogar die Flucht nach vorn an: »Sind Sie der Hellseher?« Worauf der Angesprochene ihm mit einem »Mich wundert, was Sie hier verloren haben, ganz ohne Frack!« grummelnd den Rücken kehrt.

Samuel will sein Honorar, solange sein Auftraggeber noch am Leben ist. Die Frage ist nur: Wird er ihn rechtzeitig finden, bevor der Mörder zur Tat schreitet? Vier Tage und vier Nächte lang stellt er Gästen und Familienmitgliedern scheinbar harmlose Fragen, liest klammheimlich Briefe und Tagebücher, blickt hinter Gemälde, durchwühlt Blumentöpfe, fischt zerknüllte Zettel aus Aschenbechern und folgt vornehmen Damen bis zur Toilettentür: Ja, er arbeitet hart, und er will dafür seinen Lohn. Den er natürlich auch bekommt: Auf seiner letzten nächtlichen Runde hört er auf einmal katzenpfötchenleise Schritte. Er schleicht ihnen nach und erblickt, gerade noch rechtzeitig, den Schatten eines Arms, der mit einem bronzenen Kerzenleuchter der Patriarchin den Schädel einschlagen will, die in einem Sessel döst. »Sie hat also den Brief geschrieben!«, fährt es Samuel durch den Kopf, während er den Täter ausknockt und der Großmutter so das Leben rettet. An Ort und Stelle fordert er sogleich sein Honorar (aufgrund der guten Versorgung während des ausschweifenden Fests natürlich ohne Spesen), worauf sie meinem Helden einen Scheck über hundert Dollar ausstellt.

In der Zwischenzeit ist auch die Polizei eingetroffen und nimmt den Enkel – den die Großmutter enterbt hatte – wegen versuchten Mordes fest. Auf die interessierte Frage von Detective Inspector McCorman, wie er ihm auf die Schliche gekommen sei, antwortet Samuel: »Ich bin zugelassener Privatdetektiv und habe da meine ganz eigenen Methoden.«

Diese grandiose Geschichte befindet sich also in dem Päckchen, das ich gleich mit allergrößtem Vergnügen in die Fluten schleudern werde. Kurioserweise fühle ich mich dennoch wie neugeboren. Mehr oder weniger dürfte ich nun an der Stelle stehen, wo Lucio Etxe in jenen frühen Morgenstunden des Jahres 1935 Hilfeschreie vernahm. Obwohl er weit und breit niemanden sah, lief er sofort in die Richtung, aus der die abgehackten Schreie kamen, kletterte über die Steine zu der Klippe, wo er an der zum Meer hin gewandten Seite im Wasser einen Kopf erblickte, der mit schweren Ketten an Apraiz' Eisenring befestigt war. Noch mehr erschrak er jedoch, als er tief unter dem Ertrinkenden einen zweiten Kopf entdeckte, dem die steigende Flut schon keine Zeit mehr zum Atemholen ließ. Verzweifelt zerrte Etxe an den Ketten, doch Eladio schrie: »Das ist sinnlos! Hol … den … Schmied!«, wenn die anbrandenden Wellen sich kurz zurückzogen und er nach Luft schnappen konnte. Worauf Etxe losrannte, über den Strand, den Hügel bergan, hinauf nach Cuatro Caminos.

In Getxo hat man sich nie einigen können, wie lange er für den Weg zu Zallas Schmiede und zurück zu Eladio brauchte. Irgendeiner meinte zwar, dass jeder über eine Mauer springen könne, wenn ihm ein Stier auf den Fersen sei, dennoch glaubte man, dass Etxe für die Strecke mindestens zwanzig Minuten benötigt hatte. »Aber nur, wenn er an dem Tag nicht so lahmarschig war wie sonst«, hieß es damals und auch später noch am Kneipentresen von La Venta, und einige Frauen und nicht wenige Männer hielten es sowieso für ein Wunder, dass Eladio überlebt hatte.

Wie viele Minuten Antimo Zalla und sein Sohn für das Zersägen der Ketten brauchten und wen der Schmied zuerst befreite, Leonardo oder Eladio, bot ebenfalls Anlass zu Spekulationen. Die Mehrheit tippte auf Eladio, da der die größeren Überlebenschancen hatte, das heißt überhaupt welche; ob ihre Vorgehensweise nun logisch war oder nicht, interessierte die drei Männer in dem Moment aber sicher nicht im Geringsten, kämpften sie doch verbissen um das Leben zweier, wenn auch noch so unbeliebter Mitbürger.

Wahrscheinlich haben die zitternden Hände des Schmieds einfach impulsiv mit Eladios Kette begonnen. Aufgrund der Anspannung und der anbrandenden Wellen brachen fünf Sägeblätter (manche behaupten, es seien vier oder sechs gewesen), bis Zalla, sein Sohn Tomasón und Etxe den Zwilling an den Strand schleppen konnten, wo sie ihn abwechselnd von Mund zu Mund beatmeten. Irgendwann muss einem der drei dann eingefallen sein, dass der zweite Zwilling ja auch noch an den Ketten hing, woraufhin sie wieder auf die Klippe kletterten, den Toten aus seinem feuchten Grab zogen und ihn dann neben seinen Bruder legten, der einen Schwall Meerwasser nach dem anderen erbrach. Als dieser den toten Leonardo erblickte, seien in seinen Augen mehr Tränen als Wasser gewesen, erzählte Etxe später, er habe sich auf ihn gestürzt und ihn geschüttelt, damit er wieder lebendig würde.

Damit er wieder lebendig würde: Das gefällt mir! Unglaublich: Ich fabuliere ohne Feder und Papier, nur in meinem Kopf, doch ich erzähle eine Geschichte, daran besteht kein Zweifel. Oder sind das in meinem Kopf nur Spinnereien, die sich in Luft auflösen, sobald ich sie niederschreiben will? Die Feuerprobe für einen Schriftsteller ist bekanntlich die Übertragung seiner schöpferischen Gedanken auf Papier – und das Einzige, was ich auf Papier habe, ist der auf meiner Underwood getippte Schund in meiner rechten Hand. Trotzdem besteht das, was ich bisher gedanklich »geschrieben« habe, aus Worten, und ein Wort bleibt immer ein Wort, ganz gleich, ob es nun im Kopf oder auf Papier festgehalten wird! … Doch warum klingen die Sätze, die mir gerade durch den Kopf gehen, so viel besser als mein bisheriges Geschreibsel?

Die vier blieben bei dem Ertrunkenen, bis die ansteigende Flut sie dazu zwang, die Leiche weiter oben am Strand abzulegen. Daraufhin brummte der Schmied, man müsse die Obrigkeit verständigen. In der Stunde, die es sich hinzog, bis sein Sohn Tomasón mit Ermittlungsrichter, Arzt und Polizei zurückkam, konnten weder Zalla noch Etxe oder Eladio den Blick von Leonardos wachsbleichem Gesicht wenden …

Die anschließenden Ermittlungen der Polizei aus Bilbao führten dann allerdings zu keinem Ergebnis. Die Familien, die diskret dazu befragt wurden, erzählten darüber so wenig, dass man im Dorf allein auf Vermutungen angewiesen war. Das Einzige, was durchsickerte, war, dass die Polizei Félix Apraiz zweimal aufsuchte, was aber niemanden weiter wunderte, schließlich gehörte dem Fischer der Eisenring. Danach vergingen Wochen und Monate, in denen wir rein gar nichts erfuhren, nicht einmal, ob sie jemanden in Verdacht hatten. Und mit Ausbruch des Bürgerkrieges verliefen die Ermittlungen endgültig im Sand, und die Sache geriet auch bei uns in Vergessenheit …

So weit, so gut. Bis hierhin reicht die Geschichte, die ich im Kopf schreibe, mehr gibt meine Erinnerung einfach nicht her. Aber ich glaube, sie ist ziemlich gut. Dass ich das so klar beurteilen kann, ist sicher der ebenso unwiderruflichen wie schmerzhaften Tatsache geschuldet, dass ich meine bisherigen sechzehn Romane inzwischen für grottenschlecht halte.

Seither sind jedenfalls zehn Jahre vergangen. Wie Félix Apraiz und Lucio Etxe heute wohl darüber denken? Und Eladio Altube? Oder seine Eltern, Roque und Madia Altube, sowie die übrigen Geschwister, Cenobia, Anastasia, Pelayo und Aurelio? Ob es Don Manuel, dem Dorflehrer, manchmal noch in den Sinn kommt? Oder Efrén Baskardo, dem Großindustriellen, bei dem die Zwillinge als junge Burschen gearbeitet und den sie schamlos beklaut hatten? Und die anderen Einwohner von Getxo, die hin und wieder zum Baden oder Fischen an den Strand gehen: Erinnern sie sich daran, wenn ihnen der Eisenring ins Auge fällt? Ergreift sie dann vielleicht wie mich ein leichter Schauder, weil der, der den Mord begangen hat, noch immer unerkannt mitten unter uns lebt? Mein starker, geheimnisvoller Romananfang verdient wirklich eine Fortsetzung, und zudem braucht jede Geschichte ein Ende – und diese hat keines.

Der Roman in meiner Hand hingegen schon. »Was nichts taugt, runter vom Wagen!«, rufe ich, wie wir das in Getxo in solchen Fällen immer tun, und kreise meinen Arm wie einen Windradflügel. Und dann fliegt das Päckchen mit meinen pseudoliterarischen Ergüssen auch schon in hohem Bogen aufs offene Meer hinaus und taucht mit einem dumpfen Platsch ins Wasser.

Doch was nun? Eine Lebensphase wäre abgeschlossen, und das Mindeste, was mir das Schicksal jetzt gönnen müsste, wäre eine kleine Ruhepause, bevor ich etwas Neues ins Auge fassen kann. Ich lasse mich in den Sand fallen, und tatsächlich gelingt es mir, die Augen zu schließen und so nicht länger Apraiz' Felsen zu sehen und mir den Eisenring daran vorzustellen, den sicher schon der Rost zerfressen hat. Wie lange war ich dem Schreibwahn verfallen? Mein erstes Opus verfasste ich 1939 … das heißt, ich habe sechs ebenso glückliche wie verlorene Jahre damit zugebracht Meine Mutter wird jedenfalls froh sein, dass ich nicht mehr länger Schimären nachjage und auf den Boden der Wirklichkeit zurückgekehrt bin: »Endlich bist du zur Vernunft gekommen! Es ist wirklich besser, du kümmerst dich um deine Buchhandlung, davon kannst du zumindest leben.«

2 Beltza

Die Kirchenglocken von San Baskardo holen mich in die Realität zurück. Ich springe auf. Koldobike hat den Laden sicher schon zugesperrt.

Zwanzig Minuten später stehe ich vor meiner Buchhandlung und wühle in meinen Taschen nach dem Schlüssel. Als meine Finger nichts finden, greifen sie instinktiv nach der Klinke, drücken sie herunter – und begleitet vom Ding-Dong des Glöckchens öffnet sich die Glastür. Unter Koldobikes inquisitorischen Blicken gehe ich stumm nach hinten, wo ich mich an meinen kleinen Tisch setze und den Stapel Rechnungen zu sortieren beginne. Warum ist sie nicht essen gegangen?

»Ich habe eben noch am Telefon einen Navarro Villoslada verkauft«, höre ich ihre Stimme näher kommen. »Was ist mit dir los?«

»Machst du heute keinen Mittag?«, grummele ich, ohne aufzusehen.

»Wusste ich's doch!« Sie hat sich direkt vor mir aufgebaut. »Du hast irgendwas.«

»Woher willst du das schon wieder wissen?«

»Für so was habe ich einen Riecher.«

Hoppla, meine Angestellte ist wirklich nicht auf den Mund

gefallen. Warum habe ich bisher eigentlich nie auf ihre Ausdrucksweise geachtet? Klingt gar nicht mal so schlecht, was sie da von sich gibt.

»Wenn du es wirklich wüsstest, würdest du dich auf der Stelle in mich verlieben«, erwidere ich forsch und hebe den Kopf. Koldobike, die gerade in ihre rote Jacke schlüpfen will, hält mitten in der Bewegung inne. Ich genieße die verstreichenden Sekunden, ihren verdutzten Blick: Der jungen Frau hat es doch tatsächlich die Sprache verschlagen. Was wirklich äußerst selten vorkommt, wie ich in den letzten sechs Jahren feststellen musste.

Die Leute kaufen nicht sonderlich viele Bücher in Getxo; auf ihrer Werteskala belegen sie in etwa den Platz von Speckgrieben. Aber sie kaufen hier auch kaum Schuhe, Hemden oder Hosen. Sie gehen viel lieber im quirligen Bilbao einkaufen, das, obwohl dreizehn Kilometer entfernt, nach wie vor die baskische Handelsmetropole ist und unzählige Geschäfte hat, die alles bieten, was man zum Leben und zum Glücklichsein braucht. Gelesen wird in Getxo also kaum, und geschrieben noch viel weniger: Hier wohnt nur der ein oder andere Gelehrte, der gewichtige Werke über alte Burgen und Wehrtürme, Grabstelen oder die blutrünstigen Geschlechter der Jaunsolos oder Garzeas verfasst, und für solche Themen, so eng sie auch mit der Heimat verbunden sind, sind meine arbeitsamen Mitbürger nicht zu begeistern. Und an der Jesuitenuniversität, die die Sprösslinge einflussreicher Familien auf ihre künftigen Führungspositionen in Industrie und Handel vorbereitet, herrscht auch nicht gerade ein literaturfreudiges Klima.

Dennoch habe ich 1939 mitten in Getxo eine Buchhandlung eröffnet. Zu verdanken habe ich das meinem Onkel Anselmo, dem Bruder meiner Mutter. Vor gut zehn Jahren musste er die Mieter einer Wohnung, die er in Las Arenas besitzt, auf die Straße setzen. Sie hatten zwei Jahre lang die Miete nicht gezahlt, weshalb mein Onkel als Entschädigung ihre Möbel einbehielt, darunter vier schwere Truhen. Jeder, der in den folgenden Wochen deren Deckel anhob, weil er sich für das eine oder andere Möbelstück interessierte, schloss ihn allerdings gleich wieder und wandte sich den anderen Objekten zu. Kein Mensch wollte sie haben, und so bat Anselmo seine Schwester, sie bei uns auf dem Dachboden unterstellen zu dürfen. Meiner Mutter war es egal, was man ihr ins Haus trug – im Gegensatz zu mir, der ich damals gerade fünfzehn geworden war. Eines Tages schlich ich deshalb unbemerkt auf den Speicher hinauf, entriegelte das erste Schloss, hob den Deckel – und der Himmel tat sich mir auf: Bücher, nichts als Bücher lagen darin! In allen vier Truhen!

Meine Liebe zur Literatur war in der Schule geweckt worden. Don Manuel hatte uns nicht nur Blumen und Bäume bestimmen lassen und uns von Tieren und dem Leben berühmter Leute erzählt, sondern uns auch den ›Don Quijote‹ und ›Die Abenteuer des Odysseus‹ in Kinderausgaben zu lesen gegeben, und als ich mit vierzehn aus der Schule entlassen wurde, sagte er noch zu mir: »Vergiss nie deine Begeisterung für die Bücher.« In den vier Truhen hatte ich nun alle vor mir, die auf der Welt je geschrieben worden waren, zumindest glaubte ich das. Heimlich und bei Kerzenschein verschlang ich in den folgenden Monaten und Jahren ›Die Schatzinsel‹, ›Meuterei auf der Bounty‹, ›Onkel Toms Hütte‹, sämtliche Romane von Dickens sowie die Krimis von Rex Scout, Stanley Gardner und Ellery Queen, die ich sofort weglegte, als ich die Großmeister des Genres, Hammett und Chandler, entdeckte, mit solchen Meisterwerken wie ›Rote Ernte‹, ›Der gläserne Schlüssel‹, ›Der Fluch des

Hauses Dain‹, ›Der Malteser Falke‹ oder ›Erpresser schießen nicht‹.

Irgendwann kam mir meine Mutter dann jedoch auf die Schliche und gestand dem Pfarrer im Beichtstuhl, ihr Sohn würde in seiner Schlafkammer Teufelszeug verstecken, Romane und derart jugendgefährdende Schriften, worauf Don Pedro Sarria ihr auftrug, alle auf der Stelle zu verbrennen. Gerade noch rechtzeitig fiel mir da ein, dass mein Onkel vor Kurzem erst einen kleinen Laden in Algorta erworben hatte, der noch leer stand. »Bücher also«, brummte er, als ich ihm mein Anliegen vortrug. »Wozu willst du das ganze Altpapier aufheben? Versuch es zu verkaufen.«

Es war unmittelbar nach dem Krieg, ich brachte noch keinen Real nach Hause, und wir besaßen noch nicht einmal ein Stückchen Acker, auf dem wir Kartoffeln, Bohnen oder Salat hätten anpflanzen können. Ich leerte gerade die erste Truhe, als Koldobike, die ich nur vom Sehen kannte, plötzlich vor mir stand. Während ich mich noch fragte, was die schlaksige junge Frau mit den karottenroten Locken in meinem Laden wollte, packte sie bereits beherzt mit an. In Ermangelung eines Regals reihten wir die Bücher auf dem Boden entlang der Wände auf. Drei der Truhen hackte ich danach mit der Axt zu Brennholz, die vierte bestimmte Koldobike als Verkaufstresen, denn inzwischen steckten die ersten Schaulustigen ihre Köpfe zu uns herein, angezogen von den Geräuschen gewaltsamer Zerstörung, die uns seit dem Krieg bestens vertraut waren.

Die Leute fanden anscheinend großen Gefallen daran, sich zu den alten Büchern hinunterzubücken und über deren Rücken zu streichen, und manchmal richteten sie sich mit einem Buch in der Hand auf und sahen uns fragend an. »Das kostet eine Pesete«, erklärte Koldobike dem Ersten mit einer Bestimmtheit, als hätte sie das schon ein Leben lang gemacht, worauf er ihr wortlos einen Geldschein überreichte und mit dem Buch zufrieden von dannen zog. Sprachlos sah ich das Treiben an diesem ersten Tag mit an. Nach welchen Kriterien legte Koldobike die Preise der Bücher fest? Nach der Dicke? Am Abend hatten wir jedenfalls neun Peseten in der Kasse, auch wenn gut die Hälfte davon Papiergeld war, das die baskische Regierung während des Krieges ausgegeben hatte und das nur noch nostalgischen Wert besaß, dessen Besitz sogar gefährlich sein konnte, das wir aber dennoch anstandslos akzeptierten, aus purem Trotz. Hinterher half Koldobike mir noch, den eisernen Rollladen runterzulassen, und verblüffte mich einmal mehr mit einem rätselhaften »Bis morgen«.

Beim Abendessen schob ich meiner Mutter die neun Peseten hin. Zwar wagte ich nicht, ihr zu beichten, dass das der Erlös aus dem Verkauf der Bücher war; sie schien es aber zu ahnen, denn bevor sie die Scheine zählte, bekreuzigte sie sich. Und danach glänzten ihre Augen vor Freude, denn von den vier neuen Peseten konnte sie Essen für mehrere Tage kaufen.

Am nächsten Tag erwarteten mich vor meinem Laden dann fünf Falangisten in blauen Uniformhemden und mit schwarzen Koppeln sowie zwei Angestellte vom Bürgermeisteramt.

»Was für Propaganda wird hier verteilt?!«, herrschten sie mich an.

»Das ist Literatur, keine Propaganda«, hörte ich sofort jemanden hinter mir sagen.

Ungefragt nahm Koldobike mir den Schlüssel fürs Vorhängeschloss aus der Hand und schob gemeinsam mit mir den Rollladen hoch. Die fünf Falangisten stöberten eine Weile herum, fanden aber natürlich nichts, weshalb sie frustriert die sieben Säcke mit den zu Brennholz zerkleinerten

Truhen ausleerten und schließlich mit der Drohung »Sieh dich vor!« verschwanden.

Danach sahen die vom Bürgermeisteramt, die das Ganze tatenlos mit angesehen hatten, ihre Stunde gekommen: »Haben Sie einen Gewerbeschein?«

Und wieder sprang Koldobike mir ungefragt bei: »Sieht das hier etwa aus wie ein Gewerbe?«

Worauf die beiden nur verschnupft entgegnen konnten: »Für jeden Rollladen, der hochgezogen wird, braucht man eine Genehmigung. Und Sie haben noch jede Menge Bücher übrig, die Sie verkaufen könnten!«, und dann erhobenen Hauptes hinausrauschten.

Nachdem alle weg waren, machte ich mich stumm daran, die ausgekippten Holzscheite zurück in die Säcke zu stopfen.

»Keine Sorge, sie werden uns den Schein schon geben. Ja, wenn's Blutwurst oder Speckschwarten wären ..., aber solche Schwarten wird sonst keiner verkaufen«, hörte ich Koldobike hinter mir, als ich den letzten Sack zuband. Ich richtete mich auf und drehte mich langsam um. Mein Entschluss stand fest, doch wie sagte ich das der jungen Frau, mit der ich bisher noch kein Wort geredet hatte?

»Uns?«, brummte ich schließlich.

Sie ließ sich davon jedoch nicht einschüchtern.

»Ja, uns. Ich kümmere mich um die Bestellungen und den Papierkram. Wenn diese paar zerfledderten Bücher bares Geld bringen, dann erst recht die Neuerscheinungen der Verlage.« Ich wollte etwas entgegnen, doch sie redete schon weiter. »Ich heiße übrigens Koldobike, von den Ibaicetas, unten am alten Hafen. Und du bist Sancho Bordaberri und wohnst in Algorta. Damit wäre das auch geklärt. So, und jetzt stellen wir die Bücher wieder ordentlich hin. Und wir sollten der Buchhandlung auch einen Namen geben. Ich habe da an ›Beltza‹ gedacht ...«

Beltza ist das baskische Wort für »schwarz«, weshalb ich sofort einverstanden war, liebte ich doch gerade die Romane der Schwarzen Serie, all die amerikanischen Hardboiled-Romane mit ihren einsamen Großstadtdetektiven. Das ist nun schon sechs Jahre her. Und seitdem gehört Koldobike zum lebenden Inventar meiner Buchhandlung – obwohl ich bis heute weder weiß, warum sie damals mit solchem Tatendrang in den Laden meines Onkels kam, noch warum sie geblieben ist, zu einem Hungerlohn, den sie selbst festgesetzt hat.

»Du hast also auf der Post deinen letzten Roman abgeholt«, stellt sie nun fest. »Und kommst ohne ihn zurück. Er kann aber nichts dafür.«

»Einer von uns beiden musste nun mal dran glauben.«

Neugierig sieht sie mich an.

»Und was hast du mit ihm gemacht?«

»Am Strand war keine Menschenseele.«

»Aha ... Er hat sein Grab also in den Wellen gefunden. Dauerte es lang, bis er versunken war?«

»Er ging unter wie Blei.«

Da zieht sie ihre Jacke wieder aus und hängt sie zurück an den Garderobenständer.

»Wie spät ist es?«, frage ich.

»Fast zwei.«

Notgedrungen erhebe ich mich, wobei der nach hinten rückende Stuhl über den Boden schrappt.

»Mutter macht sich sicher schon Sorgen.«

»Nein, ich habe ihr ausrichten lassen, dass du nicht zum Essen kommst. Als du nicht zurückkamst, war mir gleich klar, was du in der Mittagspause tun wirst.«

»Wie? Was soll das heißen?«

Koldobike stößt einen Seufzer aus und wiegt den Kopf. »Ach, Sancho, es ist doch immer dasselbe: Sobald sie dir deinen Roman zurückgeschickt haben, sperrst du dich hier ein und suchst Trost bei deinen Chandlers, Hammetts und wie sie noch alle heißen.«

Erleichtert lasse ich mich wieder auf meinen Stuhl fallen. Die Romane von Chandler und Hammett sind die Glanzstücke meines Krimiregals und stehen ganz oben, dort, wo sie dem Himmel am nächsten sind. Darunter befinden sich die keineswegs zu verachtenden Werke von Stanley Gardner, Rex Stout, Valentin Williams, Earl Derr Biggers, Martyn, Mash, Mason und Angelis. S. S. Van Dine und Agatha Christie hingegen haben ihren Regalplatz in Bodennähe; wüssten sie es, wären sie vermutlich gar nicht erfreut, aber ich stelle sie mir nun mal genauso überheblich vor, wie es ihre Ermittler Philo Vance und Hercule Poirot sind – im Gegensatz zu meinen Helden Philip Marlowe und Sam Spade, die für fünfundzwanzig Dollar pro Tag zuzüglich Spesen durch den tiefen Sumpf der menschlichen Gesellschaft waten.

Koldobike hat sich zwischen dem Regal und mir aufgebaut und resolut die Hände in die Seiten gestützt.

»Hör auf, sie zu vergöttern, Sancho! So großartig sind die nicht. Gut, sie setzen die eine oder andere Pointe, aber mehr ist es doch wirklich nicht, was sie auszeichnet.«

Ich sehe sie nicht an. Weshalb ihre Stimme noch eindringlicher wird.

»Der einzige Unterschied zwischen Chandler, Hammett und dir ist, dass ihre Bücher verlegt werden und deine nicht.« Sie muss mich für selbstmordgefährdet halten. »Und was den Unterhaltungswert deiner Romane angeht, so haben sie auf jeden Fall mehr Pfiff als all die Geschichten, die man sich am Tresen von La Venta erzählt.«

»Es gibt keine anderen Götter neben meinen Helden.«

Stöhnend greift sich Koldobike an die Stirn. »Deine blinde Ergebenheit halte ich im Kopf nicht mehr aus! Weißt du, dass ich schon mehr als einmal versucht war, sie alle auf der Straße zu einem Haufen zu stapeln und anzuzünden?«

»Wage das bloß nicht!«, fahre ich zornig auf. »Auf Marlowe und Spade lasse ich nichts kommen! Unter Einsatz ihres Lebens treten sie für die Unschuldigen und Schwachen ein und befreien junge Frauen aus bedrohlichen Situationen. Sie entlarven Betrüger, Heuchler und Erpresser und ruhen nicht eher, bis sie die Verbrecher vors Gericht geschleppt haben. Sie sind die letzten Ritter der Menschheit!«

Kurioserweise muss Koldobike nun husten, sagt dann aber eine Weile lang nichts mehr, bis ich mich wieder etwas beruhigt habe.

»Ach, Sancho, sie schreiben doch nur über das, was in ihren amerikanischen Städten passiert«, erklärt sie dann nachsichtig. »Die platzen nämlich aus allen Nähten, sodass dort nicht mal mehr eine Ratte Platz findet. Und wenn Menschen so dicht aufeinanderhocken, bringen sie sich gegenseitig um, zwangsläufig. Deine Idole brauchen also nichts weiter zu tun, als sich an die Schreibmaschine zu setzen und aufzuschreiben, was sie tagtäglich sehen: Schießereien, Messerstechereien, im Fluss treibende Leichen, die mit hübschen Krawatten erhängt oder zerstückelt wurden, platinblonde Damen, die wie ein Schlot rauchen, Spione, Spitzel, Auftragskiller … Hammett und Chandler müssen sich keine Bluttaten ausdenken, das musst nur du, so etwas passiert hier in Ge…«

Das letzte Wort erstirbt ihr auf den Lippen. Denn selbst sechs Jahre nach offiziellem Kriegsende morden Francos Schergen noch immer. Unnötig, Koldobike zu sagen, dass irgendein düsterer Krimi nichts ist im Vergleich zu den düsteren Zeiten, die wir gerade durchmachen. Ihr Vater sitzt im Gefängnis und wartet auf die Vollstreckung der Todesstrafe. Meiner wurde '39 erschossen. Und ich selbst habe es nur meinem Hinkefuß zu verdanken, dass mir nicht dasselbe Schicksal widerfuhr. Von Geburt an ist mein linkes Bein nämlich kürzer als das rechte, wenn auch nur um ein paar Zentimeter, die ich stets verfluche, wenn ich den Bus noch erreichen will.

»Komm, geh was essen«, sage ich voller Mitgefühl zu ihr.

Mit ihrer beherzten Art überspielt Koldobike jedoch ihre Niedergeschlagenheit und weist meinen Vorschlag mit einem »Ach was, ich hol uns beiden nachher was auf die Hand!« zurück, um mich gleich darauf so erwartungsvoll anzusehen, dass mir nichts anderes übrig bleibt, als ihr endlich die Wahrheit zu gestehen.

»Ich habe das Handtuch geschmissen …«

»Deine geistige Gesundheit wird es dir danken.«

»… aber dafür ein anderes aufgehoben. Ein anderes Handtuch, meine ich.«

Argwöhnisch kneift sie die Augen zusammen. Ich stehe auf und trete neben sie an das Regal mit meinen Krimis. Sanft streiche ich über die Buchrücken.

»Du hast eben gesagt, dass meine Idole nur aufgeschrieben haben, was sie um sich herum gesehen haben. Und genau *das* werde ich jetzt auch tun!«, erkläre ich und deute schulmeisterlich mit dem Finger auf sie. »Nimm dich also in Acht, Puppe, denn ich schreibe von nun an über alles, was ich direkt vor Augen habe. Also auch über dich. Und darum erwarte ich von dir, dass du dich genauso verhältst wie die Figur, die ich dir zugedacht habe.«

Sie versteht natürlich kein Wort. Zu ihrem Glück kann sie sich wenigstens an etwas festhalten.

»Was soll denn auf einmal dieses ›Puppe‹?«, fragt sie irritiert.

»Du hast doch auch Hammett & Co. gelesen: Sie verwenden es in einem fort. Und jetzt hör mir zu …«

Und dann erzähle ich ihr haarklein, wie mir beim Anblick des Felsens der *cold case* wieder in den Sinn gekommen ist. Je mehr ich erzähle, desto leichter sprudeln mir die Worte über die Lippen, und am Ende habe ich sogar das Gefühl, meine Erzählung mit einem Cliffhanger abgeschlossen zu haben.

»Ah, ja, die Altube-Zwillinge ...«, murmelt Koldobike gleichgültig. »Ich war damals gerade mal vierzehn, glaube ich. An viel kann ich mich allerdings nicht mehr erinnern.«

»Es ist eine gute Geschichte.«

»Und wen interessiert das heute noch?«

Kurz bin ich verunsichert. »Aber es ist und bleibt eine gute Geschichte, oder etwa nicht? Selbst wenn ich sie jetzt vielleicht schlecht erzählt habe.«

Sie lässt sich davon allerdings nicht beeindrucken.

»Verstehe ich dich recht: Du willst über einen ungeklärten Fall schreiben?«

»So ist es: Die Geschichte ist nämlich noch nicht zu Ende, sie hat erst einen Anfang.«

»Und du willst ...?«

»Meine Underwood besitzt rechts unten eine Taste mit einem wunderhübschen Schlusspunkt drauf.«

»Du willst also einen realen, aber noch ungeklärten Fall weiterschreiben. Schon vergessen, dass du kein Vorstellungsvermögen hast?!«

Noch zögert sie, mit mir Neuland zu betreten. Also packe ich sie am Arm und nötige sie, sich an meinen kleinen Tisch zu setzen.

»Pass auf: Das, was ich plane, ist noch eine Nummer größer als das, was meine Idole machen«, sage ich und beginne in der Buchhandlung auf und ab zu gehen, um meiner Erregung irgendwie Herr zu werden, die von Minute zu Minute wächst. »Ich will ...«

Nicht mal zwei Schritte kann ich machen, schon werde ich von Koldobike unterbrochen.

»Das ist doch wohl nicht dein Ernst! Bisher wolltest du Chandler und Hammett wenigstens bloß nachahmen – und jetzt willst du als Samuel Esparta durch die Straßen ziehen? Du hast echt 'ne Meise, Sancho!«

Diese verflixt gescheite Frau hat meine Zukunft besser umrissen als ich. Mit Verunsicherung hat ihre vorherige Verblüffung jedenfalls nichts zu tun.

»Warum sollte dir so ein besserer Roman gelingen? Das wird sich eher wie die stümperhaften Memoiren eines Guardia Civil anhören«, knallt sie mir vor den Latz. »Als ob wir nicht schon genug Polizisten hätten.«

»Aber in mir klingen plötzlich ganz andere Töne an«, protestiere ich kleinlaut. »Hörst du nicht den Unterschied?«

»Ich höre gar nichts.«

»Weil du es nicht hören willst! Ich wundere mich ja selbst über mich, aber auf einmal habe ich einen völlig anderen Stil!«

»Das will ich lesen«, knurrt Koldobike und beginnt, in den Papieren auf meinem Tisch zu wühlen.

»Nein, es ist alles *hier* drin!«, rufe ich und drücke meinen Zeigefinger energisch gegen die Stirn. »Im Kopf habe ich schon mehrere Seiten geschrieben. Wirklich! Und sie haben sich ganz von allein geschrieben ... Und dich möchte ich auf jeden Fall auch darin unterbringen. Samuel Esparta braucht nämlich eine Sekretärin. Allerdings müsste sie blond sein. Das ist von entscheidender Bedeutung.«

Unwillkürlich fasst sich Koldobike mit einer Hand in ihre Locken; sicher glaubt sie, ich will sie bloß hochnehmen.

»Ach, ich habe ganz vergessen, den Villoslada einzupacken«, sagt sie dann und steht auf.

Den Rücken gegen die Wand gelehnt, beobachte ich sie

versonnen, wie sie vorne in der Buchhandlung die Regale absucht. Für jemanden, der noch nie aus Getxo herausgekommen ist, ist sie einsame Klasse; mithilfe ein paar kleiner Verbesserungen könnte sie es mit den blasierten Sekretärinnen meiner Vorbilder durchaus aufnehmen …

Nach einer Weile zieht sie das Buch heraus und geht damit zu ihrem roten Tischchen neben der Eingangstür, auf dem ein Telefon und eine kleine Registrierkasse stehen, wo mit einem Stück blau gepunktetem Papier unter ihren Händen in Windeseile ein ansehnliches Päckchen entsteht.

»Ah, und noch was: Wenn in Zukunft eine verzweifelte Frau anruft, die nach meinen Diensten verlangt … oder ein Mann, der mit niemand anderem als Samuel Esparta sprechen möchte, dann entgegnest du mit rauchiger Stimme, dass dein Chef leider keine Zeit hat, weil er gerade den mysteriösesten Fall seiner ganzen Laufbahn aufklärt.«

Kurz blickt Koldobike aus den Augenwinkeln zu mir herüber und widmet sich dann wieder ganz ihrem Päckchen, das sie nun noch mit einer goldenen Schleife verziert.

»Ich hab's ehrlich nicht darauf angelegt, Koldobike, das musst du mir glauben. Die Geschichte ist mir quasi in den Schoß gefallen: Der rostige Eisenring ist schuld, an den Félix Apraiz immer seine Reusen gehängt hat. Weißt du, manchmal kam ihm aber jemand zuvor, und dann war er natürlich stinksauer und schnitt die fremden Seile ritsch, ratsch ab. Verstehst du? Er hat sie wutentbrannt *abgeschnitten*, nicht losgeknotet. Und die Zwillinge Eladio und Leonardo brachten ihn von allen am meisten auf die Palme. Nur: Ist das ein Grund, sie umzubringen?«

»Einer hätte auch gereicht«, erwidert Koldobike plötzlich. »Der andere hätte es garantiert sofort begriffen und sich in Getxo nie mehr blicken lassen.«

»Also, in die Fremde wäre der sicher nicht gegangen«,

widerspreche ich. »Die Altube-Brüder haben sich nie was gefallen lassen. Nein, heimgezahlt hätte er es ihm! Mit einer Anzeige. Oder er hätte ihm den Schädel eingeschlagen.« Ich reibe mir nachdenklich das Kinn. »Kurioserweise hat Eladio bis heute nichts dergleichen unternommen …«

Koldobike macht sich nun daran, die frisch eingetroffenen Pakete der Verlage auszupacken.

»Félix Apraiz hätte also auf jeden Fall alle beide umgebracht. Und warum hat er es dann nicht getan?«

»Das habe ich dir doch vorher schon erklärt«, erwidere ich geduldig. »Weil Lucio Etxe rechtzeitig aufgetaucht ist und der Schmied die Kette um Eladios Hals durchsägen konnte, bevor ihm das Wasser bis zu den Augen reichte. Leonardo war da bereits ertrunken.«

»Wenn Félix Apraiz aber in den zehn Jahren sein Werk nicht vollendet hat, dann ist die Sache doch eigentlich klar wie Kloßbrühe: Er war's nicht.« Koldobike hält inne und sieht mich an. »Wenn du dich auf diesen Fall gestürzt hast, weil du dachtest, er sei leicht aufzuklären, dann verkauf lieber weiter Bücher, anstatt welche zu schreiben.«

»Mein Gott, Koldobike: Ob es ein leichter oder schwerer Fall ist, spielt für mich keine Rolle! Er interessiert mich, weil er *echt* ist. Verstehst du das immer noch nicht?«

Natürlich versteht sie es: Der spekulative Schlagabtausch zwischen Sam Esparta und ihr beweist es.

»Ganz schön riskant«, sagt sie nun, während sie mit der Schere eine Paketschnur durchschneidet.

»Wieso riskant?«

»Weil der Mörder nicht nach deinem Füller oder deiner Underwood tanzen wird, sondern so, wie's ihm passt. Und es wird ihm gar nicht gefallen, dass ihn jemand nach zehn Jahren stellen will. Er wird dir irgendwo auflauern. Begreifst du? Er wird dir auflauern und dich beseitigen.«

»Danke für die Vorwarnung, Puppe. Aber keine Sorge, dir zuliebe schaff ich ihn mir schon rechtzeitig vom Hals. Und …«

Ich verstumme, um zu sehen, ob sie mich für meinen gelungenen Dialog lobt.

Aber sie tut nichts dergleichen. Stattdessen hackt sie weiter auf mir herum.

»Das ist *wirklich* riskant, Sancho! Du setzt *dein* Leben aufs Spiel, nicht das einer Romanfigur.«

»Aber das Echte, Reale suche ich doch gerade!«

»Und was, wenn er seine Büchse auf dich richtet?«

»In Getxo gibt es keine Jagdgewehre mehr, die sind alle, in Wachstuch gewickelt, irgendwo vergraben.«

In Koldobikes Antwort liegt das Fazit ihrer Gedanken. »Und wenn er in der Zwischenzeit nach Amerika abgehauen ist? Dann hätte dein Roman nicht nur kein Ende, ja es gäbe ihn gar nicht. Ach Gott, wenn es bloß so wäre!«

»Der Krieg hat nur die rechtschaffenen Menschen ins Exil getrieben. Dieser Schurke lebt nach wie vor mitten unter uns, da bin ich mir ganz sicher.«

»Du willst also Franco helfen?«

»Der hat damit doch gar nichts zu tun. Leonardo ist im Juni '35 ertrunken, das heißt dreizehn Monate vor Kriegsbeginn. Und danach, als die Nationalen im Juni '37 in Getxo einmarschierten, war der Mord schon längst in Vergessenheit geraten; auf einen Toten mehr, noch dazu einen Basken, kommt es Franco sicher nicht an.«

»Das heißt, dreizehn Monate lang versuchte ein ganzer Trupp, des Mörders habhaft zu werden: Guardia Civil, Gerichtsdiener, Denunzianten – und du bildest dir nun ein, du könntest ein ganzes Jahrzehnt danach das schaffen, woran damals alle gescheitert sind«, sagt sie kopfschüttelnd, während sie die Lieferscheine kontrolliert.

»Eben drum: Nur eine Heldentat verdient es, besungen oder in Romanform gebracht zu werden«, erkläre ich feierlich.

Schweigend sieht Koldobike mich an. Ob sie sich wohl gerade in ihre neue Rolle hineindenkt? Ja, ganz bestimmt, warum sonst zieht sie sich nun ihre Bluse glatt?

»Bei deinem Fangspiel hat der Mörder gleich von Anfang an einen großen Vorteil: Er weiß, wer ihm auf den Fersen ist.«

»Und genau deshalb wird der Schurke sich sicher fühlen und irgendwann einen entscheidenden Fehler machen.«

»Wieso *der* Schurke? Warum keine Frau?«

Mit gerunzelter Stirn sehe ich sie an. Nein, der Mörder ist ein Mann, so was macht nur ein Mann, das weiß sie doch, schließlich habe ich ihr in den letzten sechs Jahren doch alle meine Krimis zu lesen gegeben.

»Zudem wird er denken, dass der, der ihn jagt, nur ein weltfremder Buchhändler ist«, versuche ich sie zu beruhigen, »und das wird ihn noch mehr in Sicherheit wiegen.«

»Ja, wenn's wenigstens ein Dutzend Buchhändler wären«, murmelt Koldobike.

Klingt da etwa Sorge durch? »Mein wahrer Trumpf ist aber, dass ich unzählige Krimis und vor allem Chandler und Hammett gelesen habe und er nicht. Ich kenne sämtliche Tricks, wie man einen Verbrecher überführt.« Ich höre, wie Koldobike seufzt, und bleibe vor dem Krimiregal stehen. »Ist heute eigentlich kein neuer Krimi gekommen?«

»Nein! Und sie sollen auch bloß keine mehr schicken! Krimis interessieren hier keinen Menschen, das sind allesamt Ladenhüter. Und weißt du was?« Koldobikes Stimme kommt näher. »Wenn du dir diese bescheuerte Idee nicht aus dem Kopf schlägst, dann türme ich sie wirklich auf der Straße zu einem Haufen auf und zünde sie an.«

Jetzt steht sie hinter mir, ich rieche ihr billiges Parfüm.

»Wann gehst du zum Friseur?«

Totenstille. Ich wage kaum zu atmen.

»Verkaufen Blondinen etwa mehr Bücher?«

Ich schnappe nach Luft. Nein, das war gewiss nicht ihr Ernst, ich weiß, dass sie das nicht denkt. Ich drehe mich zu ihr um und packe sie an den Schultern.

»Hör zu: Wir brauchen nur einen Wandschirm, schon ist der hintere Teil der Buchhandlung ein Büro, in dem Samuel Esparta seine Kunden empfangen kann. Und wenn dann einer – oder eine – kommt, um den Privatdetektiv zu engagieren, nimmst du deinen Kaugummi aus dem Mund – oder tust zumindest so –, klebst ihn unter den Tisch, fragst: ›Wen darf ich anmelden?‹, und kommst dann zu mir und verkündest: ›Herr X oder Frau Y ist da.‹ Und so etwas macht nun mal am besten eine blonde Sekretärin.«

Unwillkürlich weicht sie einen Schritt zurück und schüttelt meine Hände ab.

»Wie kannst du es wagen, mir meine Haarfarbe vorzuschreiben?!«, schnaubt sie. »Du hast ja wohl nicht mehr alle Tassen im Schrank! Such dir für so was eine andere!«

»Ich möchte aber keine andere. Ich will dich«, erwidere ich sanft.

Tatsächlich holt sie Luft und beruhigt sich etwas.

»Ich mag meine roten Haare. Ich habe sie noch nie gefärbt und habe es auch jetzt nicht vor. Und damit basta.«

Ich gebe mich geschlagen und zucke mit den Schultern. »Okay, okay … Letztlich ist es auch nur ein Detail … davon hängt nichts ab.«

»Jetzt auf einmal?«

Mehr sagt sie nicht, sie ist auf der Hut, weil ich sie zutiefst verletzt habe, wenn auch ohne es zu wollen.

»Wir fangen mit dem an, was wir haben«, erkläre ich deshalb versöhnlich. »Danach sehen wir dann schon.«

Wortlos geht sie wieder zu ihrem roten Tischchen, setzt sich aber nicht.

»Weißt du denn schon, wo du mit deinen Ermittlungen anfangen willst?«, fragt sie, während sie durch die gläserne Eingangstür hinaus auf die Straße starrt.

»Natürlich am Strand. Als Allererstes werde ich Lucio Etxe auszuquetschen versuchen.«

Wieder Totenstille. Was Koldobike wohl gerade durch den Kopf geht?

»Soll ich dir mal was sagen?« Mit Schwung hat sie sich zu mir umgedreht und deutet nun resolut mit dem Finger auf mich. »Deine erste Anlaufstelle sollte der Pfarrer sein.«

»Der … Pfarrer?«, frage ich völlig perplex. »Welcher Pfarrer?«

»Na, der Pfarrer, dem er es gebeichtet hat!«, erklärt sie mit leuchtenden Augen.

»Wer hat was gebeichtet?«

Ruck, zuck verdunkelt sich ihre Miene wieder.

»Ach, vergiss es. Ich will da nicht mitspielen.«

»Das hier ist kein Spiel, Koldobike«, erwidere ich bedachtsam, »das ist so echt wie das Leben selbst.«

»So redet man nur in Romanen.«

»Das *ist* ein Roman.«

Langsam schüttelt sie jetzt den Kopf. Wahrscheinlich hält sie mich inzwischen für einen hoffnungslosen Fall … Aber diese Idee mit dem Pfarrer …

»Hm, dass ein Mörder einen Beichtstuhl aufsucht, das gibt es eigentlich nur im Film …«

»Ob Film oder Roman ist doch einerlei. Und wenn du in echt verrückt geworden bist, dann gibt es auch Verbrecher, die ihre Schandtaten beichten.«

»Ja schon, aber ich werde aus dem realen Geschehen einen Roman machen ... De facto schreibe ich ihn bereits!«

Ich eile zu meinem kleinen Tisch, setze mich, hole einen Stoß weißer Blätter und einen Füller aus der Schublade und mache mich daran, den ersten Satz, das erste Wort niederzuschreiben. Mir zittert die Hand. Als ich aufblicke, sehe ich, dass Koldobike mich genau beobachtet. Nur das Kratzen der Feder übers Papier würde die den Raum erfüllende Stille durchbrechen – aber meine Hand rührt sich nicht.

»Wie würdest du anfangen?«, frage ich sie nach einer halben Ewigkeit kleinlaut. »Heute Vormittag, als ich mich erinnerte, was damals an diesem Felsen passiert war – da begann die Wirklichkeit auf einmal mir die richtigen Wörter zu diktieren. Hör, was ich am Strand geschrieben habe: *Ich fabuliere ohne Feder und ohne Papier, nur in meinem Kopf, doch ich erzähle eine Geschichte, daran besteht kein Zweifel.* Das ist allerdings kein Romananfang ... Hilfst du mir?«

»In der Schlangengrube, in die du dich da begeben willst, gibt es vorerst nur einen Menschen, der dir helfen kann: Und der hat eine schwarze Kutte an. Der Pfarrer ist der Einzige, der den Mörder kennt. Ihn musst du suchen. Und er hat seine Pfarrei sicher nicht hier in Getxo, sondern in irgendeinem Kaff in der Umgebung.«

»Das klingt gut, das schreibe ich, du bist genau die Sekretärin, die ich brauche!«, rufe ich euphorisch. »Wenn du dir jetzt noch angewöhnen könntest, von Figur zu reden statt von einem Menschen ...« Ich will schon die Feder ansetzen, lasse sie dann aber wieder entmutigt sinken. »Leider ist das immer noch nicht der ideale Romananfang.«

Koldobike tritt hinter mich. Sie ist auf einmal ganz ernst.

»Was hat ein Ort davon, wenn nach zehn Jahren ein Verbrechen noch einmal aufgerollt wird, das ...«

»Perfekt!«, schneide ich ihr voller Begeisterung das Wort ab. Das Kratzen des Füllers ist wahrlich Musik in meinen Ohren.

»Was schreibst du da?«

»Na, deinen perfekten Anfang ... er gibt den Tonfall vor ... und auch alles Weitere, so wie beispielsweise meinen Satz: *Es starben jedoch nicht alle beide. Eladio kam gerade noch einmal mit dem Leben davon.*«

Gerade will ich mich wieder über das Papier beugen, da unterbricht sie mich erneut.

»Hast du dir eigentlich schon einen Namen für mich ausgedacht?«

»Du bleibst Koldobike«, erwidere ich resolut. »Dein Name klingt hochtrabend genug.«

»Koldobike also ...« Eine weitere Pause, die sie wahrscheinlich braucht, um sich in ihre neue Rolle hineinzudenken. »Wenn ich das gewusst hätte, hätte ich heute früh meinen anderen Rock angezogen und nicht diesen, der gar nicht richtig gebügelt ist. Der andere ist blau, weißt du, und hat ganz viele kleine Falten, und er geht bis zum ...«

»Du musst ihn mir nicht beschreiben«, falle ich ihr ins Wort. »Ich schreibe einzig und allein das auf, was ich sehe. Sonst ist es ja wieder bloß ein bescheuerter fiktionaler Text.«

»Ein die Realität nachahmender Schriftsteller braucht nicht gleich ›alles‹ zu erzählen, was er sieht, das heißt, auch nicht den ungebügelten Rock, den du hoffentlich verschwiegen hast. Und wenn ich jetzt nach Hause gehen würde und mit dem anderen Rock wiederkäme, dann würdest du ihn doch sehen, oder nicht? Du könntest also zum Beispiel schreiben: *Koldobike verließ die Buchhandlung und erschien kurz darauf wieder in ihrem akkurat gebügelten, blauen Faltenrock.* Auf den Leser wirkt das dann so, als hätte Koldobike schon den ganzen Tag einen gebügelten Rock getragen.«

»Nein, niemals! Wenn ich das jetzt so festhalte, wende ich ja gleich einen der Taschenspielertricks an, wie man einen realistischen Roman verfasst.«

»Dann komme ich von nun an jeden Tag im Brautkleid zur Arbeit.«

»Fällt es dir so schwer, einfach die zu sein, die du bist?«

»Trittst *du* etwa als der auf, der du bist?«

Sprachlos starre ich sie an, sodass Koldobike mir zu Hilfe kommt.

»Und es gibt ja auch noch einen Dritten, der auch nicht der ist, der er zu sein scheint.« Sie nimmt ein Blatt Löschpapier und trocknet damit vorsichtig den Tintenklecks, der aus meinem Füller getropft ist. »Ich hoffe für dich nur, dass du ihn des Mordes überführst, ehe *du* ihm in die Hände fällst, Sam Esparta.«

3 Den Krabben wird's schmecken

Die Sonne ist gerade erst aufgegangen, als ich am nächsten Morgen den Strand ablaufe und nach dem verdammten Päckchen Ausschau halte, das ich am Vortag ins Meer geschleudert habe. Doch es ist nirgends zu entdecken, die Gezeiten haben es nicht wieder ausgespuckt.

Das Schicksal scheint meinen Entschluss also zu billigen: Ich will Lucio Etxe abpassen, der Tag für Tag mit dem ersten Hahnenschrei auf den Beinen ist, um nachzusehen, was die Wellen über Nacht alles an Land gespült haben. Neben den Erträgen von einem kleinen Acker lebt seine Familie nämlich ausschließlich von dem, was das Meer ihnen schenkt. Wertvolle Schätze sind allerdings bisher noch nie dabei gewesen, weder ein glänzendes Medaillon noch eine Kiste voll alter Goldmünzen, aber vielleicht hoffen sie ja auch, dass die Flut irgendwann das anschwemmt, was sie am nötigsten haben: eine Frau. Den Etxes bleiben die Frauen nämlich nie lange erhalten, sie sterben immer früh. Doch leider ist dies ein Traum, der täglich aufs Neue zerbricht, denn das Meer gibt nur Leichen her.

Ich fürchte schon fast, Etxe ist mir zuvorgekommen, als ich eine kleine Gestalt im Morgendunst erblicke, die langsam näher kommt, aber einen großen Bogen um mich zu machen scheint, sodass ich quer über den Strand laufen muss, um mich ihr in den Weg zu stellen. Notgedrungen bleibt der schmächtige Kerl stehen, die Augen hält er jedoch gesenkt.

»Hat man dich aus dem Bett geworfen?«, begrüße ich ihn forsch, schimpfe mich aber gleich innerlich und bemühe mich deshalb um einen milderen Ton. »Du hättest lieber noch ein Weilchen geschlafen, stimmt's?«

Ich betrachte das blasse Jungengesicht. Die Etxes gehen selten in die Sonne.

»Dürfte ich dich was fragen?« Zum ersten Mal sieht er mich an. »Wie alt bist du?«

Es dauert, bis eine Antwort kommt.

»Einundzwanzig, glaube ich.«

»Mist!«, entfährt es mir. »Dann warst das damals sicher nicht du hier am Strand.« Ich hole tief Luft. Mein erster Versuch ist schon mal danebengegangen. Ich muss mich zusammenreißen, damit meine nächste Frage wie von einem netten Onkel klingt. »Sagst du mir noch, wo du wohnst?«

»Zu Hause, wo denn sonst?«

»Zu Hause, natürlich«, stammele ich verwirrt. »Dann … dann muss ich wohl deinem Vater einen Besuch abstatten … Ähm … ist er … ist er schon wach?«

»Da hinten kommt er.«

Rasch drehe ich mich um und erblicke in der Ferne eine gebeugte Gestalt. Ich spüre, dass ich bis über die Ohren rot geworden bin. So etwas hätte keines meiner Idole aus dem Konzept gebracht. Ich muss *richtig* in meine neue Rolle schlüpfen, sonst wird das nichts.

»Samuel Esparta, Privatdetektiv«, stelle ich mich also vor, wobei mir einfällt, dass ich unbedingt Visitenkarten brauche. »Ich versuche den Mord an Leonardo Altube aufzuklären. Sagt dir das was?«

Ich habe bewusst langsam gesprochen. Sein Gesicht zeigt jedoch keinerlei Regung.

»Auch wenn du damals erst elf warst, hast du doch sicher was davon mitbekommen. Sag, wer von deiner Familie war an jenem Mor…«

»Du bist von der Polizei.«

»Wie? Polizei? Ich? Nein!!! Wie kommst du darauf?!«

»Ich habe hier am Strand noch nie einen mit Krawatte und so einem Hut herumlaufen sehen«, erwidert er mürrisch und wendet sich zum Gehen. Rasch packe ich ihn am Arm.

»Ich schwöre dir, ich bin nicht von der Polizei, ich habe vielmehr ein persönliches Anliegen: Ich will einen Verbrecher überführen, der ungestraft mitten unter uns lebt.« Ich habe so schnell gesprochen, dass ich erst mal Luft holen muss, bevor ich weitersprechen kann. »Früher habt ihr nie zu zweit den Strand abgesucht. Hat dein Vater etwa Angst, seit er damals Eladios Schreie gehört hat? Falls so was noch mal passiert?«

»Opa kommt meistens auch mit runter.«

»Hm, dein Großvater oder dein Vater also.« Suchend drehe ich mich um. »Deinen Großvater sehe ich aber nicht.«

»Der ist beim Kleinen geblieben«, entgegnet der junge Etxe, während er sich resolut aus meinem Griff befreit.

»Was für einem Kleinen?«

»Meinem Sohn«, brummt er nur und stiefelt grußlos davon.

Ja habt ihr denn keine Frau im Haus?, will ich ihm schon hinterherrufen, aber dann fällt mir die Krux der Etxes wieder ein, und ich denke voller Mitleid: Mein Gott, vier Generationen und niemand, der sich um sie kümmert. Mit einem lauten *»Adiós!«* verabschiede ich mich von ihm und wende mich dann dem Vater zu, der direkt auf mich zukommt.

Er bleibt zwei Schritte vor mir stehen. Ein echter Etxe. Über der Schulter ein voller Sack. Er versucht, meinem Blick standzuhalten, muss aber die ganze Zeit blinzeln.

»Ich sehe von Mal zu Mal schlechter. Deshalb markiert Inocencio mit Stöcken alles, was er findet, und ich sammle es auf«, erklärt er ungefragt und will gleich weiterschlurfen.

»Halt, warten Sie!«, rufe ich eilig. »Ich bin Samuel Esparta, Privatdetektiv. Ihrem Alter nach müssten Sie derjenige sein, der vor zehn Jahren einem der Altube-Zwillinge das Leben gerettet hat. Hier, an diesem Strand! Erinnern Sie sich?«

Als wäre er plötzlich zur Salzsäule erstarrt, gleitet ihm der Sack aus der Hand, plumpst in den Sand, und sein Kopf sackt zwischen die Schultern. Auf die Begegnung mit einem Privatdetektiv ist er wohl nicht gefasst gewesen.

»Es war schrecklich«, murmelt er, »einfach schrecklich.«

»Ja, es war ein grausiges Verbrechen. Das nicht ungestraft bleiben darf.«

»W-was?«

»Der Täter läuft noch immer frei herum, lebt mitten unter uns. Der Mord wurde schließlich nie aufgeklärt.«

Da versagen Lucio Etxes Kräfte, er muss sich setzen, neben seinen Sack in den Sand.

»Furchtbar war das. Ich renne hoch und wieder runter, dass mir Zunge aus dem Hals hängt, und dann kann ich bloß einen retten. Nur einen, das war das Schrecklichste … Warum nicht beide?« Er blickt zu mir hoch, sein Blick ist verzweifelt, doch auf einmal schüttelt er heftig den Kopf. »Nein! Ich will nicht darüber reden. Ich will nicht, hörst du?!«

Ein gewiefter Privatdetektiv wie Samuel Esparta lässt jedoch nicht locker. »Aber Sie erinnern sich noch genau, oder?«, hake ich nach.

»Ja, jetzt. Nachdem ich zehn Jahre lang nicht mehr daran gedacht und zu Hause auch nie ein Wort darüber verloren habe. Nie!«

»Aber Sie haben sich doch nichts vorzuwerfen, Sie haben doch alles getan, was in Ihrer Macht stand.«

»Verstehst du nicht? Einer von ihnen ist ertrunken! Wegen mir. Weil ich nicht schnell genug war. Ich habe zu viel Zeit verloren …«, jammert er und vergräbt sein Gesicht in beiden Händen.

»Wie, zu viel Zeit?«

»Als ich die Hilfeschreie gehört habe, bin ich doch erst den Felsen hochgeklettert und habe selbst versucht, sie hochzuziehen, bis Eladio gejapst hat, ich soll den Schmied holen. Und ich habe noch mehr Zeit verloren, als ich oben in Cuatro Caminos vor verschlossener Tür stand … während die Flut stieg und stieg.«

»Die Tür war zu?«

»Natürlich. Schließlich war die Sonne gerade erst aufgegangen.«

»Seltsam.« Nachdenklich reibe ich mir das Kinn. »Es war nie die Rede davon, dass die Tür verschlossen war.«

»Und ich eine ganze Weile keuchend dagegengehämmert habe.«

»Na ja, irgendwie mussten Sie sich ja bemerkbar machen.«

»Schon – nur nicht an der Tür der Schmiede, sondern drei Häuser weiter.«

Erstaunt sehe ich ihn an. In der mir bis dahin bekannten Version der Geschichte war dieses Detail nie erwähnt worden.

»Wie? Sie haben gegen die falsche Tür gehämmert, obwohl Sie wussten, dass Zalla gar nicht dort wohnt?«

Etxe entfährt ein tiefer Seufzer. »Natürlich wusste ich das, aber in der Panik hatte ich es einfach komplett vergessen! Als niemand aufmachte, habe ich sogar versucht, sie einzutreten!«

»Dann haben Sie sich aber wieder daran erinnert.«

»Ja, irgendwann fiel es mir wieder ein. Ich also zur richtigen Tür und hämmere dagegen, meine Fäuste sind schon ganz rot, trotzdem dauert es, bis über mir ein Fenster aufgeht und Antimo ›He! Was ist los?‹ ruft und ich hinaufschreie, was passiert ist, und eine Weile später endlich die Tür aufgeht und Antimo in Unterhosen vor mir steht und knurrt: ›Ich verstehe nur Bahnhof. Was ist los?‹, während ich weiter auf ihn einbrülle, bis er reingeht, sich anzieht und mit seinem Sohn Tomasón wieder rauskommt. ›Wir müssen die Ketten durchsägen!‹, rufe ich aufgeregt, worauf er nur brummt: ›Ich hab's gehört‹, was stimmt, denn er hat den Schlüssel in der Hand, wir also zur Schmiede, er schnappt sich eine Säge, findet aber zuerst die Sägeblätter nicht, endlich hat er eines, aber er meint, er brauche sicher mehr, also suchen er und sein Sohn weiter, bis wir uns nach einer halben Ewigkeit auf den Weg machen hinunter zum Strand und ich die beiden schreiend zur Eile antreibe und …« Plötzlich stockt er und runzelt die Stirn. »Warum erzähle ich dir das eigentlich alles?«

»Wie?«

Sein Bericht hat mich so in seinen Bann geschlagen, dass ich mich kurz besinnen muss, bevor ich ihm erkläre, dass ein Privatdetektiv immer so viel wie möglich …

»Die Toten soll man ruhen lassen«, unterbricht er mich und rappelt sich auf.

»Aber ein Unrecht muss geahndet werden, das ist unsere moralische Pflicht! Und solange dieser Verbrecher frei herumläuft …«

»Und wer bezahlt dich dafür, dass du das Unterste zuoberst kehrst?«

»Niemand, auch wenn ich gewissermaßen ganz Getxo vertrete und ein Privatdetektiv für seine Ermittlungen normalerweise einige Peseten pro Tag bekommt, zuzüglich Spesen. In diesem Fall hat mich aber mein zweites Ich damit beauftragt.«

Misstrauisch sieht er mich an, das versteht er nicht, sodass ich ihm auf die Sprünge helfen muss.

»Mir gehört die Buchhandlung Beltza in Algorta.«

Jetzt mustert er mich von Kopf bis Fuß. Dann nickt er bedächtig. »Die Buchhandlung führt ein Bordaberri. Und da sie Vicente erschossen haben, musst du sein Sohn sein. Du siehst ihm jedenfalls ähnlich.«

Aber da ist immer noch etwas, was ihm komisch vorkommt, weshalb ich ihn schnell beruhige.

»Wenn man zum Fischen an den Strand geht, zieht man nun mal was anderes an.«

»Aha. Du willst also, dass dir jemand an die Angel geht.« Unwillig schüttelt Etxe den Kopf. »Ich erzähle dir aber trotzdem bloß das, was jeder weiß und ich auch der Polizei damals erzählt habe.«

Wenn jemand nicht reden will, schöpft ein Ermittler automatisch Verdacht. Das ist in jedem Krimi so.

»Bisher wusste allerdings niemand, dass Sie viel Zeit verloren haben, weil Sie sich zunächst in der Tür irrten. Warum haben Sie das bislang verschwiegen? Haben Sie vielleicht absichtlich getrödelt?«

»Was willst du damit sagen?« Unwillkürlich ist er zurückgewichen. »Ich hatte nichts gegen die Altube-Brüder! Ich habe einem sogar das Leben gerettet! Ich will mich nur nicht erinnern müssen, weil es so entsetzlich war.«

Meine Idole würden sich nun wahrscheinlich eine Zigarette anstecken und warten, bis Etxes innere Erregung abgeklungen ist, um ihn nicht noch mehr zu erschrecken und dann vielleicht nichts mehr aus ihm herauszukriegen. Da ich nicht rauche, zeichnet Samuel Esparta mit der Spitze seines linken Schuhs Kreise in den Sand. Und tatsächlich: Nach einer Weile bekommt Lucio Etxe den Mund wieder auf.

»Wir sind zu dritt zum Strand runtergerannt, ich vorneweg, um die Zallas zur Eile anzutreiben. Macht das jemand, der es drauf anlegt, zu spät zu kommen?«

»Bevor Sie weitersprechen, lassen Sie uns doch auf Apraiz' Felsen hochsteigen«, schlage ich sanftmütig vor.

Etxe ist deutlich anzumerken, dass er nichts von der Tatortbesichtigung hält. Zwar trottet er stumm neben mir her, doch ist es gut möglich, dass er es jeden Moment bereut und kehrtmacht, denn er wird immer langsamer, je näher wir der Klippe kommen, die sich, umgeben von kleineren Felsbrocken, vor uns erhebt und nur sanft von den ersten Wellen der nächsten Flut umspült wird.

»Ich war nie wieder so nah dran«, höre ich Lucio Etxe verschreckt nuscheln, als ich vor ihm über die mit grünem Moos überzogenen Steine kraxele, wo ich mit meinen glatten Sohlen nur schwer das Gleichgewicht halten kann.

Kurz darauf streichen meine Finger über den rostigen Ring, der in das untere Drittel der Klippe einzementiert ist.

»Wer hat eigentlich die Ketten abgemacht?«

»Wie … abgemacht?«, keucht Etxe hinter mir. »Keine Ahnung … um die haben wir uns nicht gekümmert.«

»Dann hat sicher der Richter jemanden geschickt, um sie zu konfiszieren.«

»Wahrscheinlich. Jedenfalls waren sie am nächsten Morgen nicht mehr da.«

»Und womit waren die Ketten an …?«

»Mit einem Vorhängeschloss. Einem ziemlich großen.«

»Zwei Schlösser, meinen Sie.«

»Nein, es war nur eins.«

Ungläubig schüttele ich den Kopf. »Es müssen aber zwei gewesen sein: eins für jede Kette. Und der arme Leonardo hing an der kürzeren.«

»Nein, es war nur eine einzige lange Kette. Durch die Strömung hatte sie sich zu einem Knäuel aufgewickelt, und an deren Enden hingen die beiden.«

»Und wie war diese eine Kette an ihren Hälsen befestigt?«

»Mit Vorhängeschlössern. Zwei kleineren.«

»Das heißt also, Zalla musste drei Schlösser aufsägen.«

»Nein, nur zwei Kettenglieder«, erklärt Etxe hastig. Man merkt seiner Stimme an, dass er es eilig hat, fortzukommen. »Auch wenn es sich nur bei einem gelohnt hat.«

»Hm.« Nachdenklich nicke ich, während ich mich zu ihm umdrehe. »Hat Eladio Ihnen eigentlich für Ihr beherztes Eingreifen gedankt?«

»Nicht sofort. Anfangs war er ja mehr tot als lebendig. Er hat am ganzen Körper gezittert und seinen Bruder nur fassungslos angestarrt. Irgendwann brach er dann in Tränen aus und heulte nur noch Rotz und Wasser. Und das tagelang. ›He, aber du lebst, du hast überlebt!‹, versuchte man ihn zu trösten. Er aber knurrte immer nur: ›Dieses Arschloch, dieses verdammte Arschloch!‹ und verriet selbst dem Richter nicht, wen er damit meinte, so viel Schiss hatte er.«

»Und wann dann?«

»Was, wann dann?«

»Wann er sich dann bedankt hat.«

»Vielleicht einen Monat später, auf der Straße. ›Gott bewahre dir dein Gehör‹, sagte er feierlich und klopfte mir kräftig auf die Schulter. Was ich bei einem Altube schon mal spaßig fand. Komischerweise kam mir dann auch noch ein Kunststückchen in den Sinn, das er mir einmal gezeigt hat: Die Arme an die Seiten gepresst, hatte er die Augen zusammengekniffen – und seine Ohren wackelten von ganz allein!«

Darauf fällt mir nichts mehr ein, was aber sicher nicht weiter schlimm ist, denn die Arbeit eines Privatdetektivs beschränkt sich nicht nur auf das geschickte Verhör von Zeugen. Bedachtsam lege ich meinen Hut auf einen trockenen Stein und klettere dann hoch auf die Klippe, wo ich mich hinlege, die Füße nach unten Richtung Eisenring, um mich besser in die Lage der Zwillinge hineinversetzen zu können. Gerade frage ich mich, wie ich mich wohl an ihrer Stelle gefühlt hätte – da donnert eine Welle gegen den Felsen und spritzt bis hoch zu meinen Schuhen. Ruck, zuck bin ich auf den Beinen und noch schneller wieder unten am rückwärtigen Fuß des Steins.

»Sicher ... war auch ... Hass im Spiel«, japse ich.

»Was?«, höre ich Etxe sagen.

Vornübergebeugt versuche ich das Seitenstechen in den Griff zu bekommen. »Der Täter ... wollte ... sie garantiert ... nicht nur töten ... sondern auch um ihr Leben ... kämpfen sehen. Ganz bestimmt hat er ... von irgendwo in der Nähe zugesehen, wie die Flut stieg.« Schon etwas ruhiger richte ich mich auf. »Apropos Täter: Haben Sie an ihren Köpfen eigentlich Spuren von Gewalt bemerkt?«

»Ja, an der Stirn. Zwei dicke Beulen.«

Ärgerlich sehe ich ihn an.

»Nicht zu fassen! Das hat man nie erfahren. Natürlich muss der Mörder sie als Erstes ausgeknockt haben! Wie sonst hätte er zwei solch starke Kerle wie die Altube-Brüder an den Ring ketten können?« Ich stocke kurz, weil mir gerade ein genialer Gedanke durch den Kopf schießt. »Warum geht man in Getxo eigentlich von einem Mörder aus und nicht von zweien oder dreien? Durch ihre Profitgier haben die Zwillinge sich schließlich viele von uns zu Feinden gemacht. Obwohl … wahrscheinlich handelt es sich doch um einen Einzeltäter, der seine Opfer mit einem gezielten Schlag von hinten bewusstlos geschlagen hat. Ja, so muss es gewesen sein, anderenfalls hätte Eladio dem Richter ja sagen können, wer seinen Bruder auf dem Gewissen hat.«

Voller Stolz über meine Kombinationsgabe hasche ich nach meinem Hut, den ein plötzlicher Windstoß davontragen will, und bohre dann weiter.

»Haben Sie sonst noch etwas bemerkt? Ich meine, vielleicht einen Schatten, vielleicht hatten Sie das Gefühl, nicht allein am Strand zu sein, von irgendwem belauert zu werden …?«

»Ähm … ja … ja, ich habe ein Gesicht gesehen … Das hatte ich ganz vergessen.«

Er schließt die Augen. Um sich genauer an die Einzelheiten zu erinnern? Aber es ist wohl nur Erschöpfung.

»Ach Gott, meine Nerven. Ich will mich nicht mehr daran erinnern müssen«, jammert er und krümmt sich wie ein Aal. »Mir ist schon ganz übel.«

Meine Idole kennen in einer solchen Situation jedoch kein Pardon. »So wie Sie reagieren, drängt sich mir der Verdacht auf, dass es womöglich Sie selbst waren, der den beiden mit einem Stein ein paar übergezogen, sie an den Ring gekettet und danach unten am Strand die Flut abgewartet hat«, erkläre ich unbarmherzig. »Dabei ist Ihnen dann eingefallen, dass Sie als Lebensretter den Verdacht von sich ablenken könnten. Vielleicht dachten Sie, dass die beiden längst ertrunken sind, wenn Sie mit dem Schmied zurückkommen. Vielleicht waren Sie ja am allermeisten überrascht, Eladio noch lebend vorzufinden!«

»W-was willst du damit sagen, Bordaberri? Willst du etwa andeuten, ich hätte …?!«

Kreideweiß im Gesicht fasst er sich an die Kehle – und

kotzt wie ein Reiher sein Frühstück auf die Steine. Ich atme tief durch: Ob Spade und Marlowe tatsächlich so weit gegangen wären wie Samuel Esparta? Mein Buchhändler-Ich empfindet jedenfalls Mitleid: Ich stütze Lucio Etxe, bis er nicht mehr würgen muss.

»Mit solchen stichelnden Bemerkungen versucht ein Privatdetektiv sein Gegenüber aus der Reserve zu locken«, beruhige ich ihn, während ich ihm mein Taschentuch reiche, damit er sich den Mund abwischen kann. »Das ist nicht persönlich gemeint.«

»Den Krabben wird's schmecken«, murmelt Etxe nur mit einem Blick auf seinen erbrochenen Mageninhalt, dreht sich dann wortlos um und klettert hinunter zum Strand – und ich ihm hinterher.

»Nur eine kleine Frage hätte ich noch«, sage ich, während er sich zitternd wie Espenlaub in den Sand fallen lässt, und versuche dabei so einfühlsam wie möglich zu blicken. »Warum zogen Sie an beiden Ketten, wenn doch klar war, dass für Leonardo bereits jede Hilfe zu spät kam?«

»Könntest du in einer solchen Situation noch klar denken?«

»Und deshalb schreit Eladio, Sie sollen aufhören zu ziehen, und Sie rennen los, um den Schmied zu holen. War's so?«

Lucio Etxe nickt ergeben.

»Und als Sie mit Zalla zurückkommen, sägt der dann eine der Ketten durch.«

»Die, die Eladio um den Hals hatte.«

»Und warum nicht zuerst die von Leonardo?«

»Woher soll ich das wissen?!«

»Und dann? Wer hat Eladio nach oben gezogen? Und wer Leonardo? Ihr wart zu dritt.«

»Jetzt langt's mir aber!« Mühsam rappelt er sich auf und

nimmt seinen Sack wieder auf die Schulter. »Ich gehe nach Hause, ich habe die Schnauze voll von deiner Fragerei.«

»Warten Sie, das ist immens wichtig!«, rufe ich. »Wenn der Mörder dabei war … also wenn einer von Ihnen dreien es war … dann hätte er zuerst den Toten befreit, um dem Wasser noch mehr Zeit zu lassen, auch mit dem noch Lebenden Schluss zu machen. Darum *muss* ich wissen, wer wen nach oben gezogen hat!«

Genervt schüttelt Lucio Etxe meine Hand von seinem Arm ab. »Du bist ja vollkommen irre! Wie nennst du noch mal das, was du hier treibst?«

»Ich ermittle. Ich bin Privatdetektiv.«

»Ein Scheiß-Privatdetektiv bist du!«, schreit er und spuckt mir angewidert den allerletzten Rest seines Mageninhalts vor die Füße.

4 Gerade den Richtigen getroffen

Die Kirchturmuhr von San Baskardo schlägt sieben Mal. So früh am Morgen habe ich die Buchhandlung noch nie aufgemacht, und außer ein paar vereinzelten Arbeitern, die verschlafen zum Bahnhof trotten, begegnet mir kein Mensch.

Da schon etwas Tageslicht in den Raum fällt, mache ich kein Licht an. An meinem Krimiregal vorbei, wo ich Chandlers und Hammetts Romane mit einem vertraulichen »Guten Morgen!« begrüße, eile ich nach hinten zu meinem Tisch und setze mich. Den Blick auf die Eingangstür gerichtet, lehne ich mich zurück und reibe mir energisch die Oberarme, um meiner Euphorie über die ersten Erfolge als Privatdetektiv Sam Esparta irgendwie Herr zu werden, bis allmählich meine Bewegungen immer langsamer werden und meine Augenlider schwerer und schwerer …

»Na, wie war's am Strand?«

Koldobikes Stimme lässt mich hochschrecken.

»Wie?« Ich reibe mir die Augen und gähne. »Woher … woher weißt du, dass ich am Strand war?«

»Schau auf den Boden. Du hast eine ganze Schubkarre voll Sand mit reingeschleppt.«

Alle Achtung, sage ich mir, während ich schlaftrunken meine Glieder strecke, Espartas Sekretärin ist ganz schön clever.

»Ich habe Lucio Etxe und seinen Sohn getroffen. Die beiden wissen jetzt ganz genau, wer Sam Esparta ist, das kann ich dir versichern. Und das ist für den Anfang gar nicht so schlecht, oder?«, erkläre ich stolz. »Durch meine geschickten Fragen ist es aus Etxe nur so herausgesprudelt und er hat mir Dinge erzählt, auf die vor zehn Jahren kein Mensch geachtet hat. Das war der reine Realismus, kann ich dir sagen, meine Fantasie musste ich nicht ein einziges Mal bemühen, mein Kriminalroman schreibt sich ganz von allein!«

»Jedenfalls hast du damit den Stein ins Rollen gebracht. Denn eins ist so sicher wie das Amen in der Kirche: Etxe wird herumerzählen, dass du ihn in die Mangel genommen hast. Stell dich also schon mal drauf ein, dass der geheimnisvolle Mörder dir bald auf den Fersen ist.«

Augenblicklich sacken meine Schultern nach unten. Zwar kann ich verstehen, dass sie nicht so verzückt ist wie ich, schließlich kann sie nicht die Hochstimmung nachempfinden, die ein Schriftsteller verspürt, wenn sein zähes Ringen um die richtigen Worte endlich Früchte trägt, dennoch hat ihr bissiger Kommentar meiner Euphorie einen gehörigen Dämpfer aufgesetzt. Enttäuscht sehe ich ihr zu, wie sie entschlossen zur Tür geht und mit einem langen, offenbar aber leichten Paket zurückkommt. Ruck, zuck packt sie es aus und stellt den dreigliedrigen Wandschirm vor meinem kleinen Tisch auf.

»Voilà: Fertig ist Sam Espartas Büro. Der stand noch bei uns daheim in der Abstellkammer.«

Ruhig Blut, San… äh, Samuel, du hast gerade erst mit den Ermittlungen angefangen, und dass das kein Spaziergang wird, war dir von Anfang an klar, versuche ich mir selbst Mut zuzusprechen. Eine geschlagene Stunde sitze ich nun schon hinter meinem Wandschirm und versuche vergeblich, aus Lucios Aussagen die richtigen Schlussfolgerungen zu ziehen, während Koldobike die Kunden bedient, die an diesem Vormittag unsere Buchhandlung betreten. Sie tut es ohne Murren; allem Anschein nach hat sie meiner neuen Identität nun endgültig ihren Segen gegeben.

Kurz vor Mittag rufe ich sie endlich.

»Ich brauche dich, Puppe!«

Als aufmerksame Leserin meines Lieblingsgenres kommt sie meiner Bitte mit einem »Ich komme sofort, Chef!« nach und schiebt nur eine Minute später eilfertig ihren Stuhl in mein Büro, wo sie sich mir, mit Block und Bleistift bewaffnet, gegenübersetzt.

»Den Stift kannst du hinlegen, Puppe.«

Erfreut stocke ich kurz, zeugt ein Satz wie der letzte doch von einem wahrhaft gelungenen Szenenaufbau, und erzähle ihr dann Punkt für Punkt von meinen Gesprächen am Strand. Still und ergeben, wie es sich für die Sekretärin eines Privatdetektivs geziemt, hört sie mir zu.

»Ich habe Lucio Etxe wirklich ganz schön zugesetzt«, schließe ich meinen Bericht, »auch wenn es mir leidgetan hat, ihn an jenen furchtbaren Morgen erinnern zu müssen. Allerdings frage ich mich jetzt, ob er mir was vorgespielt hat.«

»Tja, das kann gut sein, schließlich ist er kein Geschöpf deiner Fantasie.«

»Aber für mich *ist* Lucio Etxe eine Romanfigur! Genau wie all die anderen, die ich in diesem Mordfall noch befragen werde!«, protestiere ich energisch.

»Irrtum. Wir sind allesamt Menschen aus Fleisch und Blut und keine willenlosen Romangestalten, die nach der Pfeife eines allmächtigen Autors tanzen. Und wenn du nicht aufpasst, fesselt dich irgendwann einer an Apraiz' Eisenring.«

»Papperlapapp!« Unwillig schüttele ich den Kopf und versuche, das Gespräch auf etwas anderes zu lenken, denn darüber will ich jetzt lieber nicht weiter nachdenken. »Ich habe also bisher vier Verdächtige«, fasse ich zusammen. »Lucio Etxe, Antimo Zalla, sein Sohn Tomasón – und das Gesicht, das Etxe gesehen haben will.«

»Einen hast du vergessen.« Mit einer Hand ordnet Koldobike ihre karottenroten Locken, wie sie es immer tut, wenn sie gleichgültig wirken will. »Dich.«

»Wie?«, rufe ich perplex.

»Warum nicht? Könnte doch sein, dass du mich und all die anderen mit deiner Unschuldsmiene täuschen willst«, erwidert sie, bevor sie mit einem Grinsen hinzufügt: »Und vergiss jetzt bloß nicht, das, was ich gerade gesagt habe, niederzuschreiben.«

»Keine … keine Sorge«, sage ich, der ich mich allmählich von meiner Überraschung erhole. »Mein Roman wird nichts auslassen von dem, was passiert oder gesagt wird, nicht mal ein Komma.«

»Dann schreib am besten gleich weiter: 1935 warst du sechzehn Jahre alt, und in dem Alter kann man auf jeden Fall schon jemanden umbringen. Manchmal ist bei einem Verbrechen das Motiv nämlich vollkommen nebensächlich.«

»Du bist ja verrückt!«, entgegne ich scheinbar entrüstet, insgeheim bin ich jedoch hochbeglückt über diese Idee. Zwar hat Agatha Christie den Trick schon in ›Alibi‹ angewandt, aber … hm … meinen Roman würde dieser Verdacht zweifellos bereichern. Bin ich, der Autor, also der Mörder? … Auf jeden Fall ist das noch eine Spur, die der Leser meines Romans verfolgen sollte.

»Das ist genau die Antwort, die man von einem Mörder erwartet«, unterbricht Koldobike meine Gedankengänge.

»Der tatsächliche Mörder wäre doch nie so bescheuert, sein bereits vollkommen vergessenes Verbrechen ans Licht zu zerren!«

»Es sei denn, er leidet unter Amnesie«, erwidert Koldobike trocken und zeigt sich damit einmal mehr ihrer Rolle als Espartas Sekretärin würdig. »Dann wäre er am Ende genauso überrascht wie der Leser. Und das wär doch reizvoll, oder? So würde der Roman garantiert ein Riesenerfolg. Ich würde dir das erste Exemplar auch druckfrisch ins Gefängnis bringen.«

In diesem Moment schellt das Türglöckchen, und sie steht auf.

»Jedenfalls hast du nur eine Chance, dich von dem Verdacht zu befreien: Du musst den Mörder finden – und ich gäbe was drum, dass du es nicht bist.«

»Darf man erfahren, wo du heute in aller Herrgottsfrüh mit Anzug, Krawatte und dem Hut hinwolltest, den dein Großvater aus Amerika mitgebracht hat?«, stellt meine Mutter mich zur Rede, als ich eine Stunde später zum Mittagessen nach Hause komme.

Die Neugier meiner Schwester Elise hält sich hingegen in Grenzen; während sie den Küchentisch deckt, bedenkt sie mich nur mit einem flüchtigen Blick.

»Euer Vater hat mir *immer* erzählt, wo er gewesen ist«, drängt meine Mutter auf eine Antwort, schon halb beleidigt, weil ich mir erst mal wortlos die Hände wasche.

»Mir war heute früh einfach nach einem Strandspaziergang«, erkläre ich notgedrungen, in der Hoffnung, dass sie sich damit zufriedengibt. »Die Etxes waren auch schon unterwegs.«

»Da hast du ja gerade die Richtigen getroffen: Die reden sonst bloß mit den Krabben«, erwidert meine Mutter sarkastisch.

»Zieh dich endlich um, Sancho, das Essen wird kalt«, kommt Elise mir unerwartet zu Hilfe. Was für ein Glück, dass sie heute zu Hause arbeitet; sie ist Näherin, und normalerweise isst sie bei ihren Kunden.

Rasch werfe ich meiner zwei Jahre älteren Schwester einen dankbaren Blick zu und verschwinde in meiner Schlafkammer. Während ich mich zum ersten Mal seit neun Stunden der Anzugjacke entledige und danach Krawatte, Hemd, Hose und Hut sorgsam auf den Schemel neben meinem Bett lege, denke ich darüber nach, wann und wie ich meinen beiden Frauen am besten eröffne, dass sich in meinem Leben eine entscheidende Wende vollzogen hat. Hoffentlich geschieht es ganz nebenbei, ohne feierliche Erklärung; Sam Spade und Philip Marlowe mussten sich zu Hause nie rechtfertigen, sie waren einfach Privatdetektive, Punktum.

Bei Tisch erzählt meine Mutter den neuesten Dorftratsch, während Elise und ich hungrig den halben Teller voll Linsen vom Schwarzmarkt und ein Spiegelei mit zwei gekochten Kartoffeln hinunterschlingen. Vergeblich bemühe ich mich, ihr zu folgen, was sie am Ende merkt und mich deshalb mit den Worten: »Wer so früh aufsteht, muss einen Mittagsschlaf halten« in meine Kammer schickt. Kaum liege ich in den Federn, fällt mein Blick jedoch auf den Schemel mit dem Anzug, sodass ich, statt die Augen zu schließen, zu grübeln beginne. Soll ich mich künftig immer so kleiden? Oder nur, wenn ich als Samuel Esparta im Einsatz bin? Dass meine Vorbilder durchweg mit Trenchcoat und Hut herumlaufen, liegt sicher daran, dass sie von der Hand in den Mund leben und zudem ständig auf Achse sind, heute in einer Bar, morgen in einer Anwaltskanzlei, und in schäbigen Absteigen übernachten. Gähnend entscheide ich schließlich, dass ich nach Feierabend meine Arbeitskleidung ablegen werde. Ich habe ein Heim und eine Familie, und *so* sehr will ich nun auch wieder nicht in die Haut meiner Idole schlüpfen, letzten Endes schreibe ich nur einen Roman.

Eine Siesta hält man nicht mit offenen Augen, weshalb ich erst um halb sechs wieder die Türklinke meiner Buchhandlung herunterdrücke. Koldobike bedient gerade Señorita Mercedes, die für ihre Mädchenklassen Schulbücher bestellt hat.

Die Bücher für die Lehrerin aus Algorta liegen auf Stapeln bereit, die in den letzten Tagen aus dem Boden gewachsen scheinen. Jedes Jahr Anfang September wird die Buchhandlung von Lehrbüchern für Grund-, Haupt- und Oberschulen überschwemmt, herausgegeben von Verlagen wie beispielsweise dem »Antisektiererischen Verlag« in Burgos, der Heimatstadt unseres *»Caudillo«*. Unter der Ägide der katholischen Kirche haben sie allesamt die politische Vorzensur passiert, weshalb sie auch mit einem Stempel vom soundsovielten »Jahr des Triumphs« versehen sind. Gegenwärtig verkaufen wir ein Mathematikbuch aus dem »II. Jahr des Triumphs«, ein Lehrbuch der Physik und Naturwissenschaften, eine Geschichte der Spanischen Literatur von 1938, dem »III. Jahr des Triumphs«, sowie ein Schülerlexikon, das irrtümlich nicht ausgezeichnet war und den Weg in die Buchhandlungen nur gefunden hat, da das Versäumnis durch ein von Hand gestempeltes »II. Jahr des Triumphs« wettgemacht werden konnte. Leider kann ich auf die Einnahmen nicht verzichten, denn ohne sie würde ich mich mit meiner Buchhandlung nicht über Wasser halten können. Zum Glück sind diese Werke bis zum Ende des Monats aber alle verkauft.

»Guten Tag, Señorita Mercedes. Wie geht's?«, begrüße ich die Lehrerin.

»Die Zeiten werden langsam besser, nicht wahr?«, entgegnet sie mit sanfter Stimme, während ihr Blick aufgrund meiner ungewohnt eleganten Erscheinung ein paar Sekunden länger als sonst auf mir weilt. »Die Schulbücher sind dieses Jahr jedenfalls noch dicker geworden, oder täusche ich mich?«

»Na ja, sie wurden ja auch regelrecht mit der franquistischen Ideologie gemästet«, erwidert Koldobike trocken, während sie ihr die Quittung zur Vorlage bei der Gemeindeverwaltung reicht. »Ich lasse sie Ihnen liefern.«

»Oh, vielen Dank, das ist nett. Am besten übermorgen so gegen zwölf. Da will ich in der Schule neue Vorhänge aufhängen.«

»Señorita Mercedes dürfte um die dreißig gewesen sein, als Leonardo damals ertrank«, sagt Koldobike nachdenklich, kaum ist die Tür hinter der Lehrerin ins Schloss gefallen. »Welches Motiv könnte sie gehabt haben? Eigentlich wirkt sie so, als könne sie keiner Fliege etwas zuleide tun, aber wer weiß, und damals, als sie …«

»Unsinn, Puppe!«, falle ich meiner Sekretärin ins Wort. »Señorita Mercedes zu verdächtigen ist vollkommen absurd. Sag mir lieber, wen ich morgen zu dem Fall befragen soll. Was hältst du zum Beispiel davon, wenn ich Félix Apraiz abpasse, bevor er seine Reusen einholt?«

»Und warum nimmst du zur Abwechslung nicht mal jemanden oben im Ort in die Mangel? Der Strand ist schließlich nicht der Nabel der Welt.«

»Aber er ist der Tatort!«

»Schon … mir kommt da gerade nur jemand in den Sinn, der mehr als sonst einer in die Sache verwickelt war. Er war in besagter Nacht mit auf dem Felsen. Wenn aus dem nichts rauszukriegen ist, dann sehe ich schwarz für die Klärung des Falls.«

5 Alles hat seinen Preis

Normalerweise schließen wir abends um acht, aber gestern bat mich Koldobike um Erlaubnis, schon um sieben gehen zu dürfen. Sie müsste das nicht erst fragen, und das weiß sie auch, schließlich habe ich mich schon oft genug vor ihr aus dem Staub gemacht, mit dem neuesten Krimi in der Tasche als Feierabendlektüre. Bevor jedoch die Tür hinter ihr ins Schloss fiel, fragte ich sie noch, wo Eladio Altube wohnt.

»Wofür brauchst du seine Adresse?«, wollte sie verwundert wissen. »Ein Geschäftemacher wie der ist doch den ganzen Tag unterwegs von einer seiner Einnahmequellen zur nächsten. Am einfachsten wird es sein, wenn du gleich morgens zu seiner Hühnerfarm gehst, diesem gewaltigen Ziegelsteinbau, den man schon von der Wegkreuzung nach Laparikobaso aus sieht.«

In Getxo braucht man nicht lange, um von A nach B zu kommen, weshalb ich bereits um neun Uhr morgens vor dem Geflügelhof der Altubes stehe, der 1932 großes Aufsehen erregt hat, weil er hier der erste Industriebetrieb dieser Art war. Bereits im selben Jahr seiner Inbetriebnahme machten die Zwillinge jedoch erst einmal Bankrott. Schuld daran war ein gewisser Ambrosio Menchaca, der seinerzeit ebenfalls

Hühner zu züchten begann, wenn auch nach einer alles andere als industriellen Methode: Er hielt sie nicht nur in seinem Hühnerstall, sondern überall auf seinem Hof, selbst im Wohnhaus brütete das Federvieh seine Eier aus, in jedem Zimmer gackerte und piepste es, sogar in seiner Schlafkammer, wo er, wie es hieß, zwischen den Küken schlief, damit sie es nicht kalt hatten. Dank dieses Einfallsreichtums und Fleißes fanden bei dem Junggesellen letztlich mehr Tiere Platz als in der Fabrikhalle der Zwillinge. Menchacas Triumph lag allerdings nicht an der größeren Menge der Tiere, sondern an seiner rotgefiederten Hühnerrasse, die braune Landeier legte. Im Unterschied zu den weißen Eiern der Altubes waren diese viel größer und zudem schmackhafter, da Menchacas Hühner ausschließlich roten Mais bekamen, wohingegen die Altube-Brüder amerikanisches Kraftfutter verfütterten, dessen Inhaltsstoffe man lieber nicht so genau kennen wollte.

Eines Tages verschlug uns dann allerdings eine Schreckensnachricht den Atem: Menchaca war von jemandem bei La Galea die Klippen hinabgestoßen worden. Da die größere Nachfrage nach seinen Eiern die Altube-Brüder zum Schließen ihres Betriebs gezwungen hatte, standen sie natürlich zuerst unter Verdacht. Irgendwann stellte sich dann aber heraus, dass ein gewisser José Salegui das Verbrechen begangen hatte, und nach wenigen Monaten nahmen die Altubes ihre Eierproduktion wieder auf. Seither wirft die Hühnerfarm satte Gewinne ab, da im Krieg die Preise für Lebensmittel drastisch stiegen und jetzt in der Nachkriegszeit Nahrungsmittel fast nur noch auf dem Schwarzmarkt zu bekommen sind, woran sich so mancher Gauner eine goldene Nase verdient.

Ein Stacheldrahtzaun umgibt das Gelände, das zudem von zwei riesigen Kötern bewacht wird, die, kaum haben sie mich entdeckt, angelaufen kommen und bedrohlich knurrend und kläffend daran hochspringen, sodass ich vor der vergitterten Eingangspforte stehen bleibe. Menchacas Ermordung, die mir gerade wieder in den Sinn gekommen ist, gibt mir zu denken. Tatsächlich war es logisch, dass Eladio und Leonardo 1933 verdächtigt wurden, ihren Rivalen aus dem Weg geräumt zu haben. Schon damals hauten sie wirklich jeden übers Ohr und logen und betrogen, was das Zeug hielt. Tja, und kurioserweise waren die Zwillinge zwei Jahre später wieder in ein Verbrechen verwickelt – nun allerdings als Opfer. Irgendjemand hatte wohl einfach die Schnauze voll gehabt von ihren Gaunereien.

Plötzlich sehe ich einen schmächtigen Kerl näher kommen. Mit einem heiseren »Aus!« bringt er die Wachhunde zum Kuschen und schlurft dann wie ein alter Mann zur Gittertür, dabei ist er höchstens fünfundzwanzig – und damit eindeutig zu jung, um Eladio Altube zu sein, der inzwischen Mitte vierzig sein muss. Er trägt einen dreckigen, nach Hühnerkacke stinkenden Blaumann und macht nicht nur keine Anstalten, mich zu fragen, was ich will, seine Augen sehen mich auch nicht an, sondern blicken über meine Schulter hinweg in die Ferne.

»Ist der Chef da?«

»Der ist beschäftigt.«

»Ich muss ihn sprechen.«

»Wenn er bei seinen Hühnern ist, darf ihn niemand stören.«

»Sag ihm, ich will …«

»Lass ihn rein!«, brüllt da auf einmal eine Stimme.

Sie muss aus der Halle kommen, denn auf dem Gelände entdecke ich sonst niemanden. Wortlos macht der schmächtige Kerl mir auf. Auf dem Rasen sieht man zwei Trampelpfade. Der Arbeiter folgt mir mit einem Meter Abstand.

»Hintenrum!«, brüllt die Stimme wieder, ich habe anscheinend den falschen Weg eingeschlagen. Als ich um die Ecke biege, haut mich der Gestank von Hühnerkacke beinahe um. Unwillkürlich halte ich mir die Nase zu. Von der Hallentür steht die obere Hälfte offen. Apathisch trottet der Angestellte an mir vorbei und öffnet die untere Hälfte.

»Los, beweg deinen Arsch, du hast schon genug Zeit verplempert!«, schnauzt der Besitzer der Stimme ihn an, der nun ins Freie tritt, in der Hand einen Korb, randvoll mit weißen Eiern. Tatsächlich legt das mickrige Bürschchen einen Gang zu und schließt die Tür hinter sich, sodass mir der Blick auf die Legebatterien mit den Hühnern verwehrt bleibt, von denen nur aufgeregtes Gegacker herausdringt.

»Ich bin …«

»Ich weiß, wer du bist«, knurrt Altube.

Er trägt eine Arbeitshose und ein kariertes Hemd, beide zerknittert und ziemlich schmutzig. Seine ruhige Art will allerdings nicht so recht zu seinen flinken Augen passen. Die Erklärung dafür, dass er mich erkannt hat, liegt in diesen Argusaugen, denen nichts zu entgehen scheint.

»Bist du dir wirklich sicher, dass du das weißt?«, frage ich deshalb herausfordernd.

Er verzieht das Gesicht zu einem Grinsen, während er mich zu einem Wellblechschuppen führt.

»Klar. Du bist Sancho Bordaberri. Der Besitzer der Buchhandlung Beltza.«

»Irrtum. Ich bin Samuel Esparta. Seines Zeichens Privatdetektiv.«

Eladio Altube bleibt abrupt stehen.

»Wie? Du hast einen zweiten Namen?« Argwöhnisch kneift er seine listigen Äuglein zusammen. »Weiß die Polizei davon?«

»Vergiss die Polizei. Das ist reine Privatsache.«

»In diesem Aufzug steckt also ein Privatdetektiv …« Er mustert mich von oben bis unten. »Und hinter was bist du her?«

»Hinter dem Mörder deines Bruders.«

Überrascht zuckt er zusammen, sodass ihm gleich mehrere Eier aus dem Korb fallen. Starr blickt er auf das Rührei zu seinen Füßen. Er wirkt einen Moment so, als überlege er, wie er die Matsche zusammenkratzen könnte, damit für seinen Angestellten noch ein Abendessen draus wird, doch dann reißt er sich zusammen und geht stumm weiter zum Schuppen, schließt auf und winkt mich hinein.

An den Wänden lehnen Mistgabeln und sonstiges Arbeitsgerät, davor stehen ein Regal mit ein paar großen Schachteln, ein kleiner Tisch und ein Stuhl, den er mir mit dem Fuß hinschiebt, damit ich mich setze; er selbst bleibt stehen, so angespannt ist er, den Korb in der Hand hat er vollkommen vergessen.

»Deshalb bist du also hier. Und wer hat dich dazu angespitzt? Wer bezahlt dich dafür?«

»Niemand bezahlt mich. Wie ich schon sagte: Ich bin aus rein privaten Motiven hier.«

Um seinen Mund zeigt sich jetzt ein tückischer Zug.

»Dann hast du dich also selbst beauftragt … Weil du aus der Geschichte ein Buch machen und damit Geld verdienen willst.«

Völlig perplex starre ich Altube an. Eigentlich dachte ich immer, dass nur meine Mutter, Elise und Koldobike von meiner heimlichen Leidenschaft wissen. Nichtsdestotrotz bin ich in seinem Kopf gespeichert unter »Sancho Bordaberri, Buchhändler und Schriftsteller«.

»Wahrscheinlich hast du schon eine ganze Liste mit Kandidaten, die du dazu befragen willst.« Vollkommen entspannt stellt er jetzt seinen Eierkorb auf dem Boden ab.

»Ich kann dir aber weitaus mehr erzählen als jeder andere.«

Es ist also tatsächlich so, wie Koldobike es gesagt hat. Und es leuchtet mir jetzt auch ein: Niemand weiß mehr als derjenige, der mit dem Opfer dessen letzte dramatische Stunden verbracht hat.

»Ich lese nicht viel«, fährt Altube fort, »aber man braucht auch nicht sonderlich belesen zu sein, um zu wissen, dass sich ein Buch umso besser verkauft, je mehr aufsehenerregende Neuigkeiten es enthält.«

»Neuigkeiten stehen in der Zeitung, ich hingegen will ...«

»Nenn es, wie du willst, entscheidend ist, dass wir es am Ende gut verkaufen.«

»Wir?«

»Wir machen natürlich fifty-fifty. Fünfzig für dich, fünfzig für mich.«

Auf seinem Gesicht zeigt sich keine Regung. Aber was habe ich von einem ausgefuchsten Kerl wie ihm auch anderes erwartet? Eigentlich hätte er als Antwort ein knallhartes »Kommt nicht infrage!« verdient, doch Samuel Esparta, nicht weniger schlau, will dem Mörder auf die Spur kommen, und Altube muss wichtige Dinge wissen. Deshalb tue ich erst einmal desinteressiert.

»Was kannst du mir schon enthüllen, was nicht eh schon jeder weiß? Oder zumindest vor zehn Jahren wusste, schließlich war die Geschichte in aller Munde. Mich interessiert aber nicht das Geschehen selbst, sondern das, was im Verborgenen blieb und in das ich neues Licht bringen kann.«

Entdecke ich auf Eladios schmalen Lippen so etwas wie ein Grinsen?

»Ich *kann* dir was Neues verraten. Etwas, das noch nicht allgemein bekannt ist. Allerdings hat das seinen Preis.«

»Und was ist das? Etwa der Name des Mörders? Das wäre in der Tat eine Neuigkeit.« Mit gewichtiger Miene setze ich mich aufrecht hin. »Aber damit kannst du mich momentan nicht ködern. Ganz im Gegenteil: Es wäre für meinen Roman fatal, schon jetzt den Mörder aufzudecken. Nein, ich werde mit der traditionellen Machart eines Krimis nicht brechen. Diesen Knalleffekt spare ich mir für die letzte der zweihundertfünfundachtzig Seiten auf. Wenn ich das Geheimnis schon auf Seite neunundsechzig lüfte, wird mein Krimi von der Kritik verrissen, und kein Mensch kauft ihn mehr!«

»Dann schreibe es eben so, dass du erst am Ende deiner zweihundertfünfundachtzig Seiten mit mir sprichst.«

Dieser Gauner ist wirklich mit allen Wassern gewaschen, selbst auf literarischem Gebiet.

»Das geht nicht«, versichere ich ihm, während ich insgeheim voll Anerkennung denke, dass das für ein anderes Genre durchaus eine gute Lösung wäre. »*Jeder* intelligente Detektiv würde in solch einem Fall als Allererstes den Bruder des Ermordeten aufsuchen, zumal er nicht nur sein Zwillingsbruder ist, sondern auch selbst hätte ermordet werden sollen. Samuel Esparta darf die Gesetze seines ehrbaren Metiers nicht missachten. Und er will seine Karriere, kaum hat sie begonnen, auch nicht gleich wieder beenden.« Neugierig sehe ich ihn an. »Aber sag, wolltest du mir tatsächlich den Namen des Mörders verkaufen?«

Ich halte den Atem an, während ich auf seine Antwort warte.

»Nein, natürlich nicht«, seufzt Eladio Altube resigniert, dem offenbar klar geworden ist, dass er so nichts bei mir erreicht. Plötzlich leuchten seine Äuglein jedoch wieder auf. »Aber es gibt noch etwas anderes, das niemand außer mir weiß – und das dich genauso viel kostet.«

»Du meinst, fifty-fifty?«

Mit einem durchtriebenen Grinsen nickt Eladio Altube, sodass Samuel Esparta sich kurz vorkommt wie auf einem Viehmarkt. Doch ich gebe mich noch nicht geschlagen.

»Es kann aber sein, dass ich das Buch nie fertig schreibe, dass niemand es verlegen will – oder dass sich nicht ein einziges Exemplar davon verkauft.«

»Für diesen Fall setzen wir in unseren Vertrag die Klausel ein, dass du mich dann aus eigener Tasche bezahlst.«

»Du willst ein Ausfallshonorar?!«, rufe ich aufbrausend. »Ist dir klar, dass du gerade versuchst, Kapital aus dem Andenken deines toten Bruders zu schlagen?!«

Wortlos nimmt Eladio den Korb und geht damit zum Regal, wo er sich dranmacht, mit sicherer Hand Ei für Ei in eine mit Sägespänen gepolsterte Schachtel zu legen. Ein halbes Dutzend Schachteln sind schon gefüllt. Erst als der Korb leer ist, dreht er sich wieder zu mir um. Er hat Zeit zum Nachdenken gebraucht. Verständlich. Seine Augen schimmern feucht – oder täusche ich mich da?

»Sie werden jeden Moment da sein«, sagt er leise.

»Wer?«

Kaum ausgesprochen, ist mir auch schon klar, dass meine Frage dumm war, sicher geht es darum, dass jemand gleich die Eier abholt. Schweigend lehne ich mich zurück, um ihn erst mal seine Sachen regeln zu lassen; wahrscheinlich hat mich seine plötzliche Gefühlsregung milde gestimmt.

Kurioserweise kommt er jedoch auf das neue Detail für meine Nachforschungen zurück, das er mir eben noch verkaufen wollte und mir offenbar nun gratis verrät.

»Er lauerte mir noch ein zweites Mal auf. Nachts am Strand, nur ein paar Meter von Apraiz' Felsen entfernt. Mit einem Stock versuchte er mich niederzuknüppeln, ich hab's gerade noch rechtzeitig gemerkt, worauf er in der Dunkelheit sofort das Weite suchte. Er wollte mich garantiert wieder an den Eisenring ketten.«

Ich sehe ihn durchdringend an, seiner Miene nach zu schließen, scheint er tatsächlich die Wahrheit zu sagen.

»Und wann war das?«

»Dreiundvierzig Tage später.«

»Dreiundvierzig Tage saß er also wie auf glühenden Kohlen. Der Mörder, meine ich.«

»Dieser Drecksack!«

»Ein Perfektionist. Der das einmal Begonnene zu Ende bringen wollte.«

»Es ist das erste Mal, dass ich das jemandem erzähle.«

»Und warum erst jetzt? Für die damaligen Ermittlungen hätte das doch ein entscheidender Hinweis sein können!«

Gleichgültig zuckt er mit den Schultern. »Mit dem Tod meines Bruders hat sich doch niemand richtig befasst, weder die Polizei noch der Untersuchungsrichter. Monatelang brodelten im Ort die Gerüchte, bis schließlich der Krieg ausgebrochen ist … Ich wollte mich nicht wieder zum Gespött der Leute machen, wenn sie von den beiden weiteren Mordversuchen dieses Dreckskerls erfahren hätten. Mein Bruder hat es nicht verdient, dass …«

»*Zwei* Mordversuche, hast du gesagt?!«

Statt einer Antwort blickt Eladio durch die offene Schuppentür hinaus auf die Straße, wo soeben mit quietschenden Bremsen ein Lieferwagen gehalten hat. Neugierig springe ich auf und trete hinter ihn. Auf der Karosserie ist »Falange Española« zu lesen. Aus den Augenwinkeln sehe ich, wie Altubes Wachhunde, die beim Quietschen der Bremsen angeschlagen haben, mit eingekniffenem Schwanz das Weite suchen. Drei wie Schläger aussehende Männer steigen aus, stoßen das Tor auf und marschieren auf den Geräteschuppen zu.

»Keine Sorge, ich kenne sie«, beruhigt mich Eladio.

Dennoch weiche ich unwillkürlich ein paar Schritte zurück. Seit dem Krieg möchte niemand diese Kerle in ihren blauen Uniformhemden in seiner Nähe haben und schon gar nicht so entschieden auf sich zukommen sehen.

»Arriba España!«, sagt Eladio verhalten, als der erste der drei auf der Schwelle stehen bleibt.

Er ist groß und hager, hat ein scharf geschnittenes Gesicht, trägt eine dunkle Sonnenbrille auf der Hakennase und natürlich das wie mit einem Kohlestift gezogene, obligatorische Oberlippenbärtchen. Selbstgefällig tut er den Gruß mit einer ausladenden Handbewegung ab.

»Wie viele sind es heute?«, fragt er mit einer auffällig hohen Stimme.

»Eine Schachtel mehr als sonst«, erwidert Eladio.

Mit einem »Los, auf geht's!« dreht der Anführer sich zu seinen beiden Kumpanen um, die daraufhin wortlos zu dem Regal stiefeln und die Schachteln hinauszutragen beginnen. Dann fällt sein Blick auf mich.

»Das ist nur der Buchhändler aus der Avenida del Ejército«, klärt Eladio ihn auf.

»Ah! Wusste ich's doch, dass ich diese Fresse von irgendwoher kenne.« Abschätzig mustert er mich. »Steht in einem deiner Romane, dass man für eine Hühnerfarm den Hochzeitsanzug anzieht?«

»Ich habe mich heute einfach mal vor dem Spiegel angezogen«, erwidere ich und blicke schnell zu Boden, damit er nicht merkt, wie stolz ich auf diese unerschrockene, wenn auch nicht sonderlich gewitzte Antwort bin.

Der Kerl lacht auf, wird gleich darauf aber wieder ernst.

»Lass dich mit Eladio bloß in keine Geschäfte ein. Du kennst den Spruch: ›Schuster, bleib bei deinem Leisten.‹ Und ich rate dir eins: Bleib bei deinen Büchern.«

»Wir machen keine Geschäfte miteinander«, sagt Eladio Altube schnell.

Gleich, denke ich verängstigt, wird das Blauhemd »Und was will er dann hier?« oder Ähnliches fragen, doch zu meiner Überraschung sieht mich der Kerl nur noch einmal drohend an, bevor er grußlos auf dem Absatz kehrtmacht und seinen Kollegen folgt, die draußen gerade die letzten Schachteln im Laderaum verstauen.

»Aber mit ihm mache ich Geschäfte. Gute Geschäfte«, sagt Eladio Altube zwei Minuten später, kaum ist der Lieferwagen davongebraust. »Die besten, die ich je gemacht habe. Schade nur, dass mein Bruder das nicht mehr sehen kann.« Unsere Blicke treffen sich, worauf er dreckig grinst. »Wir sind Partner. Für meine Eier bekomme ich auf dem Schwarzmarkt so noch viel mehr.«

»Meine Anwesenheit scheint ihn nicht sonderlich gestört zu haben.«

»Warum sollte sie das?«, fragt er verwundert.

»Ich könnte euch bei den Behörden anzeigen.«

»Ha, die Behörden! Der Einzige, der hier das Sagen hat, ist doch Luciano. Wenn du den Mund aufmachst, bist du derjenige, der in den Knast wandert, nicht er. Oder er lässt dich eines Nachts abholen, und was dann passiert, weißt du ja.«

Eladio Altube grinst überlegen, zweifellos sind mit dem Ende des Kriegs nicht nur für Francos Anhänger, sondern auch für ihn fette Jahre angebrochen.

»Das Volk leidet großen Hunger«, sage ich, »und am Schwarzhandel klebt Blut.«

»Dafür kann ich nichts, ich habe den Krieg nicht angezettelt.«

»Dieses fremde Pack …«

»Von wegen fremd. Luciano Aguirre stammt aus Getxo, wusstest du das nicht?«

Luciano Aguirre ist Baske? Wie immer fällt es mir schwer, zu glauben, dass jemand seine Gesinnung so einfach wechseln kann wie sein Hemd. Er hat gesagt, er kenne mich, das heißt, er muss schon einmal in meiner Buchhandlung gewesen sein; am besten frage ich Koldobike nach ihm, sie kann sich Gesichter besser merken als ich.

Unvermittelt entfährt mir ein tiefer Seufzer. Wie kriege ich jetzt bloß die Kurve zurück zu meiner Ermittlung? Nachdem Eladio vorhin gänzlich unverhofft gestanden hat, einem zweiten Mordanschlag nur knapp entkommen zu sein, wurden wir, gerade als er mir von einem dritten Mordversuch erzählen wollte, durch Aguirre und seine Kumpane unterbrochen. Während ich nach einem möglichst harmlos klingenden Einstieg suche, um den verlorenen Faden wieder aufzunehmen, kommt mir Eladio Altube zuvor.

»Ich muss wieder hinüber zu meinen Hühnern«, verkündet er nervös. »Aber so in etwa einer halben Stunde gehe ich hoch nach Algorta. Wenn du willst, kannst du mich begleiten.«

Seine Arbeit besteht anscheinend vor allem darin, seinen Angestellten in der Halle herumzukommandieren, der wahrscheinlich alle Drecksarbeit machen muss, während sein Chef keinen Finger krümmt und sich nur die Kehle aus dem Hals schreit.

Nach einer halben Stunde erscheint Altube auch tatsächlich wieder in der Tür des Geräteschuppens.

»Ich muss ihm ständig auf die Finger schauen, sonst treibt er mich noch in den Ruin«, knurrt er, während er sich mit beiden Händen das karierte Hemd und die Wollhose abklopft.

»Wie viele Hühner hast du eigentlich?«

»So um die zweitausend.«

»Die Leute hatten hier früher nie mehr als zwei, drei Dutzend Hühner«, sage ich. »Zweitausend bedeuten verdammt viel Arbeit für einen einzelnen Menschen.«

Eladio Altube lässt meine Verteidigungsrede jedoch nicht gelten.

»Mein Angestellter ist ein fauler Sack. Schau, Sancho, eine Mutter hat mit einem Kind doch genau die gleiche Arbeit wie mit zehn; mit zehn Kindern muss sie es nur anders angehen, schneller und effizienter. Mit zweitausend Stück Federvieh ist es genau dasselbe. Die Leute hier sind nur einfach unglaublich phlegmatisch. Wer hat die Massentierhaltung in Getxo eingeführt? Die Zwillinge. Wer hat den ersten Traktor gekauft? Die Zwillinge. Und was ist der Dank dafür? Ha! In den Augen der Bevölkerung sind wir Zwillinge nach wie vor die, die die anderen stets übers Ohr hauen. Dabei würden sie ohne uns noch immer wie in der Steinzeit leben. Aber wir Zwillinge werden noch viel mehr Neuerungen einführen, das garantiere ich dir.«

»Die Zwillinge?«

Eladios Miene verhärtet sich.

»Ja. Für mich werden wir immer die Zwillinge sein. Ich fühle mich meinem Bruder noch genauso nah wie früher.«

Von einem Haken an der Wand nimmt er eine Hose und heißt mich dann, draußen zu warten, bis er sich umgezogen hat. Anscheinend ist es für ihn ausgemachte Sache, dass ich ihn begleite, fast als wollte er mir geraten haben, diese »Chance« nicht auszuschlagen. Und wahrscheinlich hat er recht: Denn wer garantiert mir, dass er morgen nicht stumm ist wie ein Fisch? Altube ist ein launischer, unsteter Charakter, ein Fähnchen im Wind. Nein, es ist wirklich kein Verlass auf ihn, besser gesagt: Ich traue ihm nicht über den Weg.

Kaum hat er sich die etwas sauberere Hose angezogen, ist

er auch schon draußen. Den Schuppen schließt er mit dem Schlüssel ab, den er in seine Hemdtasche steckt.

»Das mache ich im Andenken an meinen Bruder«, sagt er, als wir bereits auf halbem Weg hoch nach Algorta sind. »Die Tür, meine ich. Egal, durch welche er gegangen ist, er hat sie immer abgeschlossen.«

»Na, die Hühner fühlen sich wahrscheinlich auch sicherer, wenn abgesperrt ist. Hat dein Angestellter auch einen Schlüssel?«

»Nein. Nicht einmal meine Kompagnons haben einen.«

»Bei dir sind eure Geschäfte jedenfalls in sicheren Händen.«

»Wäre schön, wenn Leonardo das mitbekäme, wo auch immer er jetzt ist«, seufzt er.

Aus den Augenwinkeln werfe ich ihm einen schnellen Blick zu. Huscht da so etwas wie ein dunkler Schatten über dieses Gesicht mit dem Dreitagebart?

»Täusche ich mich, oder hast du da noch was nicht ganz verdaut? Unter den fürchterlichen Umständen wäre es zum Beispiel nicht verwunderlich, wenn ihr keinen Abschied voneinander genommen hättet.«

Abrupt bleibt Eladio Altube stehen. Da habe ich wohl einen wunden Punkt getroffen, und das völlig ohne Absicht, denn eigentlich wollte ich das Gespräch nur wieder auf das Jahr 1935 und Apraiz' Felsen lenken.

»Du bist echt nicht dumm, Sancho Bordaberri«, sagt er leise, und als sich unsere Blicke treffen, verbessert er sich, »äh, Samuel Esparta, meine ich natürlich. Woher weißt du das?«

»Na ja, ich habe mich einfach in deine Lage versetzt, wie du, dem Ertrinken nah, neben deinem Bruder …«

»Warum habe ich mich bloß nicht von ihm verabschiedet, als noch Zeit war? Als wir beide noch voller Verzweiflung an den Ketten zerrten und er wie ich um Hilfe schrie? Ich glaubte wirklich, wir würden beide gleichzeitig ertrinken … aber er ertrank vorher, er ertrank, als mir der Arsch längst schon auf Grundeis ging und ich nur noch um mein Leben kämpfte. Verdammt, Leonardo starb neben mir an diesem gottverdammten Felsen, und ich hab's noch nicht mal mitbekommen! Seitdem …«

Er verstummt, und während wir schweigend weitergehen, kommt mir auf einmal in den Sinn, dass eine Figur wie er für einen Krimiautor eigentlich ein wahres Geschenk ist: Auf ein Zwillingspaar wird ein Mordanschlag verübt, doch ein Zwilling überlebt, das heißt, der Mörder hatte nur zu fünfzig Prozent Erfolg; übertragen auf einen »normalen« Mordfall mit nur einem Mordopfer, würden die fünfzig Prozent bedeuten, dass die eine Hälfte seines Körpers noch am Leben ist, im Idealfall die obere Hälfte, die mit dem Gehirn, sodass sie noch in der Lage wäre, zu erzählen, wer der Mörder ist, eine Art sprechende Leiche also – und nichts anderes ist Eladio Altube!

»Seltsam nur, dass jemand euch in jener Nacht bewusstlos schlagen konnte, ohne dass ihr ihn vorher bemerkt und erkannt habt«, sage ich deshalb in unser Schweigen hinein. »Oder war es dafür noch zu dunkel?«

Mit einem Blick zur Seite sehe ich, wie Eladio seine Schweinsäuglein zusammenkneift.

»Ja, es war noch stockfinster. Unsere beiden Karbonlampen standen im Sand, ein paar Schritte von uns entfernt, weil Leonardo und ich über die … Um ehrlich zu sein, weiß ich nicht mehr, was wir genau taten, bevor dieserUeckskerl uns ein paar überzog. Mein Gedächtnis lässt mich vollkommen im Stich, bis Leonardo und ich mit einer Kette um den Hals an dem Felsen hängen und das Wasser uns schon bis zur Hüfte reicht.«

»Dann habt ihr sicher miteinander geredet …«

»Ja, klar. ›Was … was soll das?‹, hat Leonardo geschrien. ›Wer hat uns hier angekettet?‹«

»Er hatte den Täter also auch nicht gesehen.«

»Ich habe doch gesagt, dass es stockfinster war!«

Seine Miene erstarrt, sicher überkommt ihn die Erinnerung gerade mit voller Wucht, weshalb ich ihn besser in Ruhe lasse. Die äußeren Umstände sind für einen Ermittler sowieso nicht besonders ideal: Hat man schon je gelesen, dass ein Sam Spade jemanden in die Mangel nimmt, während er zu Fuß von einer Hühnerfarm zu … ja, wohin eigentlich? … nun, mit Sicherheit zu einem anderen Geschäft eilt? Und das auch noch am helllichten Tag! Keines meiner Idole könnte bei so einer Szenerie klug taktieren, jeder von ihnen würde die verruchte Atmosphäre missen, die den Schauplätzen des Genres eigen ist: eine dunkle Gasse; ein schummriges Lokal mit von blauem Dunst umhüllten Hängelampen als einziger Beleuchtung; an den Tischen heimliche Liebespärchen oder finstere Gestalten, die Pläne für ihr nächstes Verbrechen schmieden; auf einem Hocker am Tresen eine Blondine mit Schwanenhals und ellenlangen Beinen, die sich wünscht, dass der Tag besser ende als all die vorherigen; ein Barkeeper, der zum x-ten Mal den Tresen mit einem schmierigen Lappen abwischt, während er in den unergründlichen Gesichtern seiner düster dreinblickenden Gäste forscht und immer wieder hinüberblickt zu den zwei Ganoven, die sich an einem kleinen Tisch in der hintersten Ecke unterhalten, in der stillen Hoffnung, dass sie endlich gehen, bevor am Ende nur einer geht und der andere mit dem Gesicht auf der Tischplatte liegen bleibt, im Rücken ein Messer … Nein, bei diesem flotten Marsch auf der Straße hoch nach Algorta, am helllichten Tag und noch dazu umweht von einer frischen Brise, würden sie bestimmt auch nichts Brauchbares aus dem noch lebenden Mordopfer herausquetschen können, das ansonsten der ideale Zeuge eines jeden Detektivs wäre. Ich aber kann zumindest mit *einem* handfesten Ergebnis aufwarten, sage ich mir voller Stolz: Eladios Geständnis, dass man ihn danach noch zwei weitere Male beseitigen wollte, was er bisher noch keinem Menschen verraten hat.

Unterdessen kommen wir an den ersten Geschäften vorbei. »Guten Morgen«, begrüßen mich die Passanten mit einer Spur von Mitleid, »Guten Morgen«, grüße ich zurück, Eladio Altube hingegen bedenken sie mit keiner Silbe, und auch er bringt den Mund nicht auf, er nickt bloß lustlos mit dem Kopf, falls ein Gruß ihn zufällig mit eingeschlossen hat. Wir überqueren die Eisenbahnschienen und gehen ein Stück die Avenida del Ejército entlang; ausnahmslos jeder Ort in Spanien hat neuerdings eine in »Allee der Armee« umbenannte Straße, das ist die, auf der Francos Truppen einmarschiert sind: womit aller Schrecken begann.

»Deine Buchhandlung«, brummt Eladio Altube kurz darauf und deutet hinüber auf die rechte Straßenseite.

Es würde gut in dieses Kapitel passen, wenn ich ihn jetzt hineinbitten – seinem anfänglichen Gefeilsche um mein Buch zufolge hat er in seinem Leben schon das eine oder andere Buch gelesen – und mich mit ihm in mein Büro setzen würde, um die Schlüsselszene von vorhin noch einmal nachzustellen, als er mir offenbarte, dass der Mörder ihm noch zwei weitere Male aufgelauert hat. Aber er hat es eilig, und bevor ich den Mund aufmachen kann, sind wir schon an meinem Laden vorbei.

Vor der Eisenwarenhandlung gegenüber dem Bahnhof bleibt er schließlich stehen. Sie gehört ihm und den Gebrüdern Ermo von der Kneipe La Venta, und seit der Eröffnung um 1920 munkelt man in Getxo, sie würden sich gegenseitig argwöhnisch auf die Finger schauen.

»Ich muss hier jeden Tag nach dem Rechten sehen«, sagt Eladio, während er die Tür aufstößt, worauf augenblicklich eine schrille Glocke ertönt. Grinsend sieht er mich an. »Joseba hört immer schlechter.«

Hinter dem Tresen bedient ein magerer junger Bursche apathisch eine Bäuerin. Auch wenn er eine Spur reinlicher wirkt, sticht mir die Ähnlichkeit mit dem schmächtigen Kerl auf der Hühnerfarm sofort ins Auge: Sein Gesicht über dem viel zu weiten Hemd ist so ausgemergelt, dass es selbst in diesen schlechten Zeiten noch Aufsehen erregt. Wie jeder in Getxo weiß, werden Altubes Angestellte schlecht behandelt und noch elendiger bezahlt; viele von ihnen halten nicht einmal den ersten Monat durch und kündigen, noch ehe sie ihren ersten Hungerlohn erhalten haben.

Trotz seiner Abgestumpftheit scheint dieser die Bäuerin aber tatsächlich zum Kauf einer Sense bewegt zu haben, denn gerade wickelt er sie ihr vorsichtig ein und nimmt dann das Geld entgegen. Im selben Moment geht die Tür zum Hinterzimmer auf, und Joseba Ermo erscheint auf der Schwelle, sodass die Scheine nicht in der Schublade, sondern in der Hand des Chefs landen – worauf Eladio Altube augenblicklich einen langen Hals macht, um sich zu vergewissern, dass die Summe, die Ermo in das alte Kassenbuch notiert, auch mit dem Geldbetrag in dessen Hand übereinstimmt.

»Womit kann ich Ihnen dienen?«, fragt mich der Angestellte, nachdem die Tür hinter der Bäuerin ins Schloss gefallen ist.

»Der begleitet mich bloß«, brummt Eladio Altube, während er mit Ermo im Hinterzimmer verschwindet.

Joseba Ermo, der so schmierig und hinterhältig wirkt wie alle Ermos, hat mich nicht ein Mal angesehen, aber ich könnte wetten, er hat mich genau registriert, weshalb mich ein leichter Schauer durchrieselt; gegenüber Leuten, die immer und überall auf ihren Vorteil bedacht sind, fühle ich mich stets wehrlos.

Aus dem Hinterzimmer hört man jetzt laute Stimmen. Joseba Ermo steht nicht mehr unter Verdacht als andere, Leonardo Altube getötet zu haben, aber gerade liefert er sich dort hinten ein hitziges Wortgefecht mit dessen Bruder. Wird es vielleicht geschürt durch die Verbitterung, ihn nicht mit beseitigt zu haben und so alleiniger Besitzer der Eisenwarenhandlung geworden zu sein? Unweigerlich stelle ich mir vor, was die beiden womöglich übereinander denken. Eladio Altube: »Er ist so sauer, weil er es nicht geschafft hat, mich aus dem Weg zu räumen.« Und Joseba Ermo: »Bild dir bloß nichts ein, das nächste Mal schaffe ich es.« Wie ist es möglich, dass sie nach dem, was vor zehn Jahren passiert ist, noch immer Geschäftspartner sind? Weil Eladio Altube genau weiß, dass Ermo nicht der Mörder ist?

»Du kannst da in der Ecke auf Altube warten«, sagt der Angestellte.

Ich nicke ihm dankbar zu und setze mich auf den einzigen Schemel im Laden. Wieder geht die schrille Glocke, und herein kommt ein Monteur in einem speckigen Blaumann. Augenblicklich taucht Ermos Kopf in der Tür des Hinterzimmers auf; er wirft einen Blick auf den neuen Kunden, verschwindet aber gleich wieder.

Der Mann braucht sechs Meter Kette. Eine auf einem Ladentisch schwierig zu bändigende Ware. Und laut noch dazu. Der Kunde wählt eine nicht allzu dicke, worauf der Bursche die aufgerollte Schlange ans Ende des Ladentischs schleppt, wo er sie nach dem Abmessen in einen Schraubstock spannt. Dann nimmt er von der Wand hinter sich eine Eisensäge, setzt sie zwischen zwei Kettengliedern an – und plötzlich lässt mich das Quietschen dieser Säge an das misstönende Geräusch denken, das ich damals nicht gehört habe, das niemand in Getxo gehört hat außer den vieren, die in jener Nacht am Strand waren: Antimo Zalla, sein Sohn, Lucio Etxe und Eladio Altube, während ich direkt vor meinen Augen eine ganz ähnliche, vielleicht genauso dicke Kette sehe, wie sie damals um den Hals der Zwillinge gewickelt war. War Joseba Ermo doch der …?

Beseelt von meinem Gedankenblitz springe ich auf.

»Habt ihr auch Vorhängeschlösser?«

Kurz steht die Säge still, und der Bursche und der Monteur starren mich verständnislos an.

»Natürlich«, antwortet Ermos Angestellter, worauf ich mich wieder auf meinen Schemel sinken lasse, rot vor Scham. Natürlich. Wieso sollte es hier auch keine Schlösser geben? Wie jede Eisenwarenhandlung führt auch diese ein ganzes Sortiment an Ketten und Schlössern – aus dem sich Joseba Ermo, aber selbstverständlich auch jeder andere Einwohner Getxos die Mordinstrumente ausgesucht haben kann … Allerdings würde einer, der einen solchen Mord plant, sich doch sicher nicht ausgerechnet in dieser nahe gelegenen Eisenwarenhandlung damit ausstatten, schließlich will er ja nicht, dass man ihm auf die Spur kommt. Enttäuscht über den Irrweg, lasse ich die Schultern hängen, als mir noch etwas ganz anderes auffällt, was mich augenblicklich wieder aufrichtet: Wieso ist eigentlich Eladio nicht längst aus dem Hinterzimmer nach vorne gestürmt, um dieses Quietschen zu unterbinden, das jetzt den ganzen Laden erfüllt? Seit jener schrecklichen Nacht, in der sein Leben von der Schnelligkeit von Zallas Säge abhing, muss er dieses markdurchdringende Geräusch doch fast täglich in der Eisenwarenhandlung gehört haben. Wie hält er das aus? Warum hat er seinen Anteil am Laden nicht verkauft und das Geld in einen anderen gesteckt, wo man keine Ketten und Schlösser vertreibt?

Der Bursche ahnt nicht, welche Gedankengänge seine Plackerei wachruft. Wie lange bewegt er die Säge eigentlich schon vor und zurück? Zwei Minuten? Oder schon viel länger? Unvermittelt versuche ich zu schätzen, wie viele Minuten noch fehlen, bis das Kettenglied durchgesägt ist. Wenn man dann noch die Zeit dazurechnet, die Lucio Etxe gebraucht hat, um zur Schmiede zu rennen und mit den beiden Zallas zurückzukommen ... Mein Blick wandert hoch zur Uhr, die über der Tür zum Hinterzimmer hängt. Ein bisschen mehr als drei Minuten braucht der Bursche noch, um das Kettenglied ganz durchzusägen: Gut sechs Minuten hat Antimo Zalla demzufolge in jenen frühen Morgenstunden mindestens gesägt. Allerdings stand er unter höchster Nervenanspannung und hatte zudem noch mit den anbrandenden Wellen zu kämpfen ... geben wir ihm also eine Viertelstunde zusätzlich aufgrund dieser widrigen Umstände, was einundzwanzig Minuten macht plus die gute halbe Stunde, die Lucio Etxe gebraucht hat, um die Zallas zu holen ... insgesamt also beinahe eine Stunde, nicht zu vergessen die Zeit davor, nachdem Eladio Altube wieder zur Besinnung gekommen war und ihre Notlage erkannt hatte, neben ihm sein gegen das Ertrinken ankämpfender Bruder ... Wenn man davon ausgeht, dass kein Mensch einen solch langen Todeskampf jemals wieder vergisst – und sollte er unbedingt eine Gedächtnisstütze brauchen, so erinnert ihn doch spätestens das Quietschen der Säge daran –: Warum ist Eladio Altube dann nicht schon längst panisch aus dem Laden gerannt, die Hände auf beiden Ohren?

In dem Moment, als der Bursche sich nach vollbrachter

Tat aufrichtet, vielleicht den Bruchteil einer Sekunde davor, fällt etwas neben ihm mit einem charakteristischen Klirren zu Boden: ein Stück Eisen, besser gesagt, die beiden Hälften des zersägten Kettenglieds.

Rasch springe ich auf, laufe hin und bücke mich nach der Trophäe.

»Darf ich die behalten?«, frage ich den verwundert dreinblickenden Burschen und zeige ihm die beiden Teile auf meiner Hand.

»Klar«, brummt der junge Kerl. »Aber lass es die Chefs nicht sehen.«

O Gott, wenn er mich jetzt bloß nicht fragt, wozu ich sie haben will, denn das weiß ich selbst nicht. Genauso wenig wie ich weiß, ob mein Gefühl, etwas vermeintlich Wichtiges in die Hände bekommen zu haben, begründet ist. Bis gerade eben beschränkten sich mein Kenntnisse von dem Vorfall auf die damals in Getxo kursierenden Gerüchte. Diese Erinnerungsfetzen eines seinerzeit sechzehnjährigen Sancho, nicht zu vergessen meine bisherigen Gespräche mit Lucio Etxe und Eladio Altube, haben mich dem Ganzen aber nicht so nah gebracht wie diese beiden Stückchen Eisen: Mit diesem zersägten Kettenglied »begreife« ich den Fall, wird er endlich ganz real!

Ich bin so euphorisch, dass ich den Burschen beinahe frage: »Kannst du dich erinnern, an wen du vor zehn Jahren eine ähnliche Kette verkauft hast?«, kann mich zum Glück aber gerade noch beherrschen, da mir meine Idole wieder in den Sinn kommen. Sie würden nicht so übereilt handeln, sondern mit den Zähnen eine Lucky Strike aus der Zigarettenschachtel ziehen, selbige mit einer eleganten Bewegung anstecken, einmal tief daran ziehen, den Rauch ausstoßen, ihren Hut zurechtrücken und ein zufriedenes »Okay!« brummen.

Kaum ist der Monteur mit seinem schweren Paket zur Tür hinaus, kommt Joseba Ermo aus dem Hinterzimmer, um das eingenommene Geld aus der Schublade zu nehmen und den Eintrag in der aufgeschlagenen Kladde zu überprüfen. Ohne mich auch nur eines Blickes zu würdigen, verschwindet er damit wieder im Hinterzimmer.

»Ich mache Mittag«, ruft ihm der Bursche im selben Augenblick hinterher, winkt mir zum Abschied kurz zu und ist auch schon weg.

Allein gelassen, doch gut gelaunt kehre ich zu meinem Schemel zurück, schließlich mussten meine Idole auch immer in schäbigen Absteigen, von Rauch geschwängerten Spelunken oder zugigen Ecken warten, bis sich wieder was tat. Zudem bin ich voller Hoffnung, den Fall bald zu lösen, auch wenn das wahrscheinlich ein typischer Anfängerfehler ist; es wäre sicher besser, wenn ich nicht so zufrieden wäre. Ganz langsam lasse ich meine beiden Fetische in die Jackentasche gleiten, als die Türglocke erneut schrillt. Herein kommt eine Frau um die vierzig mit einem Korb.

»Der Angestellte macht Mittag, und die Chefs haben hinten was zu besprechen«, teile ich ihr mit, damit sie wieder geht. Unbeirrt geht sie jedoch zum Ladentisch, auf dem sie ihren Korb abstellt, und dreht sich dann zu mir um.

»Ich will nichts kaufen«, sagt sie mit einem seltsam traurigen Lächeln. Ihre blonden Haare hat sie streng nach hinten gekämmt und zu einem Knoten aufgesteckt, was der Schönheit ihres Gesichts aber keinerlei Abbruch tut. An jedem anderen Ort auf der Welt wäre ich nicht mehr überrascht gewesen: Sie ist die Frau von Eladio Altube. Wie heißt sie bloß noch mal? Während ich sie anstarre, fällt es mir plötzlich wieder ein: Bidane Zumalabe. Aufgrund von Leonardos Tod musste die Hochzeit damals um ein Jahr verschoben werden. Dann zogen die Frischvermählten auf den Hof, wo die Zwillinge gelebt hatten, bevor sie vier Jahre später den Zumalabena-Hof von Bidanes Eltern übernahmen, wo Eladio Altube allerdings nie eine Hacke, einen Pflug oder eine Heugabel in die Hand nahm, wie ich von meiner Mutter weiß, die mittags am Küchentisch immer den Dorftratsch zum Besten gibt.

»Sie sind nicht aus Getxo, oder?«, will die Frau jetzt wissen.

Das hat man davon, wenn man an einem Werktag mit Anzug, Krawatte und Hut herumläuft. Ich stehe auf.

»Doch. Meine Buchhandlung ist nur ein paar Schritte von hier entfernt.«

Sie lächelt, aber die Selbstsicherheit, mit der sie hereingekommen ist, ist weg: Sie scheint sich vor einem elegant gekleideten Buchhändler ein wenig zu schämen. Wahrscheinlich sieht sie vor ihrem geistigen Auge meine Bücher, diese Welt, die ihr völlig fremd ist, denn sie gehört zu denen, die nach der Schule nie wieder ein Buch in die Hand nehmen.

»Ich bin im Dienst«, erkläre ich unvermittelt.

Sie kann unmöglich wissen, worauf ich mich beziehe, glaubt sich aber dennoch zur Auskunft verpflichtet.

»Ich bringe ihm nur sein Mittagessen«, sagt sie und sieht zur Tür des Hinterzimmers, hinter der noch immer wütende Stimmen zu hören sind.

Die Gelegenheit, sie allein zu befragen, kann ich nicht ungenutzt verstreichen lassen.

»Ich bin hier, weil ich heute Morgen Ihren Mann in der Hühnerfarm besucht und ihm dort einige Fragen gestellt habe zu dem, was vor zehn Jahren am Strand passiert ist. Das hat auch Sie direkt betroffen. Sie waren mit dem Bruder des Ermordeten verlobt und wollten bald heiraten. Ich war seinerzeit gerade mal sechzehn, deshalb nachträglich mein herzliches Beileid.« Sie nickt verwirrt. »Womöglich fragen Sie sich, warum ich die alte Geschichte jetzt aufs Tapet bringe. Nun, ich will den Mörder finden.«

Unwillkürlich ist Bidane einen Schritt zurückgewichen, doch ich lasse mich davon nicht bremsen.

»Ja, ich weiß, Sie fragen sich sicher, warum. Von außen betrachtet ist das auch schwer zu verstehen, weshalb ich Ihnen eine Erklärung schulde. Wissen Sie noch, was ich vorhin gesagt habe? Dass ich im Dienst bin? Damit meine ich, dass ich darüber ein Buch schreiben möchte.« Sie hört sich mein Bekenntnis erstaunlich interessiert an. »Und ich will das nicht nur, ich brauche es geradezu, auch wenn das jetzt vielleicht etwas simpel klingt. Zumindest war das anfangs so. Ich hätte allerdings nie vermutet, dass das Schreiben auch beim Ermitteln hilft und nicht nur umgekehrt. Es ist, als bekämen die Ereignisse dadurch eine Ordnung, einen Sinn, mehr Glaubwürdigkeit, denn wissen Sie was? Das Schreiben schenkt einem ein vollkommen anderes Bild von der Wirklichkeit. So wie die, die mit meinen Fragen hier in der Eisenwarenhandlung entsteht, während Ermo und Ihr Mann noch im Hinterzimmer sind.«

»Sie sind also von der Polizei. Von Francos Polizei.«

»Nein, nein! Ich mache das ganz privat. Mitten unter uns lebt ein Mörder, und Getxo muss von ihm befreit werden. Und Sie und Ihr Mann verdienen das am allermeisten.«

Wir stehen vor dem Ladentisch, zwischen uns zwei Meter Abstand. Bidane Zumalabe zieht ein riesiges, blaues Taschentuch aus ihrer Kitteltasche und tupft sich damit die Augen ab.

»Wir müssen dieses Unglück vergessen«, sagt sie mit fester Stimme. »Schließlich hat es nur eine einzelne Familie getroffen. Es wäre in Gottes Augen wirklich vermessen, unseren Schmerz über das unsägliche Leid zu stellen, das der Krieg mitsamt seinen Folgen über viele, wenn nicht gar über alle von uns gebracht hat. Wir müssen vergessen, schlichtweg vergessen …«

»Aber es gibt einen, der vergisst es nicht!«, rufe ich. »Und er trachtet Eladio noch immer nach dem Leben!«

Das Taschentuch verfehlt die Kitteltasche. Bidane steht die Bestürzung ins Gesicht geschrieben.

»Er ist in Gefahr?!«

Oje, ihr Mann hat ihr nichts davon erzählt – wie komme ich jetzt aus dem Schlamassel wieder heraus?

»Wer es einmal versucht hat, kann es auch ein zweites Mal tun«, versuche ich mich in meiner Not herauszureden und hätte beinahe noch hinzugefügt: Vor allem, wenn er nur die eine Hälfte aus dem Weg geräumt hat.

»Zehn Jahre sind eine lange Zeit. Wir alle müssen vergessen … und wir haben es vergessen«, sagt sie mit rauer Stimme.

»Auch Eladio Altube?«

»Mein Mann redet nie darüber.«

»Manchmal können wir über etwas nicht sprechen, weil es einfach zu schrecklich ist.«

»Mein Mann denkt ganz sicher nicht mehr daran.«

Ich verstehe, dass sie das zu ihrer eigenen Beruhigung glauben muss. Wenn eine Ehefrau ihren Mann schnarchen hört, dann hört sie auch all die Satzfetzen, die er im Traum von sich gibt und die tiefere Wahrheiten preisgeben. Sie hat gesagt: »Eladio Altube denkt ganz sicher nicht mehr daran«, besser gesagt: »Mein Mann denkt ganz sicher nicht mehr daran.« Ich aber kann beweisen, dass das nicht stimmt: dass jemand ihn ganz bewusst am Vergessen zu hindern versucht.

Aus dem Hinterzimmer dringen nun keine lauten Stimmen mehr zu uns, sodass ich schon fürchte, die Tür werde jeden Moment aufgehen und unsere Unterhaltung beenden; dabei hätte Bidane mir sicher noch einiges zu erzählen.

»Wann und wie haben Sie eigentlich von der Tragödie erfahren?«, frage ich deshalb rasch.

»Lucio Etxe hat mir die Nachricht überbracht, gegen sechs Uhr morgens: ›Du sollst schnell mitkommen. Einer der Zwillinge ist umgekommen, und der andere wartet auf dich.‹ Ich traute mich nicht zu fragen, welcher der beiden noch am Leben war. Und zu dem Zeitpunkt wusste er das auch sicher noch nicht.«

»Warum nicht?«, frage ich verwundert, verstumme aber sofort. Etxe konnte es tatsächlich noch nicht wissen, die Zwillinge sahen einander zum Verwechseln ähnlich, und er und Zalla hatten Eladio sicher nicht als Erstes nach seinem Namen gefragt. Allerdings hätte er es sich denken können: Hätte Leonardo überlebt, so hätte dieser Etxe bestimmt nicht gebeten, Bidane aus dem Bett zu holen, schließlich war Eladio und nicht er ihr Verlobter.

»Ich rannte hinter Etxe her«, fährt Bidane nur sehr zögerlich fort, was ich durchaus verstehen kann, da sie ja der Auffassung ist, dass wir das alle besser vergessen sollten. »Bis zu dem Tag hatte ich nie einen Fuß auf ihren Hof in Berango gesetzt, obwohl wir schon fünf Jahre zusammen waren … Sie wissen ja, wie das auf dem Land so ist. Wie ein Häufchen Elend saß mein Zukünftiger in der Küche, eingehüllt in eine Wolldecke, auf einem Schemel vor dem Feuer, das Etxe angezündet hatte, bevor er mich holen ging. Er weinte und zitterte so sehr, dass er nicht einmal aufstehen konnte, weshalb ich mich vor ihn kniete, um ihn zu umarmen. ›Er ist … er ist neben mir ertrunken … und ich konnte nichts für ihn tun!‹, schluchzte er in einem fort. Zu diesem Zeitpunkt wusste ich noch nicht, was überhaupt geschehen war, nur, dass sein Bruder tot war. Aber Sie können mir glauben, dass ich mich ihm nie inniger verbunden gefühlt, ihn nie mehr geliebt habe als damals. Ich küsste ihn, küsste ihn und weinte mit ihm, während Lucio Etxe uns mit weit aufgerissenen Augen anstarrte und dann rasch noch mehr Kohlen nachlegte. Nach einer halben Ewigkeit brachten wir ihn schließlich zu zweit ins Bett, nachdem wir ihm noch trockene Unterwäsche und Socken angezogen hatten. Erst danach erfuhr ich, was passiert war.«

So schmerzlich diese Erinnerungen auch sein müssen, an ihrem sanftmütigen Gesichtsausdruck hat sich nichts geändert, sie wirkt irgendwie geistesabwesend, so als würde sie das alles nichts angehen. Auf einmal ist ein Türknarzen zu hören, Stimmen nähern sich. Ich muss rasch zum Ende kommen.

»Und nachdem Sie den ersten Schock verwunden hatten: Welcher Name kam Ihnen da in den Sinn? Ich meine, wen hatten Sie in Verdacht?«

»Keinen und jeden.«

Unwillig schüttele ich den Kopf. Warum ist sie auf einmal so verschlossen, nachdem sie die Szenerie in der Küche eben so ausführlich geschildert hat?

»Weil es zu viele Verdächtige gibt?«, bohre ich nach. »Die Zwillinge kannten Hinz und Kunz, sie waren für ihren Geschäftssinn bekannt und hatten überall ihre Finger im Spiel, und manch einer fühlte sich von ihnen übervorteilt und verfluchte sie. Die Zwillinge weckten bei vielen Groll und Rachegelüste.« Ich sehe sie durchdringend an, doch sie blickt stur zu Boden. »Und nicht nur ihre Kompagnons, jeder in Getxo konnte sich von ihnen, mit oder ohne konkreten Anlass, bis aufs Blut gereizt fühlen. Und wir alle wissen auch, dass Félix Apraiz sie beschuldigte, seinen Ring für ihre Reusen benutzt zu haben.«

»Der Eisenring ist für jeden zugänglich«, entgegnet Bidane trotzig – als sich die Tür zum Hinterzimmer öffnet und Ermo und Eladio Altube herauskommen. Augenblicklich wendet sie sich ihrem Korb zu.

Ermos Augen wandern derweil über den Ladentisch, bevor er die Schublade aufzieht, um nachzusehen, ob dort noch Geld liegt, das sein Angestellter ihm nicht ausgehändigt hat. Grußlos verlässt er danach den Laden.

Inzwischen hat Eladio den Schemel herangezogen und sich an den Ladentisch gesetzt. Seine Frau breitet darauf ein kariertes Geschirrtuch aus, nimmt dann einen eisernen Napf aus dem Korb, macht den Deckel ab und drückt ihrem Mann einen Löffel in die Hand, worauf dieser sich sogleich gierig über die roten Bohnen hermacht.

»Bin … gleich … so weit«, schmatzt er kurz, als sein Blick auf mich fällt.

Eigentlich nehmen nur Arbeiter einen Henkelmann von zu Hause mit. Eladio arbeitet jedoch weder auf dem Bau noch in einer Fabrik, seine aktuellen Geschäfte müssen große Gewinne abwerfen, und in den letzten fünfundzwanzig Jahren wird sich zudem etliches angesammelt haben. Kann er an einem normalen Arbeitstag also nicht zwei Stündchen Zeit erübrigen, um auf dem Zumalabena-Hof, der wirklich nicht weit entfernt ist, an einem anständig gedeckten Tisch die Mahlzeit einzunehmen, die seine bessere Hälfte ihm mit viel Liebe gekocht hat? Denn sie liebt ihn bestimmt, das beweist schon, dass sie sich jeden Mittag mit dem Korb zu ihm auf den Weg macht, bei jeder Witterung und egal, wo er gerade ist, ob nun hier, in der Hühnerfarm, am Strand, im Wald oder an sonst einem profitverheißenden Ort.

Aber Zeit ist Geld. Und Eladio und Leonardo gierten schon sehr früh nach Letzterem, bereits mit sechzehn, wie ich einmal habe läuten hören: Efrén Baskardo stellte sie damals in seinem Bestattungsunternehmen an, warf sie aber wieder hinaus, nachdem er entdeckt hatte, dass sie ihn bestahlen. Damit begann ihre Erfolgsgeschichte, die bis heute anhält: Ihre schon über ein Vierteljahrhundert andauernde Geschäftemacherei erlitt selbst durch Leonardos Ermordung keinen Einbruch – was einen Privatdetektiv natürlich fragen lässt: Wozu brauchen sie das ganze Geld? Wofür gibt Eladio es aus?

Mit einem zufriedenen Rülpser legt er jetzt den Löffel weg, worauf Bidane alles wieder in ihren Korb räumt und geht, nachdem sie mir einen Blick zugeworfen hat, der, wie eigentlich zu erwarten, weder von Antipathie noch dem genauen Gegenteil zeugt, sondern beunruhigt wirkt, so zumindest mein Eindruck. Das Ehepaar hat die ganze Zeit kein einziges Wort gewechselt.

»O Mann, ich muss los, und der Bursche ist noch immer nicht zurück«, knurrt Eladio Altube verärgert, während er den Schemel wieder in die Ecke schiebt. So wenig Zeit lässt er seinem Angestellten fürs Essen? Nun ja, sich selbst gesteht er ja auch nicht mehr zu.

»Wie wär's, wenn du mir solange von dem zweiten Mordversuch erzählst? Danach belästige ich dich auch nicht länger.«

»Du belästigst mich nicht. Zudem wollte ich dich zum Tatort führen.«

»Zum Tatort?«

»Zum Strand.«

»Es passierte ebenfalls am Strand?«

»Nur mit noch mehr Schmackes.« Entschlossenen Schrittes geht er zur Tür. »Ich kann nicht länger warten. Komm, wir gehen.«

Draußen sieht er die Straße hoch und runter, doch von dem Burschen ist weit und breit nichts zu sehen, sodass er die Tür abschließt und grummelnd losmarschiert, ich hinter ihm her. Ein paar Meter weiter kommt uns ein Mann entgegen. Altube bleibt stehen und blickt ihm nach. »Ausgerechnet jetzt muss der was wollen«, knurrt er, als der Mann an der verschlossenen Tür des Eisenwarenladens rüttelt, und rennt zurück. Zehn Minuten später steht er wieder neben mir.

»Er hat eine Schraube gebraucht«, rechtfertigt er sich, bevor wir schnellen Schrittes weitergehen.

Kurz darauf klingelt er an einer Tür im Abasota-Viertel.

»Ich … ich kann es dir heute noch nicht geben, erst in einer Woche«, stammelt die Frau, die ihm mit ängstlichem Blick geöffnet hat.

»Es ist doch jedes Mal dasselbe«, erwidert Eladio Altube wutentbrannt, »das macht dann eben zwei Peseten mehr. Und im Übrigen war das das letzte Mal, dass ich dir was geliehen habe. Ich werde mit deinem Mann reden.«

»Nein, bitte nicht!«, fleht sie ihn an. »In fünf Tagen zahle ich dir dein Geld zurück. Versprochen!«

»Keine Ahnung, warum sie sich Geld leihen, wenn sie es nachher nicht zurückzahlen können«, zetert Eladio Altube, kaum hat die Frau die Tür geschlossen.

»Eben darum.«

Er sieht mich scheel an und eilt dann schweigend weiter. Er ist also auch noch ein Wucherer und Halsabschneider. Ganz schön gerissen, diese Altubes. Danach klingelt er an drei weiteren Türen – bei zweien kann er abkassieren – und geht dann noch bei einem kleinen Schweinezuchtbetrieb vorbei, bevor wir endlich hinunter zum Strand steigen, wo er mich auffordert, mich in den Sand zu setzen, so als gehöre der Strand ihm, und vielleicht ist das ja auch so, vielleicht hat jemand, der hier seinen Zwillingsbruder verloren hat, mehr Anrecht als alle anderen.

»Mit Leonardo früher war alles viel einfacher«, erklärt er, als er sich neben mir niederlässt. Er klingt müde und deprimiert, so als hätte er meine Gedanken erraten. »Und das nicht nur, weil wir noch jung waren. Jede Arbeit ist anstrengend, aber mit ihm ging mir alles viel flotter von der Hand: weil er dabei Witze erzählt hat.«

»Er hat Witze erzählt?«, frage ich verwundert. »Wir hielten euch immer für bierernst! ... Und warum seid ihr dann nie aufs Dorffest oder in Kneipen gegangen, wenn ihr so gern gelacht habt?«

»Die Leute haben uns Zwillinge nie verstanden«, erwidert Eladio Altube voller Gram und haut zornig mit der Faust auf den Sand. »Aber hätten wir uns deshalb anpassen sollen? Nein! Denn das Einzige, was uns wirklich Spaß gemacht hat, das waren unsere Geschäfte. Leonardo und ich waren immer auf neue profitversprechende Ideen aus, lachend ersannen wir die aberwitzigsten Geschäftsideen, und wir hatten viel Spaß dabei. Deshalb ist es ohne ihn nicht mehr dasselbe.«

»Du hast vielleicht nicht mehr so viel Spaß daran, aber du machst dennoch weiter.«

Er blickt zu Boden.

»Leonardo ist noch immer bei mir. Ich fühle mich ihm ganz nah. Das Schwein, das ihn umgebracht hat, konnte mir meinen Bruder nicht wegnehmen. Nicht ganz jedenfalls.«

»Aber du fühlst dich von ihm noch immer verfolgt, nicht wahr? Sag, wie versuchte er es beim dritten Mal?«

Sein Blick trifft mich wie ein Pfeil.

»Mit Algen«, erklärt er wutentbrannt.

»Mit Algen?!«

»Vor Jahren haben Leonardo und ich eine Weile lang dieses Grünzeug gesammelt, das bei stürmischer See an Land gespült wird, und es von ein paar Männern mit Ochsenkarren in eine Fabrik bringen lassen, die daraus irgendwelchen Dreck für Labore gewonnen hat ... Wenn ich jetzt so daran denke, hätte die Gemeinde uns für die Reinigung des Strands eigentlich bezahlen müssen ... 1941, in einer Winternacht, bin ich jedenfalls wieder mal an den Strand runter, um dieser glücklichen Zeiten mit meinem Bruder zu gedenken – da bekam ich plötzlich einen so heftigen Schlag auf den Kopf, dass ich augenblicklich ohnmächtig wurde. Als ich wieder zu mir kam, war ich unter etwas Wabbligem begraben. Ich bekam kaum Luft, denn die schwere, triefende Masse drückte auch auf meinen Kopf, und sobald ich den Mund aufmachte, hatte ich das Zeug zwischen den Zähnen. Um mich aus diesem schleimigen Grab zu befreien, bot ich meine ganze Kraft auf, aber dieser Drecksack häufte immer neue Algen auf mich und sprang auch noch darauf herum. Erst als meine Kräfte schon zu schwinden begannen, ließ er davon ab, und als ich endlich meinen Kopf rausstrecken konnte, sah ich auch, warum: Vorne am Wasser gingen drei Männer den Strand entlang, die ihn verscheucht haben mussten. Ruhig blieb ich liegen, bis sie vorbei waren, denn befreien konnte ich mich nun alleine.«

Drei Mal war es also schon am Strand passiert. Hier und bei Apraiz' Felsen am anderen Ende.

»Dennoch wirkst du nicht so, als hättest du Angst vor einem weiteren Mordversuch. Glaubst du, dass er dich jetzt endgültig in Ruhe lässt?«

»Du weißt nicht, wie es in mir drinnen aussieht.«

»Ich an deiner Stelle würde mich nachts jedenfalls nicht mehr an den Strand wagen«, sage ich, worauf er nur gleichgültig mit den Schultern zuckt. »Hast du jemanden im Verdacht?« Wieder zuckt er wortlos mit den Schultern. »Klar, ihr treibt mit unheimlich vielen Geschäfte ... beziehungsweise du, aber letztlich fing ja alles an, als dein Bruder noch lebte. Traust du dich nicht, seinen Namen zu nennen? War es Félix Apraiz?«

»Die Leute sind viel zu empfindlich.«

»Wer auch immer es ist, so scheint er jedenfalls eine Vorliebe für den Strand zu hegen.«

»An den Strand kommen viele runter.«

»Apraiz müsst ihr beiden aber ganz besonders auf den Keks gegangen sein.«

»Die Leute in Getxo sind unheimlich empfindlich.«

»Du denkst an einen anderen, nicht wahr?«

»Und du hast dich auf Félix Apraiz versteift. Bin gespannt, was er dazu sagt.«

»Wie kommst du darauf, dass ich ihn treffen will?«

In Altubes Äuglein blitzt Spott auf.

»Bist du nun Privatdetektiv oder nicht?«

6 Ein paar Sätze erfinden

Die obere Hälfte der Tür sieht noch irgendwie nackt aus. Bei meinen Idolen steht auf der Glastür zu ihrem Büro immer ihr Name, weshalb ich meinen auch draufpinseln sollte: »Samuel Esparta · Privatdetektiv«. Einen Laden doppelt zu nutzen, birgt schließlich immer ein Risiko. Nicht dass irgendeiner, der meine Hilfe bei der Lösung eines Falls benötigt, über das Ladenschild »Buchhandlung Beltza« so verwirrt ist, dass er daran vorbeigeht. Unseren Stammkunden – viele sind es ohnehin nicht – würde der neue, in unaufdringlichen Lettern gehaltene Schriftzug gar nicht auffallen, und alle anderen, normalen Kunden würden denken, dass ein Buchhändler eine Art Ermittler von Büchern ist, und sich je nach Naturell hineinwagen oder auch nicht. Doch die, die ausdrücklich Samuel Esparta suchen, würden wissen, dass sie nun vor der richtigen Tür stehen, und mich wenig später dann sagen hören: »Schießen Sie los.«

Beschwingt öffne ich die Tür und begrüße Koldobike mit dem bei uns üblichen »Was gibt's?«

»Wir hatten Besuch.«

Im selben Moment sehe ich auch schon das Chaos: Die leergeräumten Regale und die überall auf dem Boden herumliegenden Bücher verraten mir, wer uns seine Aufwartung gemacht hat – seit dem Einmarsch von Francos Truppen haben sie uns unter Kontrolle.

Mit einem Buch in der Hand richtet Koldobike sich auf.

»Wie ein Himmelfahrtskommando haben sie die Buchhandlung gestürmt, und während einer mich verhörte, haben die anderen beiden den ganzen Laden und dein Büro auf den Kopf gestellt. Nicht dass sie irgendwas gesucht hätten. Sie hatten nur eins im Sinn: uns Angst einzujagen. Als sie schließlich abzogen, meinte ihr Anführer süffisant, dass du nicht Räuber und Gendarm spielen sollst. Das sei einzig und allein ihre Aufgabe, soll ich dir ausrichten. Das hier solle dir eine Warnung sein«, erklärt sie aufgebracht. Zorn blitzt aus ihren Augen. »Wann hören sie auf, uns daran zu erinnern, dass sie den Krieg gewonnen haben? Mit Fußtritten verjagen sollte man sie!«

Die Schubladen aus meinem Schreibtisch liegen ausgeleert auf dem Boden, ihren Inhalt hat Koldobike aber bereits aufgesammelt. Während ich niedergeschlagen den Papierstoß auf meinem Tisch betrachte, leuchtet etwas vor meinem geistigen Auge auf, das ich bei dem ganzen Tohuwabohu vorhin vollkommen übersehen habe.

Ich reiße fast die Stellwand um, als ich zu Koldobike laufe, die vor dem Krimiregal wieder in die Hocke gegangen ist, um meine wertvollsten Schätze vom Boden aufzuheben.

»Du hast es getan, Koldobike! Du hast es getan!« Ich packe sie an den Schultern und ziehe sie hoch. »Dabei hättest du es wirklich nicht tun müssen.«

Sanft macht sie sich los.

»Es war höchste Zeit, schließlich hast du schon mit dem Roman angefangen. Und ich wollte darin hübsch aussehen.«

»Ja, schon. Aber ich weiß auch, was einer Frau ihre Haare bedeuten.«

»Papperlapapp! Dieses Mal wirst du endlich einen richtig

guten Krimi schreiben. Und da Samuel Esparta mir die Rolle seiner Sekretärin zugewiesen hat, mussten meine Haare nun mal platinblond sein. Falls du es nämlich vergessen haben solltest: Ich verkaufe nicht nur die Bücher von Chandler, Hammett & Co., ich *lese* sie auch. Ich weiß über deine Helden also genauso viel wie du, und über deren Sekretärinnen noch viel mehr, du würdest staunen«, erklärt sie, sieht mich dabei aber nicht an, als mache sie dieses Bekenntnis verlegen, was in den ganzen sechs Jahren noch nie vorgekommen ist.

»Aber so sehr hättest du dich wirklich nicht verändern müssen, nur damit ich mich wie meine Idole fühlen kann.«

Sie wendet sich dem nächsten Regal zu und bückt sich, um ein paar Liebesromane aufzuheben.

»Du hattest mich darum gebeten.«

»Ja, sicher, doch jetzt wirkst du gar nicht mehr wie die Koldobike, die ich kenne. Aber gut, dafür hat Samuel Esparta jetzt eine schicke Sekretärin … Sag mal, findest du eigentlich, dass ich mich von solchen Details zu sehr ablenken lasse? Ich sollte mich doch eigentlich vor allem aufs Schreiben konzentrieren.«

Als sie sich schwungvoll zu mir umdreht, merke ich, dass Koldobike unter ihren frisch gefärbten Haaren immer noch die Alte ist: Mit einem ironischen Glitzern in den Augen sieht sie mich an.

»Wie ist es dir heute mit Eladio Altube ergangen? Bei Etxes Befragung gestern warst du noch so aufgeregt wie ein kleiner Junge am ersten Schultag.«

»Oh, mein Roman hat ein weiteres starkes Kapitel dazubekommen«, versichere ich ihr eifrig. »Und das Beste daran ist: Es läuft wie geschmiert. Ich muss nicht einen einzigen Satz dazuerfinden, sondern bekomme alles wie auf einem silbernen Tablett serviert. Nachdem der Fall zehn Jahre lang begraben war, lebt er in Samuel Espartas Händen wieder auf. So als hätte er nur auf mich gewartet! Ich bin ein wahrer Glückspilz.«

Koldobikes Augen blitzen wie ihre Haare.

»Da soll noch einer sagen, dass du nicht verrückt geworden bist.«

Natürlich schenke ich ihr diesbezüglich keinen Glauben – letztlich halten sich Verrückte selbst auch nie für verrückt.

»Es waren also Falangisten?«

»Von der übelsten Sorte.«

»Woher wissen sie, dass ich …?«, setze ich an, verstumme aber gleich, da es mir wie Schuppen von den Augen fällt: Natürlich! Es waren die drei, die Eladio Altubes Eier abgeholt haben! Behutsam hebe ich die letzten Bücher auf, die vor meinem allerheiligsten Regal am Boden liegen.

»Von dort oben können sie gut überblicken, wie viel Gewalt bei uns in Getxo herrscht«, murmele ich, während ich Hammetts ›Rote Ernte‹ zurückstelle. So viele Jahre spielen sich die Falangisten nun schon als Herren über Leben und Tod auf, als dass sie auf einmal Konkurrenz dulden könnten. Auch wenn das, was ich herauszufinden versuche, nicht das Geringste zu tun hat mit dem, für das sie uns mit nächtlichen »Spazierfahrten« und heimlichen Standgerichten bestrafen.

Koldobike mustert mich mit einem unergründlichen Blick.

»Du scheinst dich ja richtiggehend zu freuen, dass sie dich ins Visier genommen haben.«

»Eladio Altube hat mir so einiges erzählt«, erwidere ich, während ich die Papiere auf dem Schreibtisch in die jeweiligen Schubladen zurückräume, »und ich werde wohl die ganze Nacht brauchen, um all die neuen Informationen zu ordnen. Ich habe ihn den ganzen Tag begleitet und dabei einen tiefen Einblick in ein paar seiner ›Geschäfte‹ erhalten. Ich war mit ihm in Joseba Ermos Eisenwarenhandlung, und Altubes Ehefrau habe ich ebenfalls ausgehorcht.«

»Und? Hast du eine Fährte gefunden?«

»Nein, das nicht. Aber … wie soll ich dir das erklären? … Ich … ich glaube, die zehn Jahre haben den Fall reifen lassen wie einen guten Tropfen: Die Mauer des Schweigens ist brüchig geworden.«

»So schnell? … Da geht etwas nicht mit rechten Dingen zu.«

»Und wenn ich dir erzähle, dass der Mörder noch zwei weitere Male versucht hat, Eladio Altube um die Ecke zu bringen? Niemand wusste das bisher, nicht einmal seine Frau Bidane. Er wollte sie wohl nicht erschrecken.« Ich lege den Zeigefinger auf die Lippen. »Aber dass das unter uns bleibt.«

»Natürlich, Chef … oh, verdammt!«

Koldobike scheint plötzlich etwas eingefallen zu sein. Schnell stöckelt sie zu ihrem Tisch am Eingang, von dem sie ein in Packpapier eingeschlagenes, längliches Päckchen nimmt.

»Das habe ich bei der ganzen Aufregung völlig verschwitzt«, sagt sie und drückt es mir in die Hand. »Als ich heute Mittag den Laden schloss, hat mir eine Nachbarin erzählt, dass sie dich mit dem Zwilling die Straße Richtung Sarrikobaso hat hinaufgehen sehen.«

Neugierig wickele ich das Päckchen aus. Zum Vorschein kommen zwei mit Chorizowurst belegte Brote.

Beeindruckt schüttele ich den Kopf. »Wie kommst du nur auf so was?«

»Hast du etwas gegessen oder nicht?«

»Nein, habe ich nicht.«

»Siehst du«, sagt sie nur und geht wieder vor zur Tür, um

von innen abzuschließen. Unser Arbeitstag ist zwar noch nicht zu Ende, so wie es hier aber aussieht, kann man sowieso niemanden richtig bedienen.

Mit dem ersten Bissen wird mir bewusst, was für einen Mordshunger ich habe. Die Brotscheiben triefen nur so vom roten Bratensaft der gebratenen Chorizowurst, der mir beim Hineinbeißen die Finger hinunterläuft, weshalb ich aus der Toilette das Gästehandtuch hole und es vor mir auf dem Schreibtisch ausbreite. Mit vollen Backen kauend sehe ich Koldobike zu, wie sie in ihrem viel zu engen Rock ein Buch nach dem anderen sorgfältig zurück in die Regale stellt. In eine Metallröhre gequetscht hätte sie sicher nicht weniger Bewegungsfreiheit. Wenigstens ist der Rock nicht zu kurz, er reicht knapp übers Knie. Und sie trägt schwarze, blickdichte Strümpfe gemäß dem franquistischen Moralkodex, den der Pfarrer und Sittenapostel von San Baskardo, Don Eulogio, im Juni 1937 von der Kanzel herab verkündet hat und der trotz seiner Pensionierung letztes Jahr hier nach wie vor noch gilt. Allerdings offenbart ihr beängstigend enger Rock aufregende Kurven und das, wo ich Koldobike bisher immer für schmalhüftig gehalten habe! Und dazu noch die neue Haarfarbe: Koldobike wirkt auf mich plötzlich wie eine völlig andere Frau.

»Du solltest ein paar Tage warten, bevor du wieder jemanden befragst.«

Als hätte sie meine Gedanken erraten, hat sie sich zu mir umgedreht. Wie auf frischer Tat ertappt verschlucke ich mich und muss fürchterlich husten. Zu meiner eigenen Beruhigung rufe ich mir ins Gedächtnis, dass letzten Endes auch ich zu jemand anderem geworden bin, inklusive neuem Namen – alles Begleiterscheinungen dieses Romans, der seit gut sechsundfünfzig Stunden beziehungsweise hundertzwei Seiten auf so wundersame Weise Gestalt annimmt.

»Das geht nicht«, stammele ich mit hochrotem Kopf. »Der … der Roman hat seinen eigenen Rhythmus.«

»Ich meine ja nur, wegen der Blauhemden.«

Tief atme ich ein. Endlich habe ich meine Fassung wiedergefunden.

»Ach, die wollten doch bloß ihre Muskeln spielen lassen.«

»Sie werden dich umbringen.«

»Wenn sie das tun, werde ich mir schon was überlegen«, entgegne ich gelassen.

»Pass auf, dass dich deine schnoddrigen Krimi-Sätze nicht zu übermütig machen.«

Stumm schlucke ich den letzten Bissen hinunter und wische mir die Hände an dem Handtuch ab, das ich anschließend zurück in die Toilette hänge.

»Die belegten Brote waren köstlich, mein Schatz.«

Ich kenne keine Frau, die so wenig über meine Scherze lacht wie Koldobike, und das, obwohl sie selbst mit so viel Mutterwitz ausgestattet ist.

»Du solltest jetzt besser nach Hause gehen, bevor deine Mutter noch Verdacht schöpft, denn wie ich dich kenne, hast du ihr noch nichts von Samuel Esparta erzählt. Was du brauchst, ist ein kräftiges Abendessen und eine ordentliche Mütze Schlaf.«

»Ich muss aber doch noch niederschreiben, was passiert ist!«

»Dazu hast du morgen noch Zeit. Ohne den Autor schreibt die Geschichte sich nicht weiter.«

»Mit wem würdest *du* eigentlich weitermachen?«

»Vor morgen Nachmittag verrate ich dir das nicht.«

Zum Glück weiß ich, wie ich den Namen aus ihr herauskitzele: Mit meinem treusten Hundeblick sehe ich sie an.

»Also gut«, seufzt sie. »Félix Apraiz. Aber Achtung: Ich glaube nicht, dass er es war: Man bringt niemanden wegen eines Eisenrings um. Zumal Apraiz der Letzte wäre, der sie an seinen eigenen Ring gekettet hätte.«

»Es sei denn, er hat sich ausgerechnet, dass alle so denken wie du«, erkläre ich, während ich in meiner Jackentasche nach einem Taschentuch suche. Dabei stoßen meine Finger auf das durchgesägte Kettenglied. Ich zeige ihr die beiden Eisenteile.

Doch es interessiert sie nicht im Geringsten, warum ich sie wie einen Talisman mit mir herumtrage. Sie öffnet mir nur die Tür und reicht mir meinen Hut.

»Und denk daran, dass Félix Apraiz' Tochter Alodi vor einem Jahr ganz in der Nähe des Strands von Lecumberris Karren überfahren worden ist. Du solltest ihr ein paar Worte widmen, bevor Samuel Esparta sich morgen wieder an die Arbeit macht.«

7 Eine grundanständige Baskin

»Lass ihn in Ruhe, Mama«, höre ich gerade noch die Stimme meiner Schwester, als ich am nächsten Morgen die Tür zur Küche aufmache.

Wortlos blickt mich meine Mutter an. Es ist ihr anzumerken, dass sie sich sehr zusammenreißen muss, um mir keine Standpauke zu halten. Sie hat es noch immer nicht verwunden, dass ich an ganz gewöhnlichen Werktagen meinen besten Anzug trage. Ich verstehe sie gut: Den Anzug, den meine Schwester auf meine Maße geändert hat, habe ich von meinem Vater geerbt, der ihn nur einmal zu ihrer Hochzeit angehabt hat – weshalb sie bei meinem Anblick nun tagtäglich an ihren Mann erinnert wird, an den lebenden *und* den toten, denn bis heute macht sie sich Vorwürfe, dass sie ihn nicht in diesem Anzug hat begraben lassen.

»Heute komme ich ganz sicher zum Mittagessen heim«, murmele ich in dem Versuch, ihren Groll zu beschwichtigen, und setze mich an den Küchentisch, um zu frühstücken. Obwohl man das eigentlich kein Frühstück nennen kann, was da vor mir steht, so ganz ohne Kaffee. Von den letzten paar Gramm, die wir vor Monaten für ein Heidengeld auf dem Schwarzmarkt ergattert haben, spart meine Mutter den letzten Fingerhut voll für unvorhergesehenen Besuch auf.

Während ich eine Scheibe Schwarzbrot in die große Tasse Milch einbrocke, kommt mir Félix Apraiz' Tochter wieder in den Sinn. Wie sollte ich mich auch nicht an sie erinnern, bildhübsch, wie sie gewesen ist? Ihr Verlobter, Ismael Jáuregui, war im Krieg gefallen. Doch obwohl sie die schwarze Kleidung einer echte Witwe trug, wollte Alodi nicht wahrhaben, dass er nicht mehr lebte. Tagein, tagaus wartete sie auf seine Rückkehr – bis sie letztes Jahr im Oktober unter die Räder von Lecumberris Karren kam. Es geschah gut hundert Meter vom Strand entfernt, an einer Stelle, an der sie täglich mit ihrem mit Kannen beladenen Esel vorüberging. Zum Ausliefern der Milch musste sie nicht zwangsläufig dort vorbei, dennoch wählte sie immer diesen Weg. Um sich an Ismaels ersten Kuss am Strand zu erinnern? Oder einen Blick auf den Hof der Jáureguis zu werfen, der in Sichtweite des Unfallorts liegt? Wahrscheinlich vermuten viele dasselbe wie ich: Ein langsamer Karren kann nur jemanden überrollen, der mit seinen Gedanken ganz woanders ist.

Der Hof der Apraiz heißt Aserena. Er ist einer der ältesten Höfe in Getxo, einer der achtundvierzig, die der Gründungslegende nach den ursprünglichen Ort bildeten.

Ich gehe in umgekehrter Richtung den sich zwischen golden leuchtenden Maisfeldern windenden Pfad entlang, den Félix Apraiz wahrscheinlich nimmt, um am Strand seine Reusen an den Ring zu hängen. Wenn er es denn noch immer tut … Obwohl, warum sollte er es nicht mehr tun, schließlich gilt er als einer der besten Fischer der Gegend, wenn nicht gar als *der* beste, zumal er als Einziger bisher den legendären Riesenmeeraal *Negro* gesehen hat.

Durch ein Loch in der Hecke schlüpfe ich auf seinen Grundbesitz. Wie ich noch darüber sinniere, dass es eigentlich ganz schön unverschämt ist, von Eltern zu verlangen, ihren Schmerz über den Tod ihrer Tochter kurz mal hintanzustellen, um ein paar Fragen zu einem Jahre zurückliegenden *cold case* zu beantworten, liegt auch schon Aserena vor mir. Gerade bestaune ich die schwere Eingangstür, die von einer Rebe voller dunkler Weintrauben beschattet wird, als ein paar Meter weiter links knarrend die Stalltür aufgeht und ein Esel und eine Kuh heraustrotten, gefolgt von der Bäuerin, die sie mit einem Stock antreibt, obwohl die Tiere den Weg zur Weide bestimmt auswendig kennen.

»Guten Morgen, Elixane«, begrüße ich die Frau.

Falls sie überrascht ist, so zeigt sie es zumindest nicht: Sie murmelt kurz einen Gruß, und ihr Blick streift mein Gesicht. Ich setze mich auf die Holzbank unter dem Weinstock und warte.

»Du bist der Sohn von Vicente Bordaberri«, sagt sie, als sie kurz darauf wieder auf den Hof kommt. »Dein Vater hat sich nach dem Einmarsch von Francos Truppen mit Félix in den Bergen versteckt. Die einen überleben es und die anderen nicht.«

Félix Apraiz musste von '37 bis '43 als Zwangsarbeiter in einem der Strafbataillone malochen, mit denen Franco sämtliche spanischen Straßen bauen ließ, kam also gerade noch rechtzeitig zurück, um seine Tochter so elend sterben zu sehen.

»Wie geht's deiner Mutter?«

»Gut, danke.«

»Früher hatten wir noch drei Kühe.« Elixane deutet mit dem Kopf in Richtung Weide. »Kommst du aus der Kirche?«

Verlegen rücke ich mir die Krawatte zurecht.

»Äh, nein, ich habe bloß einen Spaziergang gemacht. Ist Félix da? Ich muss mit ihm sprechen.«

»Ist was passiert?«

»Nein, keine Sorge, ich habe nur ein paar Fragen.«

»Félix ist fischen gegangen.«

Das hätte ich mir denken können. Aber vielleicht erfahre ich ja auch einiges von Elixane.

»Mit den Reusen?«

Unwillkürlich sieht sie sich nach allen Seiten um, bevor sie murmelt: »Er hat endlich keine Angst mehr. Zwar ging er danach schon noch fischen, doch nur noch mit der Angel. Und um den Felsen hat er einen großen Bogen gemacht, selbst dann noch, nachdem sie ihn aus dem Strafbataillon entlassen hatten. Erst seit ein paar Monaten fängt er die Fische wieder mit den Reusen. Ein gutes Zeichen.«

»Ein gutes Zeichen?«

»Ja, schließlich muss er irgendwann drüber wegkommen. Es hat ihm unheimlich zu schaffen gemacht. In der ersten Zeit danach hat er kaum noch gegessen und ist richtig vom Fleisch gefallen. ›Die armen Altubes! Hätte ich den Ring bloß nie dort einzementiert!‹, hat er immer wieder gestöhnt, jahrelang.«

Wunderbar, sie ist ganz von allein auf mein Anliegen zu sprechen gekommen.

»Aber bevor der eine Zwilling umkam …«

»Armer Teufel.«

»… vor dem Unglück: Hat es Félix da nicht auf die Palme gebracht, dass die Altube-Brüder einfach seinen Ring benutzt haben?«

»Sicher, er hat gekocht vor Wut. ›Wenn ich die erwische!‹, hat er geknurrt. Aber er hat sie nie auf frischer Tat ertappt. Wenn er allerdings vor ihnen zum Strand runterkam, hat er die Leinen immer gekappt, sodass ihre Reusen abtrieben. Doch die Zwillinge haben sich davon nicht beeindrucken lassen und einfach neue drangehängt. Félix sagte immer, in einem Wald würde er eine Bärenfalle aufstellen.«

»Und wie habt ihr von dem schrecklichen Ereignis erfahren?«

»Meine Tochter und ich waren gerade mit unserem Esel und den Milchkannen unterwegs, als sich die Nachricht wie ein Lauffeuer verbreitete. Zu Hause habe ich es dann meinem Mann erzählt, der sich nach dem Melken noch mal hingelegt hatte, weil er in der Nacht nicht schlafen konnte und deshalb frische Luft schnappen war.« Sie zuckt mit den Schultern. »Aber das ist Schnee von gestern.«

»Der mich sehr interessiert!«

»Der dich interess…? Warum?«

Elixanes Gesichtsausdruck hat sich gewandelt, meine Wissbegierde hat sie aufgeschreckt.

»Er war's nicht!«, sagt sie fast tonlos, und in ihren Augen spiegelt sich dieselbe Angst, die sie im Krieg um ihn gehabt haben muss.

»Niemand beschuldigt ihn«, beruhige ich sie schnell, »damals nicht und heute ebenso wenig. Letztlich hätte es jeder in Getxo sein können.«

Voll Argwohn sieht sie mich an. »Das heißt, du …«

»Ich will bloß meine Neugier befriedigen. Und ich frage nur, um nichts unberücksichtigt zu lassen. Nur einer muss davor zittern, dass ich mir Klarheit darüber verschaffen will, wer der Mörder ist. Und du bist dir ja sicher, dass das nicht Félix ist.«

»Natürlich ist das nicht Félix! … Aber jetzt muss ich wieder an die Arbeit, die macht sich bekanntlich nicht von allein.«

Damit dreht sie sich um und geht mit raschen Schritten auf den Stall zu.

»Darf ich hier auf Félix warten?«, rufe ich noch schnell hinter ihr her.

»Was anderes wird er dir auch nicht erzählen«, höre ich

sie nur noch murmeln, bevor die Stalltür krachend hinter ihr zufällt.

Da ich bei Elixane nicht mehr länger willkommen scheine, schlüpfe ich durch das Loch in der Hecke zurück auf den Pfad, wo ich mich auf einem Stein am Wegesrand niederlasse. Hoffentlich erkenne ich Félix Apraiz noch; Menschen, die vom Krieg heimkehren, sind nicht mehr dieselben.

Es ist inzwischen später Vormittag, die milde Septembersonne schenkt mir den letzten Gruß dieses Jahres. Was kann ich aus Elixanes brüskem Verhalten schließen? Kann ich überhaupt etwas daraus schließen? Ihre ängstliche Miene muss nicht heißen, dass Félix Apraiz tatsächlich der Täter ist und sie sich fürchtet, dass ich es nach all den Jahren ans Licht bringe. Angst und Argwohn sind uns seit dem Krieg zur Gewohnheit geworden.

Ihren Mann habe ich als mittelgroß, drahtig und wortkarg in Erinnerung. Nach gut einer halben Stunde glaube ich, ihn den Pfad heraufkommen zu sehen: Größe und Figur kommen ungefähr hin, auch der federnde Gang. Er trägt einen alten, grobgestrickten Pullover über einem genauso alten karierten Hemd, eine robuste, mehrfach geflickte Baumwollhose, zerschlissene Leinenschuhe und auf dem gebeugten Kopf eine Baskenmütze, die wie festgewachsen scheint.

»Guten Tag, Félix«, begrüße ich ihn.

»Tag, was gibt's?«, brummt er und geht an mir vorbei.

Ich springe auf. »Warte! Ich habe eben schon mit deiner Frau gesprochen. Ich bin Sancho Bordaberri, der Sohn von Vicente.«

Er macht es mir wirklich nicht leicht; ich meine, ich musste mich mit dem Namen vorstellen, unter dem mich alle kennen, und nicht mit dem, der meiner neuen Identität entspricht, damit er stehen bleibt und sich zu mir umdreht.

»Du hast also mit ihr geredet«, sagt er. »Und über was, wenn man fragen darf?«

»Über das, was vor zehn Jahren am Strand geschehen ist, an deinem Felsen«, erkläre ich hastig.

Es wirkt wie einstudiert: Erst ist er erstarrt, doch kaum ist das letzte Wort verklungen, stellt er seinen Sack mit dem Fang des Tages und sein Körbchen mit den aufgewickelten Schnüren und Haken für die Tintenfische auf den Boden und lässt sich auf meinen Stein sinken.

»Ich war nicht dabei.«

Seltsam, obwohl er mit dieser Antwort, die klarstellt, dass er nicht die beste Quelle ist, jede weitere Frage abzuwehren scheint, verrät mir sein offener Blick durchaus die Bereitschaft, mir Rede und Antwort zu stehen.

»Ich weiß. Doch ich möchte so viele wie möglich dazu befragen, ob sie nun dabei waren oder nicht. Aber keine Sorge, ich stelle niemanden an den Pranger. Ich sammle nur Indizien. Ich habe schon mit Lucio Etxe, Eladio Altube und dessen Frau Bidane gesprochen. Mit ihren und hoffentlich noch vielen weiteren Zeugenaussagen wird es mir vielleicht gelingen, den Täter zu überführen und so die Eintracht in Getxo wiederherzustellen. Das ist doch für uns alle gut, oder nicht?« Er nickt bedächtig. »Ich verstehe natürlich, dass dir das nicht so ganz behagt, schließlich hättest du ein Motiv, mehr als andere, um …«

»Gut.«

»Gut?«

»Ja, es ist höchste Zeit.« Félix Apraiz hat ein nettes Lächeln. »Weißt du, dass du der Erste bist, der mich darauf anspricht? Noch nicht mal meine Frau hat mit mir darüber geredet. Kein einziges Wort hat sie darüber verloren. So wie der ganze Ort. Dabei bin ich mir sicher, dass sie darüber geredet haben. Hinter meinem Rücken.«

Unwillkürlich durchläuft mich ein Schauder, als ich mir vorstelle, wie es sein muss, überall mit eisigem Schweigen empfangen zu werden, weil alle einen des Mordes verdächtigen.

»Das muss ziemlich hart gewesen sein.«

Er runzelt die Stirn.

»Dass wir uns richtig verstehen: Die Leute haben mich nicht geschnitten, in der Kneipe oder wenn ich jemandem auf der Straße begegnete unterhielten wir uns weiterhin ganz normal, debattierten über Fußball, Fischfang, die Ernte, Politik. Und meine Frau redete von da an sogar mehr mit mir als früher – über alles, nur über jene Nacht nicht. So, als ob jemand das Datum aus dem Kalender in unserer Küche gestrichen hätte. Sobald ich davon anfing, lief sie aus dem Zimmer. Und brachte ich am Tresen von La Venta die Sprache darauf, verstummten alle, als hätte man ihnen die Zunge abgeschnitten, und redeten dann schnell von etwas anderem.« Bedrückt bückt er sich nach einem herumliegenden Stöckchen und scharrt damit auf dem staubigen Boden herum. »Und wie denkst du darüber?«

»Ich? Ich suche nur Beweise. Und sobald ich den Täter habe, setze ich den Schlusspunkt unter meinen Roman.«

»Deinen … was?«

Irritiert starrt er mich an. Warum glaube ich dennoch, dass er meine neue Identität besser kapieren wird als alle anderen? Weil er sich eine Zeit lang mit meinem Vater in den Bergen versteckt hielt?

»Ich bin jetzt Samuel Esparta und nicht mehr Sancho Bordaberri … zumindest eine Weile. Die neue Identität habe ich mir für meine neue Aufgabe zugelegt: Ich schreibe Wort für Wort alles auf, was wir sagen und tun und was sonst noch passiert, und all das zusammen ergibt den Stoff eines Romans. Dessen letzte Seite geschrieben ist, wenn ich den

Täter überführt habe«, sprudelt es aus mir heraus. »Und auch wenn du das jetzt vielleicht nicht ganz verstehst, kann ich dir versichern, dass ich nur deshalb alle befrage und sonst keinerlei Hintergedanken habe.«

»Keine Sorge, ich freue mich, dass endlich jemand über diese Gewalttat spricht, sei's nun in einem Roman oder in Wirklichkeit.« Er kratzt sich unter seiner Baskenmütze. »Allerdings kämpfst du auf verlorenem Posten: Nie im Leben wird einer zu dir kommen und sagen, der und der war's.«

»Das erwarte ich auch gar nicht. Samuel Esparta wird dennoch unermüdlich nach dem Täter suchen, und mit jeder Fährte, auf die ihr mich bringt, komme ich ihm ein Stück näher.«

»Und was hast du am Ende davon?«

Ich bin mir sicher, dass Félix Apraiz von der Tragweite seiner Frage nichts ahnt, weshalb meine schlichte Antwort sicher dem entspricht, was er erwartet:

»Wir sind es unserer Dorfgemeinschaft schuldig, dass der Mord aufgeklärt wird, meinst du nicht auch? Mit jedem Jahr des Schweigens wird es jedoch schwieriger, die Wahrheit zu erfahren, den Namen dieses grausamen Mörders, der mitten unter uns lebt und dieselbe Luft atmet wie wir.«

In Félix Apraiz' Gesicht spiegelt sich Überraschung, wenn auch nur kurz.

»Die Kette um ihre Hälse, die ansteigende Flut … Dass du damit ankommst, macht mir keine Angst, auch wenn ich es komisch finde, wieder darüber reden zu können«, sagt er nachdenklich. »Kurz darauf kam der Krieg mit seinen unzähligen Toten, und wir vergaßen Leonardo Altube; damals war er nur ein Toter mehr. Dass du jetzt das Unterste wieder zuoberst kehrst, ist wichtig und richtig, denn irgendwann muss man die Vergangenheit aufarbeiten, und wir hier in Getxo sind nicht wie Francos Anhänger, wir trauern um jeden Toten. Wenn du wüsstest, was ich in den sechs Jahren, die ich Zwangsarbeit leisten musste, alles gesehen habe. Meine Kameraden wie in den Gefängnissen standrechtlich zu erschießen, war gar nicht nötig, sie sind vor Hunger und Erschöpfung mitten auf der Straße zusammengebrochen, und Francos Schergen haben sie dort einfach verrecken lassen. Tausende! ... Drum nur zu, Samuel Esparta, nimm die Sache in die Hand.«

Vor Dankbarkeit hätte ich beinahe einen Luftsprung gemacht. Ohne dass ich Félix Apraiz darum gebeten hätte, hat er mir eine Art Vollmacht erteilt, irgendwie ist es so, als ob er stellvertretend für ganz Getxo in Espartas Büro gekommen wäre. Mein erster offizieller Fall! ... Doch sind Hammett und Chandler nicht auch schon mal von einem Kunden beauftragt worden, der sich hinterher als der Mörder entpuppte?

»Erinnerst du dich noch daran, wer dir die Nachricht von Leonardos Tod überbracht hat?«

»Meine Frau, als sie gegen elf mit den leeren Milchkannen zurückkam. ›Einer der Altube-Zwillinge ist umgebracht worden!‹, flüsterte sie, und als ich sie fragte, warum sie so leise spricht, sagte sie: ›Weil sie an deinem Eisenring festgekettet waren.‹ In dem Moment hätte ich mich ohrfeigen können, dass ich das Eisen nicht schon längst herausgerissen hatte. Gerade wegen dieser beiden Halunken hatte es mir schon so viel Ärger bereitet ...«

Er stockt, sodass ich ihn fragen kann: »Hattest du gleich jemanden in Verdacht? Schoss dir irgendein Name durch den Kopf?«

»In Verdacht? Alle und niemanden. Jeder hier hatte mit ihnen doch irgendein Hühnchen zu rupfen.«

»Ja, schon, aber einer muss mehr Gründe als alle anderen gehabt haben.«

Er schüttelt den Kopf.

»Nein. Die Altube-Brüder waren ein übles Pack und haben alle übers Ohr gehauen. Jedem hätte der Kragen platzen können, ausnahmslos.«

»In besagter Nacht bist du aus dem Haus gegangen, weil du nicht schlafen konntest, hat deine Frau gesagt.«

Seine Reaktion hat zwei Phasen: Zuerst räuspert er sich, dann lacht er leise auf.

»Stimmt.«

Völlig perplex sehe ich ihn an. Warum gibt er dieses Detail so unumwunden zu, obwohl es ihn belastet? Weil er tatsächlich nicht der Täter ist? ... Oder will er den Eindruck erwecken, dass er unschuldig ist, und so jeden Verdacht von sich ablenken? ... Andererseits ist es schon merkwürdig, dass beide Eheleute sich nach zehn Jahren noch genau an so etwas Belangloses wie eine schlaflose Nacht erinnern und es zudem freimütig bekennen ... Allerdings bedeutet das nicht zwangsläufig, dass beide dasselbe damit bezwecken. Elixane zum Beispiel kann es einfach nur so rausgerutscht sein, weshalb er es notgedrungen bestätigen musste ... oder sie wollte, aus welchen Gründen auch immer, ganz gezielt den Verdacht auf ihren Mann lenken. Nur: Wenn dem wirklich so wäre, warum hat sie dann so lange damit gewartet?

»Du hättest also gut die Zwillinge niederschlagen und an den Felsen ketten können«, sage ich ihm auf den Kopf zu.

Er zuckt mit den Achseln.

»Ja, hätte ich tun können.«

»Und was hat die Polizei dazu gesagt?«

»Danach hat mich damals niemand gefragt.«

Ungläubig starre ich ihn an. »Was zum Teufel war das für eine Ermittlung, wenn noch nicht mal der Hauptverdächtige anständig verhört wurde?!«

»Der Hauptverdächtige? Ich?«

»Danach gab es noch zwei weitere Mordversuche. Wusstest du das?«

»Hat Eladio dir das erzählt? Und das nimmst du ihm ab? Der lügt doch immer schon das Blaue vom Himmel herunter!«

»Ruhig Blut«, beschwichtige ich ihn. »Du hättest sie nicht an deinen Eisenring gekettet, sondern auf andere Weise umgebracht. Der, der sie dort festgemacht hat, ist allerdings auch nicht dumm: Er konnte dir so den Mord anhängen. Hat deine Frau dich eigentlich nie gefragt, was du in jener Nacht draußen gemacht hast?«

»Nein, hat sie nicht«, stöhnt er, »ich sagte doch schon, dass sie sich immer geweigert hat, darüber zu reden.«

»Das ist schlecht.« Ich schüttele bedauernd den Kopf. »Ich bin zwar kein Hellseher, aber höchstwahrscheinlich hat sie dich deshalb nicht gefragt, weil sie Angst hatte, dass du …«

»… dass *ich* sie festgekettet habe?«

»Hätte sie dich nur mal gefragt.«

»Es war nicht das erste Mal, dass ich nachts raus an die frische Luft bin, weil ich nicht schlafen konnte, und sie hat mich nie gefragt, wo ich war. Was soll man draußen auch groß machen, wenn es stockfinster ist.«

»In jener Nacht ist allerdings durchaus was geschehen. Darum hatte sie Angst, dich zu fragen.«

Félix Apraiz schweigt beinahe eine Minute, vermutlich denkt er nach.

»Du glaubst also, sie hält mich für den Mörder?«, fragt er dann mit zitternder Stimme.

»Nein. Aber sie hat Zweifel, und deshalb will sie es lieber nicht wissen. Darum stellt sie dir nicht die eine, alles entscheidende Frage.«

Da springt Félix Apraiz erzürnt auf.

»Jetzt pass mal gut auf, Sancho Bordaberri, Sam Esparta oder wie zum Teufel du dich auch immer nennen magst: Dieses komische ›Verhör‹, mit dem du mich gerade durcheinanderbringen willst, ist sicher gut für das Handlungsgerüst deines Romans – aber so wahr ich Félix Apraiz heiße und meine Frau Elixane: Meine Frau zweifelt nicht an meiner Rechtschaffenheit! Und deshalb, du Schlauberger, sage ich dir jetzt, warum Elixane mich in zehn Jahren nicht ein einziges Mal danach gefragt hat: Weil sie einfach eine grundanständige Baskin ist und viel zu viel Taktgefühl hat, um ihren Mann, der sich eh schon ununterbrochen Vorwürfe macht, dass er diesen verdammten Ring in den Felsen zementiert hat, an jene unselige Nacht zu erinnern.«

8 Schritte zählen

Habe ich Koldobike eigentlich schon gesagt, dass an unserer Eingangstür noch der Schriftzug fehlt? Gerade als ich die Klinke herunterdrücken will, macht sie von innen die Tür für eine ältere Frau auf, die sich scheu verabschiedet.

»Hallo, Puppe«, begrüße ich sie so selbstverständlich, wie man sich eine Walfischgräte aus der Kehle zieht.

»Hallo, Chef.«

Kein komplizenhafter Blick streift mich, Espartas Sekretärin ist einsame Klasse. In der Buchhandlung ist fast alles wieder an seinem gewohnten Platz, die Romane, Ratgeber und Monografien stehen wieder in ihren Regalen, und die Schulbücher sind neben dem Eingang aufgestapelt. Koldobike hat ganze Arbeit geleistet, und das in diesem engen Stiftrock, in dem sie sich bei jedem Bücken winden muss wie eine sich aus ihrem Kokon befreiende Schmetterlingslarve. Sie hätte die Bücher einfach bloß zurück in die Regale stellen können, aber ich finde sie erneut nach Themen und Autoren geordnet, so wie vor dem »Besuch« der Blauhemden. Obwohl, halt, in meinem allerheiligsten Regal ist etwas anders, da fehlt doch …

»Vor nicht mal zehn Minuten habe ich zwei Bücher verkauft. Du wärst dem Kunden fast noch in die Arme gelaufen«, höre ich Koldobike hinter mir sagen. »Einen Hammett und einen Cain.«

Meine Laune sackt augenblicklich in den Keller.

»In den letzten acht Monaten haben wir keinen einzigen Krimi verkauft«, murmele ich wehmütig, »und kaum bin ich Privatdetektiv ... Wer war es?«

»Ein eleganter Herr mit dicker Hornbrille, so um die fünfzig. Er hat sich als Luis Federico Larrea aus Neguri vorgestellt. Einer aus seiner Familie schreibe über Wallfahrtskirchen, Stelen und solche Dinge, hat er mir nebenbei erzählt, er hingegen habe sich darauf verlegt, das Baskenland in Schritten zu vermessen.«

»In Schritten? Wozu?«

»Das habe ich ihn auch gefragt, worauf er nur meinte, die Füße seien von jeher *das* Fortbewegungsmittel der Menschheit und Schritte folglich unser wichtigstes Maß für Entfernungen. Gerade arbeitet er an einer neuen Karte von Getxo, für die er die Anzahl der Schritte notiert, die es braucht, um von einem Ort zum anderen zu gelangen. Seit Kurzem ist der Strand an der Reihe, wo er dieser Tage anscheinend die Strecke von Kobo bis zur Peña del Palo vermessen hat. Und da er erfahren hat, dass du den Leuten seltsame Fragen stellst und dich deine Ermittlungen an den Strand geführt haben ...«

»Seine Familie sollte diesen Irren einsperren lassen.«

»Sancho, möglicherweise will er dich nur bitten, die Schritte zu zählen, die dich hierhin und dorthin führen. Wir haben aber so einen neuen Kunden gewonnen! Bisher hat er seine Bücher in Bilbao gekauft, vor allem Fachliteratur über Geografie, Topografie, Orografie und Vermessungswesen im Baskenland, wie er erzählt hat. Das wird er jetzt alles bei uns kaufen!«

»Und was will er mit Hammett und Cain?«

»Keine Ahnung. Vielleicht interessiert es ihn einfach, wie man einen Kriminalfall aufklärt. Er hat mir jedenfalls seine Visitenkarte dagelassen.«

Ich habe genug gehört. Unverständliche Worte grummelnd reiche ich ihr meinen Hut und gehe hinter meine Stellwand. Mit einem tiefen Seufzer lasse ich mich auf den Stuhl sinken und lockere meine Krawatte, wie das meine Idole in ihren Büchern auch immer tun. Während meine Hände planlos über Papiere und Mappen auf meinem Tischchen streichen, versuche ich in meinem Kopf die gewonnenen Erkenntnisse zu sortieren. Ob sich daraus eine Spur, und sei sie noch so vage, ableiten lässt? Was hat Sam Esparta eigentlich bislang herausgefunden? Wenig, das man nicht schon gewusst hätte. Und nichts widerspricht den Versionen, die in Getxo über das Geschehene kursierten. Zumindest habe ich aber die Zeugen von damals direkt vor meiner Nase gehabt und habe *gesehen*, wie sie reagieren, und sicher haben die vergangenen zehn Jahre auch dazu beigetragen, dass sie inzwischen gelassener darüber reden können, wodurch gewisse Einzelheiten, die sie seinerzeit vielleicht in der ersten Aufregung vergaßen, ans Licht kommen – so wie mir das bei meinen Gesprächen mit Lucio Etxe, Eladio Altube und Félix Apraiz schon gelungen ist. Nicht zu vergessen das, was mir die Frauen berichtet haben, Bidane und Elixane, die damals wahrscheinlich überhaupt nicht dazu befragt worden waren: Mit ihren Aussagen habe ich das Bild von den Vorgängen vervollständigt.

Wieder besserer Laune, lehne ich mich zurück, als Koldobikes Kopf über der Stellwand erscheint. Da sie mich bloß Däumchen drehen sieht, tritt sie hinter ihr hervor.

»Übrigens waren Don Manuel und Señorita Mercedes noch mal wegen der Schulbücher da. Beide zusammen, man stelle sich das mal vor. Ob es diesmal ernst ist? Mein Gott, wie oft haben die sich schon getrennt in den letzten … zwanzig Jahren? Dieser Lehrer wäre jedenfalls nichts für mich. Wenn er schon nicht heiraten will, dann soll er sie sich wenigstens nicht jahrelang warmhalten. Du hättest mal sehen sollen, wie der mir auf den Rock gestarrt hat!«

»Sie werden schon wissen, was sie tun.«

»Aber es ist doch zum Aus-der-Haut-Fahren, dass er Señorita Mercedes nicht endlich um ihre Hand bittet! Obwohl … wenn ich die beiden manchmal so zusammen sehe – wenn sie spazieren gehen, meine ich natürlich, heimliche Treffen nachts am Strand sind bei diesem Lehrerpaar ja undenkbar –, wenn ich sie also so förmlich und respektvoll miteinander umgehen sehe, dann könnte ich richtig neidisch werden.«

»Immerhin hält ihre Liebe so nun schon zwanzig Jahre und das ohne zerdeppertes Geschirr, das ist doch auch was.«

»Du bist auf dem besten Weg, es ihm gleichzutun!«, entgegnet Koldobike komischerweise mit sich überschlagender Stimme.

Irritiert sehe ich sie an. Keine Ahnung, was sie auf einmal hat. Daran müssen der Rock und die gefärbten Haare schuld sein.

»Ich mag nun mal keine Verpflichtungen«, murmele ich.

Statt einer Antwort stößt sie nur einen resignierten Seufzer aus, der ebenso wenig in die Szene passt.

»Komm, alles wird gut«, versuche ich sie wieder an ihre Rolle als Espartas Sekretärin zu erinnern.

»Gut?! Schon vergessen, dass dieses Falangistenpack dir gedroht hat? Normalerweise machen sie kurzen Prozess mit einem, aber mit dir haben sie wohl etwas ganz Besonderes vor.«

»Na ja, wer weiß, vielleicht braucht mein Kriminalroman einfach noch eine Prise Gewalt. Der Anführer dieser Blauhemden stammt übrigens aus Las Arenas, wie mir Eladio Altube verraten hat. Er heißt Luciano Aguirre.«

In dem Moment klingelt das Türglöckchen, und bevor sie verschwindet, sagt Koldobike noch schnell: »Ich erinnere dich nur daran, dass Samuel Esparta inzwischen aus Fleisch und Blut ist und nicht mehr nur auf dem Papier existiert.«

Büros von Privatdetektiven haben normalerweise eine Tür, die sie zumachen können, um in ihren Überlegungen nicht gestört zu werden. Ich hingegen höre Koldobike mit einem Mann reden, gefolgt von dem Kratzen eines Füllfederhalters, dem üblichen Wortgeplänkel zum Abschied und erneutem Glöckchengebimmel. Wie soll ich mich da auf die nächsten Schritte konzentrieren – zumal mich unvermittelt Zweifel befallen über die bereits unternommenen?

Schon steht Koldobike wieder vor mir, da, wo eigentlich die Tür zu meinem Büro sein sollte, stattdessen aber nur dieser lächerliche Wandschirm steht. Es ist alles nur Schein, bloße Staffage!

»Der wollte das Buch ›Wie züchtet man Schnecken?‹ von Federico Doreste, erschienen bei Espasa Calpe. Muss ich bestellen. Mein Gott, wenn Franco uns jetzt auch noch dazu verdammt, widerliche, schleimige Schnecken zu essen, dann will ich lieber verhungern.« Sie runzelt die Stirn. »Was ist los mit dir?«

Sie kennt mich wirklich gut.

»Ich glaube allmählich, es war ein Fehler, den Fall der Altube-Zwillinge wieder ans Licht zu zerren. Das ist doch alles Schnee von vorgestern. Was hat mich da bloß geritten?! Nur so ein unfähiger Schreiberling wie ich kann auf die abstruse Idee kommen, seinem Roman einen realen Fall zugrunde zu legen. Abgesehen davon, dass die edlen Gesetze des Kriminalromans hier gar nicht greifen. Ich wollte so nah wie möglich an der Wirklichkeit bleiben, und was passiert? Um mich herum wird alles immer nur irrealer!«

Ich bin auf dem seelischen Tiefpunkt angelangt.

»Soweit ich es überblicke, ähnelt nichts von dem, was ich gerade erlebe, irgendeinem Roman von Hammett oder Chandler. Ich komme mir vielmehr wie ein blasser Abklatsch von Agatha Christies oder S. S. Van Dines Helden Hercule Poirot und Philo Vance vor, diesen Hobby-Detektiven, die sich nicht die Finger schmutzig machen, immer in einem absolut harmlosen, wohlanständigen, ja geradezu spießigen Ambiente ermitteln und ihren Grips vor allem für Morde verschwenden, die anno Tobak ...«

Vor lauter Kummer versagt mir die Stimme. Mühsam stemme ich mich hoch.

»Das setzt dir ganz schön zu, was?« Ungläubig starrt Koldobike mich an und seufzt dann. »So wie du gerade drauf bist, wird das nichts mit deinem Roman.«

Als ich nicht antworte, tritt sie zur Seite, um mich vorbeizulassen.

»Und was ist mit denen, die darauf vertrauen, dass du den Fall löst?«, höre ich sie hinter mir, während ich mit hängenden Schultern zur Tür schlurfe. »Zum Beispiel die Eltern der Zwillinge, Roque und Madia Altube? Müssen sie jetzt jegliche Hoffnung aufgeben, jemals zu erfahren, wer ihnen ihren Sohn genommen hat?! ... Denen sollte Sam Esparta übrigens unbedingt noch einen Besuch abstatten.«

Doch genau da liegt der Hund begraben: Dass ich die Verdächtigen für meinen Roman bei Nachbarn suche, die nach Jahren voller Schrecken nur noch in Ruhe und Frieden leben wollen.

»Heute esse ich zu Hause zu Mittag«, brumme ich schlechtgelaunt und trete hinaus auf die Straße, begleitet vom Klingeln des Glöckchens.

9 Wir haben dich gewarnt

Nachdem ich zu Hause in meine Jerseyhose, das grobe Hemd und den Pulli geschlüpft bin, hellt sich meine Miene wieder auf. Mit dem Ablegen von Hut und Anzug fühle ich mich nicht mehr länger wie in einem Albtraum gefangen, und Mutters hervorragender Saubohneneintopf macht mich sogar redselig. Kaum habe ich voller Heißhunger den letzten Löffel verschlungen, lobe ich ihn begeistert, was meine Mutter mit einem zufriedenen »Endlich bist du wieder normal. Lag wohl am Anzug« quittiert.

Anstatt mich wie üblich auf mein Zimmer zurückzuziehen, sehe ich danach zu, wie sie ohne jede Hast Teller, Löffel und Kochtopf spült, und nachdem sie sich dann wieder zu mir an den Tisch gesetzt hat – meine Schwester isst heute bei einer Kundin zu Mittag –, lausche ich ergeben den neuesten Gerüchten, bis sie mit den Händen im Schoß einnickt. Lange betrachte ich ihre kleine Gestalt mit dem Gefühl, ihr etwas zu schulden, die zärtlichen Worte, die mir schließlich über die Lippen kommen, gelten dann allerdings nicht nur ihr: »Keine Sorge, Mama, ich habe mir keinen einzigen Fleck in den Anzug gemacht. Und fortan bleibt er im Schrank hängen, versprochen.«

Doch erst als ich die Küchentür leise hinter mir ins Schloss ziehe, gestehe ich mir ein, dass diese reale Szene sich meines ad acta gelegten Romans durchaus als würdig erwiesen hätte.

Lange schon habe ich meine Buchhandlung nicht mehr so pünktlich um halb fünf aufgemacht. Während ich aufschließe, beglückwünsche ich mich im Stillen dazu, dass ich das Glas in der Tür nicht voreilig mit diesem lächerlichen »Samuel Esparta · Privatdetektiv« verschandelt habe, und auch das Glöckchen über meinem Kopf klingt für mich wieder wie verheißungsvolle Musik. Selbst die neben dem Eingang gestapelten Schulbücher stören mich an diesem Tag nicht mehr. Koldobike hat alles wunderbar aufgeräumt und jedes Buch wieder auf seinen angestammten Platz zurückgestellt. Die allermeisten zumindest, denn Zane Greys Cowboy- und Abenteuergeschichten stehen auf einmal im Regal für Geografie. Aber warum auch nicht?, denke ich mir, schließlich hat der amerikanische Autor in seinen Büchern die unendliche Weite seines geliebten Wilden Westens so minutiös beschrieben, dass ich bezweifele, dass irgendein Geograf das besser kann.

Auf dem Weg nach hinten entdecke ich dann zwar noch die eine oder andere Unaufmerksamkeit, die wahrscheinlich auf den engen Rock zurückzuführen sind, doch in meinem allerheiligsten Regal, dem mit der Kriminalliteratur, herrscht wirklich tadellose Ordnung. Resolut falte ich den Wandschirm zusammen, räume ihn in die Ecke und setze mich an meinen Tisch, um mich wieder auf den Unternehmergeist zu besinnen, mit dem ich vor sechs Jahren die Buchhandlung aufgemacht habe, die aufgrund der wenigen Kunden selten aus den roten Zahlen kommt. Voller Eifer wende ich mich wieder den Projekten zu, die ich in den letzten Tagen in die untersten Schubladen meines Schreibtischs verbannt habe: die Idee, im Laden auch Schreibwaren zu verkaufen – ein schon lang gehegter Traum der pragmatischen Koldobike –, die Einrichtung einer Comic-Ecke, die Gestaltung von Plakaten für Novitäten, das Entwerfen von Losen, die die Kunden für ihren Einkauf bekommen und mit denen sie dann bei einer monatlichen Tombola ein gebundenes Buch gewinnen können …

Um sechzehn Uhr zweiundvierzig erscheint Koldobike. Ohne dass ich ein Wort sagen muss, verkünden ihr die weggeräumte Stellwand und meine Kleidung meinen Sinneswandel.

»Es ist aus und vorbei, stimmt's?«

»Ja. Ich habe gerade noch rechtzeitig erkannt, dass ich mir was vormache.«

»Aber du warst glücklich über das, was du schon geschrieben hattest. Du bist wie auf Wolke sieben geschwebt.«

»Schon, aber es wäre nicht der Roman geworden, den ich eigentlich schreiben will.«

»Er wäre bestimmt gut geworden … Sag mal, hattest du überhaupt schon etwas niedergeschrieben?«

»Dummerweise war er wirklich gut.«

»Weich mir nicht aus: Hattest du mit dem Schreiben schon angefangen oder nicht?«

»Ja, hatte ich.«

»Und wann hast du das gemacht? Ich habe nie irgendwo beschriebene Blätter rumliegen gesehen.«

»Natürlich habe ich geschrieben. Nur war diesmal alles anders: Die Wirklichkeit und das Schreiben waren ein und dasselbe.«

Mit Mühe versucht sie sich eine weitere Frage zu verkneifen, doch ihr Temperament gewinnt die Oberhand.

»Die Seiten, die du schon geschrieben hast, wirst du aber nicht im Ofen verfeuern, oder? Ich an deiner Stelle würde das auf keinen Fall tun. Vielleicht setzt du dich ja doch noch mal dran ... Nein, nicht vielleicht: bestimmt!«

Ich bleibe ihr die Antwort schuldig, denn wie soll sie das auch verstehen: Das Gelebte hat sich unauslöschlich in mein Gedächtnis eingebrannt.

Kurz nach halb acht macht Koldobike Feierabend. Jeder von uns hat sich um sein Revier gekümmert: Koldobike hat noch einige Bücher umgestellt und die Kunden bedient – von dem Dutzend, die den Laden betreten haben, hat ihn die Hälfte mit leeren Händen verlassen –, und ich habe derweil an meinem Tisch über meinen Projekten gebrütet. Seit dem Tod unseres Vaters haben meine Schwester und ich die Miete zu zahlen und unsere kleine Familie zu ernähren, da muss eine so praktisch veranlagte Frau wie Koldobike eigentlich verstehen, dass ich nicht ... Plötzlich dringt zusammen mit dem Türglöckchen ihr spitzer Schrei an mein Ohr, und als ich aufblicke, sehe ich, wie sie einer der drei hereinstürmenden Männer packt.

»Er hat damit aufgehört!«, schreit sie. »Er hat wirklich aufgehört, ich schwör's, lasst ihn in Ruhe!«

Gerade sehe ich noch eine Faust auf mich zukommen, als ich auch schon mit dem Stuhl nach hinten kippe.

»Wir haben dich gewarnt, Bordaberri. Wir haben dich wirklich gewarnt.«

Am Boden winde ich mich wie ein Aal in dem vergeblichen Versuch, meinen Körper irgendwie gegen die Tritte zu schützen, die zwei kundige Stiefel – nicht die von einem, sondern von zwei Männern – mir in den Bauch und meine Eingeweide versetzen.

»Das kommt davon, wenn man so ein Dickschädel ist. Du weißt doch, dass ausschließlich wir hier für Recht und Ordnung sorgen.«

Luciano Aguirres säuselnde Stimme. Aber wo ist Koldobike? Ich höre sie nicht mehr schreien. Was haben sie mit ihr gemacht?! Hinter den schwarzen Schatten, die um mich herumtänzeln auf der Suche nach Körperteilen, in die sie mich noch nicht getreten haben, erahne ich den Dritten und erinnere mich dann vage an das Zuschlagen der Tür, nachdem er Koldobike wohl auf die Straße gezerrt hat; die Kerle wissen, dass in diesen Zeiten niemand unüberlegt Hilfe holt.

Plötzlich stellen mich vier Hände wieder auf die Beine – doch nur, damit mir einer von ihnen noch ein Knie in die Magengrube rammen kann. Sie müssen mich stützen, damit ich nicht zusammensacke.

»Sickert dir langsam ins Hirn, dass du das Herumschnüffeln in Zukunft gefälligst unterlassen sollst, du Scheißbaske?« An meinem rechten Nasenloch, das sich feucht anfühlt, habe ich auf einmal eine Pistole. »Oder braucht's das hier dazu?«

Ich wundere mich, dass ich keine Schmerzen verspüre. Bin ich von den Tritten und Hieben schon so durcheinander, oder habe ich so eine ähnliche Szene tatsächlich schon mal irgendwo gelesen?

»Hast du genug?« Das ist die Stimme des anderen.

»Antworte!« Erneut Luciano Aguirre. »Du musst wissen, wir machen so was nur äußerst ungern, aber manchmal kann man die Ordnung nicht anders wiederherstellen. Also, wie lautet deine Antwort? War's das mit der Schnüffelei?«

»Darüber muss ich erst noch nachdenken.«

War das tatsächlich meine Stimme, die ihm so kühl und lässig geantwortet hat? Koldobike hätte jedenfalls vor Entsetzen die Hände über dem Kopf zusammengeschlagen. Wo bleiben bloß die Fäuste? Haben die Dreckskerle müde Arme? Anders der Finger am Abzug … Das kalte Eisen brennt mir jetzt an der Schläfe, und Luciano Aguirres Stimme klingt nun ebenfalls metallisch und gar nicht mehr wie er, sondern wie einer von Hammetts Ganoven.

»Nur ein ›Ich hör auf‹, und du hast deine Haut gerettet.« Wieder die Stimme des anderen. »So langsam geht uns die Geduld aus, Buchhändler.«

»Weißt du, dass du ein Schweineglück hast? Normalerweise geht uns das Gestammel eines Roten nämlich am Arsch vorbei: Ein Schuss, und ab in den Straßengraben.« Sie spielen mit mir, glauben zu wissen, was ich antworten werde. »Zwar brauchen neuerdings alle Exekutionen Francos Unterschrift, aber der Zweck heiligt immer noch die Mittel. Wenn du es dir folglich nicht bald überlegst, ist es vorbei mit deinem Heldentum, und du wirst für uns zu einem Kaninchen wie Tausende andere. Und du weißt auch, dass uns niemand aufhalten wird, wenn wir danach hinaus auf die Straße treten, auch wenn der Schuss deutlich zu hören war. Also?«

»Warum überlässt du ihn nicht mir, Aguirre? Ich bin schon ganz außer Form.«

»Nein, ich will!«, brüllt der Dritte, der mit dem Rücken an der Tür lehnt, damit Koldobike, die wütend gegen das Glas hämmert, nicht reinkann. »Ich habe noch nie einen Buchhändler umgelegt, und ich hätte eine Mordslust dazu!«

Was würden Hammett oder Chandler in so einer heiklen Situation tun? Würden sie einen Privatdetektiv wie mich über die Klinge springen lassen, um den Spannungsbogen zu erhalten, und dann einen neuen, fähigeren Ermittler aus dem Hut zaubern?

Der Kerl an der Tür schiebt jetzt den Riegel vor und kommt auf uns zu, in seinen Augen funkelt das Verlangen, dem Kaninchen den Garaus zu machen. Luciano Aguirre reicht ihm die Pistole.

»Nein, ich habe wirklich noch nie einen Buchhändler umgelegt«, sagt der Kerl nachdenklich, während er mir das Rohr wieder an die Stirn presst.

Aguirres Gesicht ist nun dicht vor mir.

»Ihr Basken wisst doch, wie man betet. Also bete. Bete für dein Seelenheil.«

»›Eher will ich sterben als diesen kraftvollen Roman nicht weiterschreiben zu können‹, würden meine Idole an dieser Stelle schreiben«, murmele ich.

Einen Moment lang stutzt Luciano, bevor es aus ihm herausbricht:

»Schreiben? Wer schreibt hier? Du??«

»Ja. Einen Krimi. Der mit euch nun noch authentischer ist.«

Eine Sekunde bevor der andere abdrückt und brüllt: »Das Arschloch macht sich über uns lustig!«, haut Luciano ihm mit einem Fausthieb die Pistole aus der Hand, sodass die Kugel sich irgendwo über mir in ein Regal bohrt.

»Habe ich das eben richtig verstanden?«, will Luciano nun wissen. »Du schreibst einen Krimi? Aber du bist kein Dichter, oder?«

»N-nein«, gebe ich mit zitternden Knien zu.

»Lobeshymnen auf unser Spanien schreibst du also keine. Umso mehr hast du aber anscheinend für diese amerikanischen Juden übrig.«

Ist dieser unerwarteten Wende zu trauen? Erst als Luciano die Pistole vom Boden aufhebt und sie seinem sprachlosen Kumpan ins Halfter zurücksteckt, wage ich zu hoffen, dass es in dieser Nachkriegszeit vielleicht tatsächlich einen Toten weniger geben wird. Zu meiner Überraschung holt Luciano jetzt sogar ein Handtuch aus der Toilette und hält es mir hin.

»Wisch dir die Fresse ab.«

Widerspruchslos tue ich, wie mir befohlen, und als ich das viele Blut sehe, will ich zum Waschbecken, aber meine Beine sind dazu viel zu wackelig. Luciano führt mich zu meinem umgekippten Schreibtischstuhl, stellt ihn wieder auf und schafft es tatsächlich, meinen Körper so zu krümmen, dass ich mich setzen kann. Und dann bringt er mir sogar noch ein weiteres Handtuch, um es gegen das erste, das sich inzwischen wie ein Schwamm vollgesogen hat, auszutauschen. Bestimmt sehe ich wie eine echte, gerade vom Kampf zurückgekehrte Rothaut aus.

»Nur damit eins von vornherein klar ist: Ein Dichter versteht mehr von der Erzählkunst als ein Erzähler von der Dichtkunst. Du bist also ein Schriftsteller. Ein Romanschreiber, genau genommen … Bei uns in der Falange gibt es viele hervorragende Dichter, die in Versform wahre Ruhmeshymnen auf Spanien verfassen … schließlich ist die Doktrin der Falange schon reine Poesie … weitaus mehr als bei den anderen militärischen Organisationen. Ich bin übrigens selbst Poet. Wir sind Feder und Schwert … Womöglich wendest du jetzt ein, dass es unter den Marxisten ebenfalls Dichter gibt. Aber bei unserem Kampf steht unser Geist vor der sozialen Gerechtigkeit. Unsere Feinde sagen uns nach, dass wir etwas zu verändern versuchen, damit sich nichts verändert. Ich sage dir, wer uns so angreift, der hat keinen Sinn für Poesie! Und das sagt dir ein Falangist und Dichter, dem Spanien so manch eine unserer herrlich patriotischen Hymnen zu verdanken hat, ohne die wir genauso dumm dastünden wie ohne Kanonen; ja, ich bin ein Falangist, der den Krieg gewonnen hat und seit Jahren alles für den sozialen Frieden tut – der jedoch bedauerlicherweise … mit dem Schreiben von … Romanen seine Schwierigkeiten hat. Was ausgerechnet dir, einem simplen Buchhändler, der zu den Verlierern des Krieges gehört und nichts von unserem neuen Spanien und seiner Schicksalsgemeinschaft im Universalen wissen will, leichtzufallen scheint! Gibt es in der

Literatur zwei Welten, und du gehörst der einen an und ich der anderen? Worin unterscheiden wir uns, du und ich? Seid ihr Prosaschriftsteller die Bösen und wir Dichter die Guten?«

Er zieht das Handtuch von meinem geschundenen Gesicht und sieht mich durchdringend an. Ich spüre Blut auf mein Hemd tropfen. Links und rechts von mir stehen, glaube ich, seine beiden Kumpane.

»Seine Krankenschwester soll reinkommen«, befiehlt Luciano und drückt mir sein Taschentuch in die Hand.

»Aber ...«

»Holt sie rein, sag ich, Himmel, Sack, Zement!«

»Nein, bitte«, bettele ich, »ich will nicht, dass sie mich so ...«

»Du kannst mir jetzt nicht einfach unter der Hand wegsterben«, schneidet Luciano mir das Wort ab. »Erst musst du mir verraten, wie du es machst.«

Ich höre den Türriegel, und gleich darauf nehmen mir zwei vertraute Hände vorsichtig Lucianos Taschentuch weg.

»Gott im Himmel! Was seid ihr für Barbaren!«, entfährt es Koldobike, bevor sie mit einem entsetzten »Barbaren, die reinsten Barbaren ...«, das sie nur noch liebenswerter macht, in der Toilette verschwindet. Ich höre den Wasserhahn rauschen, und schon kommt sie mit unserem kleinen Verbandskasten und einer Schüssel voll Wasser zurück. In null Komma nichts säubert sie zuerst mit einem feuchten und dann mit einem trockenen Wattebausch sanft mein Gesicht, bevor sie sich daranmacht, mit Gaze und Heftpflaster meine Wunden zu verbinden.

»Die da ist von mir«, sagt einer der Falangisten stolz und zeigt mit dem Finger auf eine klaffende Wunde.

Zornig schubst Koldobike ihn weg.

»Er sieht schlimm aus, wir brauchen einen Arzt.«

»Später«, erklärt Luciano kurz angebunden. »Vorher müssen er und ich noch was besprechen.«

»Nein jetzt! Seht ihr nicht, dass er mehr tot als lebendig ist?!«, ruft Koldobike aufgebracht.

»Seine Zunge ist aber noch quicklebendig, oder, Bordaberri? Dieser Buchhändler hütet ein großes Geheimnis, das er mir unbedingt verraten muss.«

»Und wie willst du es ihm entlocken? Mit Nadeln unter den Fingernägeln?«

Da sieht Luciano sie auf eine Weise an, dass mir ganz angst und bange wird.

»Halt jetzt besser dein freches Mundwerk, Blondine. Wie siehst du überhaupt aus mit diesem Rock und diesen Haaren? Das neue Spanien duldet keine Unzucht!«

Dann wendet er sich wieder mir zu. Er beugt sich zu mir herab, um mir etwas ins Ohr zu sagen, das allerdings in einer Lautstärke, dass ich ihn auch noch am anderen Ende der Buchhandlung gehört hätte.

»Also: Wie kann ein Dichter einen Roman in Angriff nehmen, ohne dass ihm dabei ständig Pfeilbündel und Joch, Abendsterne, Blumenwiesen, schöne Maiden und verliebte Herzen in den Sinn kommen?«

Da endlich dämmert es mir: Dieses Blauhemd glaubt, ich besitze ein Erfolgsrezept für ihn – und in diesem Glauben lasse ich ihn wohl auch besser, denn das hat mir fürs Erste das Leben gerettet.

»Tja, was soll ich da sagen …«, setze ich an und hoffe inständig, dass bei Koldobike ebenfalls der Groschen fällt und sie nicht alles vermasselt. Selbst Hammett und Chandler würden ihre in der Patsche sitzenden Privatdetektive eine solche Chance ergreifen lassen.

»Spiel hier nicht den Dummen, Bordaberri. Wie du mir selbst gesagt hast, schreibst du gerade an einem Roman, und der scheint der absolute Knaller zu werden, wie ich aus deinem gelassenen Gesicht schließe«, Luciano lacht kurz hämisch auf, »das heißt, aus dem, das du bis vor Kurzem hattest. Deshalb sag mir endlich, wie man eine Handlung vorantreibt, ohne dass einem ständig poetische Bilder in den Sinn kommen. Ein guter Prosatext braucht so was nicht.«

Leider kann Koldobike nicht länger still bleiben. Einen Wattebausch in der Hand, mit dem sie gerade vorsichtig das Blut von meiner Schläfe getupft hat, richtet sie sich wütend auf.

»Schluss mit dem Blödsinn: Ich hole jetzt einen Arzt.«

»Nichts da!«, erklärt einer von Lucianos Handlangern und drückt Koldobike auf den zweiten Stuhl. »Hier geht keiner raus.«

Unterdessen hat Luciano sich den Tritt für die hohen Regale geschnappt und setzt sich nun vor mich hin.

»Also los, erklär mir, wie du das machst.«

Ich glaube, so langsam komme ich dahinter, was das Unglück dieses Mannes ist: Er leidet unter denselben Ängsten wie ich, bevor ich mich diesem realistischen Roman verschrieben habe.

»Sie haben mir keinen Knochen gebrochen«, beruhige ich Koldobike.

»Woher willst du das wissen?«

»Ganz einfach: Ich hab's nicht knacken gehört. Die drei verstehen was vom Prügeln.«

»Dein Gesicht sieht dafür aber aus wie nach einer Schlacht.« Koldobike sieht besorgt auf die Verbände. »Wie lange dauert das noch?«

»Ja, wie lange dauert das noch?«, echot Luciano, der allerdings was ganz anderes wissen will.

Wer das Sagen hat, kann auch bestimmen, wann seine Geduld ein Ende hat. Ich versuche meine Augen fest auf ihn zu richten, was mir aber nicht gelingen will; ich sehe ihn nur noch verschwommen.

»Man schreibt einfach nur das, was man gerade sieht und hört. Das ist das ganze Rezept.«

Luciano sieht mich mit großen Augen an.

»So was machen ein Fotoapparat und ein Aufnahmegerät!«

Ohne darauf einzugehen, doziere ich weiter: »Der Autor muss sich vollkommen zurücknehmen. Wenn man eine Geschichte erzählen will, muss man sich ganz auf die Außenwelt konzentrieren, in der allein das, was die Protagonisten sagen und tun, maßgebend ist. Und das ist das, was ein Dichter normalerweise nicht kann: sein eigenes Ich hintanzustellen. Weil es nicht seiner Wesensart entspricht.«

»Das heißt also Selbstbescheidung und Zurückhaltung.«

»Und ein Quäntchen Fantasie ist auch vonnöten.«

Luciano schüttelt ungläubig den Kopf. »Wozu braucht es beim Realismus Fantasie?«

»Langsam ...«, stöhne ich, denn ob ich diese Gabe besitze, weiß ich selbst nicht so genau, weshalb ich es jetzt, da sich mein Kopf wie ein Fußball anfühlt, gegen den zweiundzwanzig Kicker eines Spiels auf einmal treten, auch nicht recht erklären kann.

»Fantasie braucht man, um ... um aus der Wirklichkeit eine andere Wirklichkeit zu machen ... aber auch, um in der letztlich gewählten Wirklichkeit die passenden Szenen und Töne zu finden.«

»Hor konpon«, murmelt Koldobike spöttisch. Dass genau das mein Problem ist, dass diese Erzähltheorie mir nie genützt hat, weiß sie besser als jeder andere.

»*Was* hast du gesagt?«

Sichtlich ungehalten dreht Luciano sich zu ihr um. Doch

Koldobike übersetzt es ihm nicht, sie zeigt ihm die kalte Schulter, steht auf und tritt zu mir, um den Verband an meiner Stirn zu wechseln, der anscheinend gerade durchblutet.

»Hattest du dir eine Wirklichkeit ausgesucht?«, versuche ich ihn schnell abzulenken, was mir einen heftigen Stich in der Schläfe beschert.

»Ich habe das, was ich erzählen wollte, sowohl in der Zeit vor, während als auch nach dem Krieg angesiedelt. Wenn das keine Wirklichkeiten sind, weiß ich auch nicht. Aber die Romane sind mir trotzdem nicht geglückt.«

»Weil du sie wahrscheinlich wie ein Dichter angegangen hast.«

Luciano schnaubt. »Die Essenz der Falange, die soziale Revolution, unser Kampf gegen den Marxismus, die Berufung eines *Caudillo*, der ein einziges, großes und freies Spanien errichten will, sind nun mal reine Poesie. Genauso wie unsere Hymnen, die zu großen Taten ermuntern wie etwa, uns mit entblößter Brust auf die marxistischen Horden zu stürzen und für Spanien in den Tod zu ziehen! Das ist Poesie, die reine Poesie!«

Koldobikes Finger trommeln auf meinem Schädel; sie muss ihn mit der Trommel für eine Militärparade verwechseln.

»So viel … Poesie … bringt einen Prosatext leider … durcheinander«, wende ich vorsichtig ein.

»Poesie bringt nichts durcheinander!«, entgegnet Luciano entrüstet.

Ich widerspreche ihm nicht, denn das Reden fällt mir immer schwerer. Auch er schweigt eine Weile. Dann scheint er sich aber innerlich einen Ruck zu geben.

»1938 setzte ich mich zum ersten Mal hin. Es sollte ein kurzer Roman werden, zwölf bis fünfzehn Kapitel, mit nur wenig Dialog und viel Reflexion. Die Protagonisten sollten ein Falangist und seine erste Freundin sein, die Tochter eines Roten, der in einem von Francos Gefängnissen erschossen worden war. Sie selbst hatte die gleiche Gesinnung wie ihr Vater, war aber betörend schön. Diese Liebe scheitert natürlich, weil sie von ihm verlangt, auf seine eigenen Leute ein Attentat zu verüben. Worauf er beschließt, sich in ein rechtschaffenes Mädchen aus der *Sección Femenina* zu verlieben …« Kurz hält er inne, bevor er seufzend gesteht: »Allein für diese Überlegungen habe ich schon Monate gebraucht, ohne auch nur einzige Zeile zu Papier zu bringen.«

»Typischer Fall von Schreibblockade.«

»Eine Schreibblockade? Beim Dichten ist mir so was noch nie passiert: Ich habe eine Inspiration, und fünf Minuten später steht der erste Vers auf dem Papier … Aber gut, ein Roman ist etwas anderes. Ja, das mit der Schreibblockade kann gut sein … Als ich mich schließlich dann doch hinsetzte, entwickelte sich die Geschichte jedoch in eine völlig andere Richtung. Der Falangist, der bereits in unserem Krieg gekämpft hatte, wollte auch dazu beitragen, den Zweiten Weltkrieg zu gewinnen, weshalb ihm Francos *División Azul* wie gerufen kam, mit der unser *Caudillo* die Deutschen an der russischen Front unterstützte. Nachdem er sich gemeldet hatte, sollte er als Erstes noch weitere Freiwillige anwerben. Bei nächtlichen Saufgelagen verleitete er junge Männer mit ruhmreichen Geschichten dazu, zu fortgeschrittener Stunde das Papier zu unterschreiben … Dieser erste Teil ist mir sogar einigermaßen gelungen; schwierig wurde es dann aber, als ich erzählen wollte, wie es unserem Helden in Russland erging, als einem der vierzigtausend Soldaten der glorreichen Division. Da wusste ich einfach nicht mehr weiter, bis heute. Und das verstehe ich nicht, da der Anfang doch so vielversprechend war…«

»Du musst einfach auf deine persönlichen Erlebnisse an der russischen Front zurückgreifen«, rate ich ihm mit schmerzverzerrtem Gesicht; die Betäubung durch den Schock scheint nachzulassen.

»Das geht nicht: Ich war nicht in Russland.«

»Wer hätte das gedacht«, murmelt Koldobike sarkastisch.

»Tja, ohne Wirklichkeit …«, erkläre ich bedauernd, denn genau das ist auch für mich die Schwierigkeit: sich etwas einfach nicht gut genug vorstellen zu können. An einem Mangel an Fantasie können die Guten wie auch die Bösen leiden.

»Trotzdem hatte ich mich dadurch nicht entmutigen lassen und die Feder erneut zur Hand genommen«, fährt Luciano mit düsterer Miene fort. »Und dann steuerte mein Roman ganz auf den Abgrund zu: Die glorreichen Heldentaten der *División Azul* verkümmerten zu lyrischen Schwärmereien von schneebedeckten Steppen, vor Kälte starren Uniformen, undurchdringlichen Gesichtern unter mit Eiszapfen besetzten Ledermützen und der Sehnsucht nach farbenfrohen Frühlingswiesen. Und Joch, Pfeilbündel und Abendsterne kamen natürlich auch drin vor.« Gramerfüllt steht er auf und legt mir die Hand auf die Schulter. »Tut mir leid wegen der Prügel, Bordaberri. Auch wenn du es leichter hast, weil du kein Dichter bist, hast du echt Schneid.«

»Schreib das ja auf, Sam«, sagt Koldobike.

»Wie …?« Luciano stutzt kurz. »Ach so, natürlich. Du beschreibst ja nicht nur die Wirklichkeit, du lebst sie auch. Hand aufs Herz, Buchhändler: Schreibst du wirklich alles auf?«

»Alles«, erklärt Koldobike.

»Das heißt auch, dass wir dich vermöbelt, du und ich danach aber freundschaftlich über unsere Erfahrungen debattiert haben?«

»In Sam Espartas Roman kommt restlos alles rein«, versichert Koldobike wieder an meiner statt.

Da macht Luciano einen Schritt auf sie zu, um nach ihren platinblonden Locken zu greifen, was sie mit einem energischen Klaps auf seine Finger unterbindet. So bleibt ihm nur, auf ihren Rock zu zeigen und mit einem Glitzern in den Augen auszurufen:

»So was Gewagtes hat man in Getxo noch nie gesehen. Und zudem nennt sich unser Buchhändler jetzt Samuel Esparta und hat sich in den Kopf gesetzt, aus einem wahren Fall einen Kriminalroman zu drechseln. Der unbestechliche Privatdetektiv mit seiner ihm treu ergebenen Sekretärin: Das hast du dir wirklich fein ausgedacht, Bordaberri, das ist große realistische Literatur. Da kann ich mit meiner Lyrik einpacken!«

10 Ein Gesicht in der Dunkelheit

Es ist schon dunkel, als Koldobike und ich bei mir zu Hause ankommen. Für die Strecke, die ich üblicherweise in wenigen Minuten zurücklege, habe ich, von Koldobike gestützt, bestimmt mehr als das Doppelte gebraucht. Leise stöhnend lasse ich mich auf die unterste Stufe der Treppe sinken, während sie hochgeht, um ihren Plan in die Wege zu leiten.

Koldobike kommt nicht allein zurück, aber Elise stöhnt bei meinem Anblick zum Glück nicht laut auf. Meine Schwester ist eine unerschrockene Frau, wie sich schon zeigte, als die deutschen Junker über unsere Köpfe hinwegflogen, um Bilbao, seinen Flughafen Sondika und die Industrieanlagen in der Bucht zu bombardieren; manchmal warfen sie auch schon eine zur Übung über Getxo ab. Seit dem Tod unseres Vaters ist sie für meine Mutter und mich der Fels in der Brandung.

»Du hast recht«, sagt sie zu Koldobike, »in diesem Zustand sollte sie ihn besser nicht sehen.«

Koldobike hat sich nämlich überlegt, dass mich meine Mutter besser nicht zu Gesicht bekommt. Von ihr auf der einen und Elise auf der anderen Seite untergefasst, schleppe ich mich die Treppe hinauf, wo sich meine »mir treu ergebene Sekretärin« dann nicht nur ein, sondern gleich vier Mal von mir verabschiedet.

Unterdessen ist Elise leise in unsere Wohnung geschlichen, und ein paar Sekunden später gehen alle Lichter aus, denn sie hat die Sicherungen rausgedreht. Während ich mich mit einem unterdrückten Stöhnen aus meiner Jacke schäle, höre ich sie in die Küche gehen und seufzen: »Ach herrje, schon wieder ein Stromausfall!«, worauf meine Mutter nur grummelt: »Das ist Hexenwerk.« Geklapper deutet darauf hin, dass die beiden die Schubladen nach Kerzen durchwühlen, sodass ich laut rufen kann, ich hätte schon zu Abend gegessen, und in meiner Schlafkammer verschwinde. Vollkommen erschöpft, aber erleichtert ziehe ich mir die Decke über den Kopf. Das Wichtigste ist erreicht: Mutter hat nichts gemerkt.

Ein paar Stunden später wache ich auf, als jemand vorsichtig die Tür einen Spalt weit aufschiebt. Im Schein einer brennenden Kerze erkenne ich das Gesicht meiner Schwester. Ich bräuchte mich nur schlafend zu stellen, und sie würde wieder gehen.

»Komm rein.«

»Wie geht es dir?« Die Flamme beleuchtet mich offenbar nicht ausreichend. »Warte, ich mache Licht.«

»Die Sicherung ist draußen.«

»Ich habe sie wieder reingeschraubt.«

»Lass es lieber dunkel.«

»Was ist passiert? Koldobike hat mir nur erzählt, dass dir ein paar Falangisten eine Abreibung verpasst hätten.«

»Stimmt. Und damit hat sich's.«

»Wirklich?« Ihr ist deutlich anzuhören, dass sie mir nicht glaubt. Aber sie bohrt nicht weiter nach. »Jedenfalls werde ich dich jetzt erst mal richtig verarzten.«

Als sie das Licht einschaltet, sehe ich, dass sie bereits Verbandszeug, Wundsalbe und eine kleine Flasche Alkohol dabeihat.

»Weißt du, dass du vier richtig schlimme Blutergüsse hast? Und dazu noch jede Menge kleinere blaue Flecken. Von den Schrammen im Gesicht und dem Veilchen ganz zu schweigen«, sagt sie, als sie fertig ist.

An der Tür dreht sie sich noch einmal um.

»Ich hätte Koldobike übrigens fast nicht erkannt. Was ist denn in die gefahren?«

Glücklicherweise erwartet sie auch darauf keine Antwort. Sie löscht das Licht, doch im Rausgehen höre ich sie noch sagen: »Ihr beide seid mir schon ein seltsames Paar.«

Hat es etwas zu bedeuten, dass sich die Falangisten eingemischt haben? Für mich auf jeden Fall: Jedes Mal, wenn ich in dieser Nacht an sie denke, spüre ich nicht nur meinen malträtierten Körper, sondern dass sich auch wieder etwas in meiner Schriftstellerseele rührt. Zwar habe ich noch immer keine heiße Spur, dennoch tut sich was: Ich erfahre immer mehr – weshalb der Mörder auch langsam nervös werden dürfte.

Und genau dieses vage Gefühl lässt mich um sieben Uhr früh fertig angezogen in die Küche humpeln. Zu meinem Erstaunen steht Elise dort bereits am Herd. Als sie sich besorgt zu mir umdreht, grinse ich, so gut ich kann, was sie anscheinend ziemlich beruhigt, sodass ich noch ein »Mir geht's schon viel besser!« hinterherschicke.

Was vielleicht sogar stimmt. Am Spülbecken wasche ich mir die Hände und das Gesicht, während meine Schwester schweigend beobachtet, ob ich auch wirklich wieder alle Glieder bewegen kann.

»Ich gehe besser, bevor Mutter aufwacht«, erkläre ich, als sie mir ein frisches Handtuch reicht.

»Nicht, bevor ich dir die Verbände gewechselt habe und du gefrühstückt hast«, sagt sie ungerührt und schiebt mich zu meinem Stuhl.

Widerspruchslos gehorche ich, und während ich eine große Tasse warme Milch trinke und einen Apfel esse, huscht Elise kurz hinaus.

»Es regnet zwar, aber das wird dich sicher nicht abhalten«, sagt sie, als sie wieder reinkommt, und legt mir den Trenchcoat meines Onkels und einen Regenschirm auf den Schoß. Da kann ich nicht anders, als sie offen anzusehen und ihr zu gestehen:

»Weißt du, Elise, ich schreibe wieder an einem neuen Roman.«

Entdecke ich da etwa ein freudiges Aufleuchten in ihren Augen?

»Ist die Sache mit den Falangisten wirklich erledigt?«

»Sei unbesorgt«, erwidere ich lächelnd und stehe auf.

Gelobt sei der Regen, der es mir erlaubt, mein Gesicht unter dem Schirm zu verstecken, sobald mir jemand entgegenkommt. Seltsam, mit dem Trenchcoat meines Onkels fühle ich mich erst recht wie Sam Esparta.

Im Laden brennt Licht. Kurz bevor ich durch das Glas der Eingangstür blicke, werde ich auf einmal unsicher. Doch alles ist gut: Koldobike sucht gerade etwas in einem der Regale – im Stiftrock und nach wie vor mit platinblonden Haaren. In meinem Vorsatz bestärkt, öffne ich die Tür.

»Guten Morgen.«

»Gu…« Überrascht dreht sie sich um. »Was machst du schon hier? Die Welt wäre bestimmt nicht untergegangen, wenn du heute im Bett geblieben wärst.«

»Doch, wäre sie, zumindest meine Romanwelt. Das gestern hat mich nämlich völlig aus dem Konzept gebracht. Ich tappe im Dunkeln. Ja ich weiß nicht mal, wen ich als Nächsten befragen soll.«

»Das wusstest du vorher auch nicht.« Schulmeisterhaft

schüttelt sie den Kopf. »Aber wie ich dir gestern schon sagte: Als Nächstes solltest du Roque Altube aufsuchen.«

Verwirrt sehe ich sie an. »Den Vater der Brüder? Ein Vater bringt doch nicht seinen Sohn um.«

»Die Zwillinge haben mit ihren Gaunereien den Namen der Familie befleckt. Und Altube ist noch ein Mann vom alten Schlag, charakterfest, rechtschaffen und auf die Familienehre bedacht.«

»Du spinnst, das ist vollkommen absurd! Außerdem war er 1935 schon um die siebzig. Ein Mann in dem Alter ist nicht mehr in der körperlichen Verfassung, mitten in der Nacht hinterrücks zwei gestandene Kerle zu überfallen und sie an Apraiz' Felsen zu ketten.«

»Sei dir da mal nicht so sicher. Für sein Alter war der damals noch unheimlich rüstig. Zwei Jahre später kämpfte er noch bis zu unserer Niederlage an vorderster Front ... Aber wahrscheinlich hast du recht. Er könnte dir bestimmt nicht viel erzählen, schließlich hat ihm die Polizei damals ja schon verhört ...«

Soll sich einer noch mit den Frauen auskennen. Erst rät sie mir, zu ihm zu gehen, und dann soll ich es bleiben lassen?

»Ich kann einfach keinen klaren Gedanken fassen«, jammere ich deshalb noch ein wenig, »ich habe komplett den roten Faden verloren.«

Koldobike macht einen Schritt auf mich zu und sieht sich mein Gesicht genau an.

»Du wirst mir zwar sicher gleich sagen, dass es dir bestens geht, ich schicke aber wohl besser den Nachbarsjungen los, damit er deiner Mutter ausrichtet, sie soll herkommen und sich mal die Blessuren ihres Sohns ansehen, denn dafür will ich nicht verantwortlich sein ... He, wo willst du hin?«

»Mich wieder an die Arbeit machen«, rufe ich im Hinauseilen und fuchtele zum Abschied noch kurz mit dem Schirm.

»Wusste ich's doch«, höre ich nur noch, bevor die Tür hinter mir ins Schloss fällt und ich den Mantelkragen hochschlage.

Dass es in den Bergen ab und an regnet, kann man verstehen, schließlich muss dort die Vegetation gegossen werden. Aber Regen am Strand? Das ist vollkommen widersinnig. Wenn man jemanden bei Regen den Strand entlanggehen sieht, kann man sich eigentlich sicher sein, dass er nicht mit dem Schauer gerechnet hat; umso absonderlicher ist der Anblick von einem mit Regenschirm und Mantel. Ansonsten ist keine Menschenseele zu sehen: Kein Einheimischer ist so verrückt, im Regen angeln oder gar baden zu gehen. Doch hier hat alles angefangen.

Drei Wege führen herunter. Einer bei den Felsen des alten Hafens am anderen Ende des Strands, dort, wo die Küste steil abfällt; der zweite, etwa in der Mitte des Strands, ist eine Verlängerung der Straße, die, unterhalb der Ruine des alten Forts vorbei, von den höher gelegenen Ortsteilen runterkommt; und der dritte ist ebenfalls eine auslaufende Straße, die ein paar Schritte weiter schnurgerade auf Apraiz' Felsen zuläuft. Letzteren bin ich heruntergekommen, denn den muss auch Lucio Etxe genommen haben, als er zu Zallas Schmiede lief ... Fünfundzwanzig, sechsundzwan... Zähle ich etwa gerade meine Schritte? So was Albernes: Das habe ich zuletzt als Schuljunge gemacht, wenn wir im Sand ein Fußballfeld absteckten. Aber warum tue ich das jetzt? Sicher nicht aus Nostalgie; dahinter muss dieser Irre stecken – wie hieß er noch gleich? –, der nichts Besseres zu tun hat, als Getxo in Schritten zu vermessen. In Schritten, man stelle sich das mal vor! Nur einer aus Neguri kann seine Zeit mit so was Überspanntem verplempern ... Trotzdem, wenn Antimo Zalla ein paar Schritte weniger gebraucht hätte, wäre er vielleicht rechtzeitig am Strand gewesen, um Leonardo … Getxo verfügt also demnächst über eine Landkarte in Schritt-Einheit, denke ich noch, während ich auf Apraiz' Felsen zulaufe und dabei eifrig weiterzähle.

Wer wohl diese Holzplanke mit einem Stein markiert hat? Das Meer hat sie in der Nacht an Land gespült, und jemand hat sie damit zu seinem Eigentum erklärt. Bloß: Wo ist dieser Jemand?

»Hallo, Buchhändler!«

Erschrocken fahre ich herum: Eingehüllt in einen Regenmantel und ebenfalls mit Schirm bewaffnet kommt Luciano Aguirre, der Falangist, mit lautlosen Schritten auf mich zu. Dabei dachte ich noch vor einer guten Stunde, den roten Faden verloren zu haben …

»Was willst du?«, fauche ich ihn an.

»Schön, dass du wieder auf den Beinen bist. Warst du beim Arzt?«

Wortlos kehre ich ihm den Rücken zu und stapfe weiter. Er lässt sich davon jedoch nicht beeindrucken und folgt mir auf dem Fuße.

»Hör zu: Das mit den paar Tritten … das war doch halb so wild. Wenn wir wirklich jemanden aus dem Weg räumen wollen, schlagen wir ganz anders zu … Schön jedenfalls, dich hier zu treffen, dann kann es mit der ersten Lektion ja gleich losgehen. Weißt du, vor lauter Aufregung habe ich die ganze Nacht nämlich kein Auge zugetan.«

»Die erste Lektion?«

»Ja, ich will sehen, wie du es machst. Wo und wann du schreibst … das heißt, vor allem, wie.«

»Ich tue es in diesem Moment.« Ich drehe mich zu ihm um. »Du und ich, hier am Strand … auch wenn ich auf die Szene gut verzichten könnte.«

»Trotzdem wird sie in deinem Roman vorkommen.«

»Genauso wie die gestern in der Buchhandlung mit den drei Musterknaben des neuen Spanien.«

»Großartig! Wie ich es vermutet habe! Du schreibst einfach restlos alles nieder, was vor deiner Nase passiert!«, ruft Luciano euphorisch, doch gleich darauf verdüstert sich seine Miene wieder etwas. »Als Dichter hat man an dieser Erkenntnis allerdings ein wenig zu knabbern.«

Jetzt habe ich endgültig die Nase voll.

»Und was zum Teufel geht mich das an?«, brülle ich ihn an.

»Eh, was ist denn das für eine Ausdrucksweise für einen braven Buchhändler?« Scheinbar entrüstet schüttelt er den Kopf, muss dann aber grinsen. »Zumindest bist du keine Schwuchtel, sondern ein gestandenes Mannsbild, so wie wir. Da werden wir uns sicher gut verstehen.«

Eine solche Frechheit verdient keine Antwort. Schweigend gehe ich weiter in Richtung Felsen, er hinterher. Ja, hier hat alles angefangen, bloß: Wie soll ich mich auf meinen Fall konzentrieren mit dieser Schmeißfliege im Rücken?

»Ein Hoch auf die Freiheit der Dichtung!«, höre ich ihn sagen. »Und weißt du, warum? Weil ich Teil dessen bin, was du siehst und hörst. Und da ich nun mal hier bin, musst du mir einen Platz in deiner Geschichte einräumen. Das sind die Zwänge, die dir die verfluchte Wirklichkeit auferlegt, ob dir das nun passt oder nicht.«

»Geh zurück in dein Reich von Gottes Gnaden und lass mich in Frieden.« Abrupt drehe ich mich zu ihm um. »Wo warst *du* eigentlich in jener Juninacht 1935, als Leonardo Altube umgebracht wurde?«

Mit *der* Frage hat er nicht gerechnet. Sein Grinsen erstarrt zur Grimasse.

»Im Juni jenes Jahres war ich in Valladolid, Zeugnisse fälschen. So habe ich drei Jahre Jura ›studiert‹ – ohne je einen Fuß in eine Vorlesung zu setzen, und von Mal zu Mal sind mir die gefälschten Unterschriften besser gelungen. Zu meinem Glück kam dann der Krieg, sodass ich nicht auch noch das Staatsexamen selbst unterschreiben musste. Meine armen Eltern glauben bis heute, dass der Krieg meine glorreiche Karriere zunichtegemacht hat. Ich kam aber mit etwas viel Glorreicherem aus Valladolid zurück: José Antonios Doktrin, der Ideologie unserer glorreichen ...«

»Du warst also nicht in Getxo«, beende ich seinen Redeschwall.

»Nein, war ich nicht.«

»Vielleicht hast du ihn umgebracht und bist erst anschließend nach Valladolid? Ein Monat ist lang, und das Verbrechen wurde schon am Siebten verübt.«

»Hör auf, Buchhändler, das ist pure Zeitverschwendung. Selbst wenn ich der Mörder wäre – du wirst mir nicht an den Karren fahren können, und du weißt auch, wieso. Dennoch gefällt mir deine Fragerei, denn so fühle ich mich ganz als Teil deines Romans und bin sicher auch bald in der Lage, selbst einen zu schreiben ... Ich weiß nur noch nicht, wie anfangen.«

Wir sind stehen geblieben, bieten einander die Stirn. Obwohl es aufgehört hat zu regnen, lassen wir unsere Schirme aufgespannt.

»Du treibst Geschäfte mit dem lebenden Zwilling, und sicher hast du das auch schon vor 1935 mit beiden getan«, fahre ich mit meinem Verhör fort.

Warum braucht er so lange für seine Antwort?

Unvermittelt klappt er seinen Regenschirm zu und schnaubt dann nur ein einziges Wort:

»Algen.«

»Algen ... sind mir die nicht erst vor Kurzem irgendwo untergekommen?«, überlege ich laut.

Luciano zeigt nun angriffslustig mit der Regenschirmspitze in meine Richtung.

»Schluss jetzt mit dem Verhör. Auch wenn es mich nicht stört, schließlich muss ein Privatdetektiv erst mal alle verdächtigen. So wie ich dich. Wir beide sind übrigens in einer ganz ähnlichen Situation. Keiner von uns weiß, ob der andere der Mörder ist, aber wo wir sind, wissen wir: am Strand und vor uns liegt der Felsen, an dem vor zehn Jahren ein Zwillingspaar um sein Leben kämpfte.«

»Kannst du mir den Felsen zeigen, an dem es passiert ist?«

Er tut es, wieder unter Zuhilfenahme der Schirmspitze.

»Natürlich kann ich das, schließlich bin ich aus Getxo. Auch wenn viele von euch mich am liebsten dorthin schicken würden, wo der Pfeffer wächst ... Aber das raubt mir nicht den Schlaf. Oder ist es sogar eine Ehre? ... Zwei Männer am Strand also. Ja, das wird meine erste Schreibübung. Aber geh nicht zu weit weg.«

Er geht ein paar Schritte, setzt sich auf einen Stein und zieht dann ein Heft und einen Stift aus der Manteltasche. Das Heft auf den Knien, blickt er gedankenverloren in die Ferne.

Kopfschüttelnd überlasse ich ihn seinem Schicksal und gehe weiter zu Apraiz' Felsen, während ich mich wieder darauf konzentriere, warum ich an den Strand gekommen bin. Ich wollte den roten Faden wiederfinden, um meinen Krimi weiterschreiben zu können ... Und wenn dieser sich im Schreiben versuchende Falangist der Faden ...?

Wie alt werden eigentlich Möwen? Die über meinem Kopf fliegenden Exemplare könnten mir vielleicht erzählen, was sie in jener Nacht gesehen haben. Obwohl ... was sieht man schon mitten in der Nacht? In Kriminalromanen ersehnt man sich oft entscheidende Spuren von Hunden, Katzen oder Papageien, doch ist kein Verlass auf sie. Meine Möwen fliegen nicht wie sonst im Gleitflug einen weiten Bogen, sondern kreisen nun geradezu hartnäckig über dem Felsen, so als wollten sie meine Aufmerksamkeit darauf lenken, mir zeigen, dass der Schlüssel zur Lösung des Mordfalls dieser Felsen ist. Aber vielleicht liegt es auch nur am schlechten Wetter, dass sie so tief fliegen.

Als ich wieder vom Felsen herunterklettere, mache ich einen großen Bogen um den Falangisten, der immer noch mit dem Stift in der Hand auf seinem Stein sitzt. Auf der Höhe der Holzplanke sehe ich jemanden näher kommen. Es ist einer der beiden Etxes, Lucio. Sein alter Mantel ist von der Nässe fast schwarz.

Wir begrüßen uns mit einem »Hallo, wie geht's?«, dem die unvermeidlichen Kommentare zum Wetter folgen. Bis ich auf einmal ein lautes »He!« hinter mir höre.

O Gott, Luciano, was soll ich nur mit dem machen? Mit seinem Heft wedelnd, läuft er auf uns zu.

Ehe ich mich versehe, hat er mir sein Geschreibsel in die Hand gedrückt.

»Los, lies das. Auf der Stelle.«

Während Lucio Etxe uns mit offenem Mund anstarrt, gehe ich ein paar Schritte und schlage das Heft auf. Voller Neugier, warum soll ich es leugnen?

Kein ~~Stern am Himmelszelt~~ Sonnenstrahl erhellt das Treffen der beiden Männer, vielmehr lastet auf ihnen die düstere Vorahnung, dass es demnächst wahrhaft große Tropfen regnen werde. Was will hier einer vom anderen? Beide stammen aus Getxo, aber wie weit voneinander entfernt sind doch ihre Seelen! Der eine, ein Buchhänd-

ler, watet im Sumpf ~~verquaster~~ fruchtloser Ideologien, die der in künftigen Jahrhunderten verherrlichte Krieg zermalmt hat. Dem anderen hingegen sieht man an seiner ~~noblen~~ stattlichen Haltung an, dass er ~~der Truppe~~ dem Heer der Wahrheit angehört. Doch Ersterer scheint zumindest bekehrbar zu sein.

Sie sind am Strand, weil dort, Jahre ist es her, ein Mensch zu Tode kam und sie den Schuldigen finden und ~~ihm das Lebenslicht ausblas~~ überführen wollen. Und in solch einer heiklen Lage beginne ich aufs Geratewohl (auch wenn, von außerordentlichen Gefühlen überwältigt, es mir kaum gelingt, dieser eines Helden würdigen Prüfung ins Auge zu sehen). Doch zunächst eine großartige Enthüllung: Ich habe entdeckt, dass ein Leben ohne Poesie möglich ist …

Mehr kann ich nicht entziffern, er hat jede Menge wieder durchgestrichen.

»Und?«, fragt er kläglich.

Wie wahrscheinlich jeder Schriftsteller, der von einem Kollegen um ein aufrichtiges Urteil gebeten wird, empfinde ich Mitleid. Während ich noch überlege, wie ich es Luciano am besten beibringe, werde ich abgelenkt von Lucio Etxes weit aufgerissenen Augen, die den Falangisten noch immer reglos anstarren. Plötzlich packt er mich am Arm, zieht mich ein paar Meter weit fort und flüstert dann:

»Das ist er. Dieses Gesicht habe ich in jener Nacht gesehen.«

11 Ein komplizierter Plan

Als Lucio Etxe mit seiner über zwei Meter langen Holzplanke den Strand verlässt, lasten nicht weniger als fünfzig Kilo auf seiner Schulter. Er geht ohne ersichtliche Mühe, setzt fest und federnd seine Schritte in den Sand. Wie schafft das ein so schmächtiger Kerl wie er? Wahrscheinlich ist es die nackte Not, die den Menschen in dieser Nachkriegszeit solche Herkuleskräfte verleiht.

Nachdem er mir vorhin gestanden hatte, in der Nacht des Verbrechens Luciano gesehen zu haben, fragte ich ihn, ob er sich da ganz sicher sei. Sein Ja kam so überzeugend, dass mich fröstelte.

»Der hat seine Seele dem Teufel verschrieben, wie wir in den letzten Jahren alle gesehen haben«, wisperte er. »Du solltest ihn dir vom Leib halten.«

»Und wieso fällt Ihnen jetzt erst auf, dass er es war? In den letzten zehn Jahren müssen Sie sein Gesicht doch irgendwann mal wiedererkannt haben.«

»Der ist danach doch fortgegangen, um sich mit seinem Pack irgendwo für den Krieg vorzubereiten!«, erwiderte er mit einer überraschenden Heftigkeit. »Und seit seiner Rückkehr hatte ich ihn nie wieder so nah vor mir wie heute. Um so einen mache ich einen weiten Bogen!«

Nach diesem Wutausbruch wirkte Etxe so erschöpft, dass ich von weiteren Fragen absah, worauf er schweigend seine Holzplanke auf die Schulter packte und sich auf den Heimweg machte, die Straße hoch, die an der Ruine des alten Forts vorbei nach La Galea führt.

Und auch ich mache mich nun auf den Weg zu meinem nächsten Ziel: der Schmiede der Zallas, die nach Antimos Tod sein Sohn Tomasón übernommen hat. Ihn zu besuchen ist für Sam Esparta ein Muss: Tomasón half seinem Vater damals beim Aufsägen der verfluchten Ketten. Zudem ist er neben Lucio Etxe einer der noch lebenden Protagonisten jener Unglücksnacht, von denen ich am meisten erwarten kann.

Das Blauhemd folgt mir gemäß unserer Abmachung mit fünfzig Meter Abstand. Wenn es nach ihm gegangen wäre, würden wir Seite an Seite ermitteln, und abends würde er mir dann seine neu geschriebenen Seiten unter die Nase halten. Von meinem ersten, milde formulierten Urteilsspruch zu seinem Geschreibsel hat er sich nämlich nicht entmutigen lassen.

»Vielleicht … vielleicht taugt es ja als Entwurf für ein episches Gedicht. Weißt du, so habe ich früher auch mal geschrieben.«

Der Falangist blickte mich daraufhin beleidigt an.

»Du hältst dich wohl für was Besseres! Aber wart's ab«, entgegnete er grimmig. »Bisher habe ich die Wirklichkeit nur gestreift, von nun an werde ich sie bei den Eiern packen! Ich will mit meinem Roman auch die Massen erreichen!«

»Dann such dir erst einmal einen gescheiten Stoff.«

Darauf sagte er nichts mehr. Obwohl er seit dem Krieg auf der Seite der Macht stand, sah er auf einmal aus wie ein Häufchen Elend, sodass er mir plötzlich leidtat, zumal mir meine sechzehn gescheiterten Romanversuche wieder in den Sinn kamen.

»Schreib wenigstens eigenständig über den Fall. Schreiben ist ein einsamer Akt.«

Dankbar über dieses Zugeständnis meinerseits nickte er.

»Zu welcher Tageszeit schreibst du eigentlich?«, fragte er dann wie ein gelehriger Schüler. »Bislang habe ich noch keine Seite von deinem Roman gesehen. Schreibst du nachts, und darum sehe ich es nicht? Du hast ja noch nicht mal ein Notizheft dabei. Wie machst du es, verdammt noch mal, wie? ... Aber das bekomme ich schon noch raus: Fortan werde ich dich nicht mehr aus den Augen lassen.«

»Tu, was du nicht lassen kannst«, erwiderte ich nur schulterzuckend.

Die Schmiede der Zallas liegt im Ortsteil Cuatro Caminos. Zwei vor der Tür festgebundene Ackergäule deuten darauf hin, dass ich hier richtig bin; Hammerschläge aus dem Inneren vervollkommnen die Szenerie. In der dunklen, lang gezogenen Werkstatt leuchtet ganz hinten das Schmiedefeuer. Der kräftige Mann, der auf dem Amboss ein rot glühendes Hufeisen bearbeitet, ist Tomasón.

»Verfolgt dich der da draußen?«, höre ich auf einmal eine Stimme hinter mir.

Als ich mich umdrehe, steht Tomasóns Sohn vor mir, Jacinto, ein stämmiger Bursche, noch keine zwanzig, in der Hand einen Eimer, randvoll gefüllt mit kleinen Steinkohlenbrocken.

»Ich glaube, den kenne ich. Soll ich ihm einen Schreck einjagen, dass er Leine zieht?«

»Nein, nein«, wehre ich rasch ab.

»Leg dich mit dem bloß nicht an«, hören wir Zallas strikten Befehl von hinten. »Kümmere dich lieber ums Feuer.«

Jacinto gehorcht ohne einen Mucks. Kaum ist drei Minuten später der letzte Hammerschlag verklungen, kommt Tomasón nach vorn. Seine Pranken schieben mich zurück zur Tür, ans Tageslicht.

»Du bist der Sohn von Vicente Bordaberri. Ich habe mit deinem Vater in den Intxorta-Bergen gekämpft. Sag, wo drückt der Schuh? Du bist doch sicher nicht hier, um deinen Regenschirm zu trocknen.«

»Es geht um die Altube-Zwillinge. Erinnerst du dich?«

»Erinnern? Wer, in drei Teufels Namen, erinnert sich nicht an dieses Ganovenpaar?! Das hättest du mal meinen Vater fragen sollen, der hat damals was mitgemacht mit denen! Was ist mit dieser Satansbrut?«

»Einer kam ums Leben.«

»Ja. Blöderweise hat's nicht alle beide erwischt.«

»Das hatte derjenige aber vor, und wir wissen bis heute nicht, wer es war.«

»Sag mir Bescheid, wenn er's endlich geschafft hat, damit ich ihn dazu beglückwünschen kann.«

»Inzwischen gibt es eine ganze Reihe von Verdächtigen, und du bist einer von ihnen.«

Zwar zucken kurz seine muskulösen Arme, ansonsten hat er sich aber im Griff.

»Ein Privatdetektiv namens Samuel Esparta hat sich des Falls angenommen«, fahre ich eifrig fort. »So nenne ich mich neuerdings.«

Im selben Moment tritt Jacinto hinter seinen Vater, der zu dem Falangisten hinüberblickt. Wie ein Laternenpfahl hat er sich auf der anderen Straßenseite aufgepflanzt.

»Du bist also zu Franco übergelaufen, Sancho oder Samuel oder wie immer du dich jetzt nennst«, knurrt Tomasón Zalla, was sein Sohn mit einem zustimmenden Nicken unterstreicht.

»Das glaubst du nicht wirklich!«, entgegne ich empört. »Sieh dir mein Gesicht an: Dieser Aguirre und zwei seiner Kumpane haben mich gestern zu Brei geschlagen.«

Fassungslos starren Vater und Sohn mich an.

»Du willst also einen Mörder dingfest machen?«, sagt Tomasón schließlich verbittert. »Dreh dich um, dort drüben steht einer. Mit stolzgeschwellter Brust hat er massenweise Frauen zu Witwen gemacht.«

»Und genau deshalb lasst uns diesem Barbaren jetzt demonstrieren, wie viel ein einzelnes Menschenleben wert ist, Leonardo ist nicht bloß ein Toter mehr. Die Gerechtigkeit soll in Getxo wieder siegen!«

Den beiden unrasierten Gesichtern ist anzusehen, dass meine flammende Rede Eindruck macht. Ich sehe Tomasón Zalla fest an.

»Lucio Etxe hat deinen Vater und dich in jener Nacht aus dem Bett geholt, um die Altube-Zwillinge zu befreien. Ich will alles wissen, was ihr gesehen und gehört habt.«

Tomasón schnaubt wie der Blasebalg in seiner Schmiede.

»Lucio Etxe hat uns so gescheucht, dass mein Vater und ich nicht einmal wussten, wen wir retten sollten. Denkst du, wir wären mitgekommen, wenn wir auch nur geahnt hätten, dass es um die Zwillinge geht? Ganz bestimmt nicht! Hinten im Hof steht noch immer der Traktor, den sie uns angedreht haben, und der ist toter als meine Großmutter!«

»Die Zwillinge brachten den ersten Traktor nach Getxo.«

»Den ersten und den letzten: unseren nämlich!«, erklärt Tomasón aufgebracht. »Im ganzen Baskenland haben sie sicher ein paar Dutzend verkauft. Alles Fahrzeuge mit Fabrikationsfehlern: Ein schamloser Betrug war das! Keine Ahnung, wie diese Halunken erfahren haben, dass eine Fabrik in Frankreich ihre defekten Maschinen loswerden will und sie unter der Hand zum halben Preis oder noch weniger verkauft. Jedenfalls haben sie sie gekauft und hier zum regulären Preis vertickt. Einen Monat sind sie gelaufen, und dann, zack!, aus, Ende. So ein Pech aber auch!, sagten die Zwillinge nur. Warum, bitte schön, hätten mein Vater und ich danach auf Félix' Felsen klettern und die Ketten durchsägen sollen?«

Ich hole die beiden halben Kettenglieder aus der Tasche.

»Hatte die Kette etwa diese Stärke?«

Tomasón Zalla nimmt die beiden Stücke in seine Pranken.

»Ja.« Er blickt auf. »Wo hast du die her?«

»Aus Joseba Ermos Eisenwarenhandlung.«

»Ah ja, Ermo und Eladio Altube …«

Wollen mir diese Augen, die mich so durchdringend ansehen, damit etwas sagen?

»Lucio Etxe hat mir von eurem lobenswerten Einsatz mit der Säge erzählt.«

»Vater wollte zuerst Leonardo Altube befreien, aber ich habe ihm eine Hand auf den Arm gelegt und bloß den Kopf geschüttelt, da der Kopf dieses Zwillings auch dann nicht mehr auftauchte, wenn die Wellen sich zurückzogen. Es fiel ihm schwer, dass er für Leonardo nichts mehr tun konnte, auch wenn dieser Schuft uns ein paar Jahre zuvor diesen Schrott angedreht hatte. Aber es war auch alles andere als einfach, die Kette um Eladios Hals aufzusägen. Die ansteigenden Wellen schlugen immer höher und heftiger gegen den Felsen.«

»Aber sie schwappten auch wieder zurück.«

»Natürlich. Sonst hätten wir ihn doch gar nicht mehr retten können. Es war der Wahnsinn! Wenn die Wellen kurz Pause machten, konnte Eladio nach Luft schnappen, aber die meiste Zeit sahen wir seinen Kopf gar nicht. Vater und ich haben uns abgewechselt. Ein Sägeblatt nach dem anderen brach. Was kein Wunder war bei der nervlichen Anspannung. Wir sägten wirklich wie die Wilden.«

»Eure Entschlossenheit ehrt euch.«

»Weder Vater noch ich dachten in dem Moment noch an unseren Traktor. Nur dass jemand ihr Leben in unsere Hände gelegt hatte, sei es nun die Jungfrau Maria, der heilige Petrus – oder der Teufel.«

Stumm blickt er zu Boden und wirkt dabei so niedergeschlagen, als hätte er die Unglücksnacht eben noch einmal durchlebt. Obwohl … würde er sich als Mörder mir gegenüber anders verhalten? Er hätte gut der Komplize seines Vaters sein können. Ob sie nicht auch versucht waren, nur so zu tun, als wollten sie ihn retten?

»Kehren wir noch mal an den Anfang zurück. War es eigentlich noch Nacht, als ihr mit Lucio Etxe am Felsen ankamt?«

»Ob es noch Nacht war?« Zalla runzelt nachdenklich die Stirn. »Ich glaube schon. Jedenfalls herrschte dicker Nebel.«

»Und haben dein Vater, du oder Etxe sonst noch irgendwen gesehen?«

»Nicht dass ich wüsste.«

»Und gehört?«

»Gehört? So eine Nebelsuppe verschluckt jegliches Geräusch.«

»Habt ihr Spuren im feuchten Sand gesehen?«

»Spuren? Darauf haben wir nicht geachtet.«

»Eladio habt ihr als Ersten an den Strand getragen.«

»Ja«, antwortet Tomasón lebhaft.

»Lucio Etxe stand dort bereit.«

»Zitternd wie Espenlaub.«

»Du und dein Vater seid dann wieder zurück auf den Felsen.«

»Jemand musste es ja tun.«

»Und was Leonardo anging, hattet ihr euch auch nicht getäuscht.«

»Ertrunkener kann man gar nicht sein.«

»An welcher Stelle habt ihr eigentlich die Kette durchgesägt?«

»Am Hals.«

»Das heißt also, die Kette blieb mit dem dicken Vorhängeschloss an Apraiz' Eisenring.«

»Ja, es war ein einziges Kettenknäuel.«

»Ihr habt sie also erst durchgesägt, als der Untersuchungsrichter sie sicherstellen ließ.«

»Nein. Niemand hat uns wegen der verdammten Kette noch mal holen lassen. Irgendwann haben wir allerdings erfahren, dass sie spurlos verschwunden ist.«

»Ich fasse es nicht!«, rufe ich aus. Die Kette geriet bald danach in Vergessenheit, aber wir alle waren davon ausgegangen, dass sie als Beweismaterial im Gerichtsarchiv lagerte. »Und was ist sonst noch in jener Nacht passiert?«

»Ich bin hoch in den Ort, den Doktor holen«, sagt Tomasón Zalla. »Ich weiß gar nicht, wozu: Beide lagen sie vor uns im Sand, der eine tot, der andere am Leben. Aber Etxe beharrte darauf.«

»Und welchen Doktor?«

»Don Julio Inchauspe.«

Damit hat er mir wohl alles gesagt, was er weiß. Oder zumindest das, was er mir freiwillig erzählen will. Ich sollte jetzt besser gehen, ich habe die beiden schließlich schon genug von der Arbeit abgehalten.

»Danke, das hat mir sehr geholfen.«

»Geholfen wobei?«, will Jacinto Zalla missmutig wissen.

Ich räuspere mich und sehe Vater und Sohn an.

»Das habe ich doch schon gesagt: Ich möchte den Mord an Leonardo Altube aufklären.«

»Arbeitest du für irgendeine Versicherung?«, knurrt Jacinto. »Will Eladio Altube bei jemandem noch was für seinen toten Bruder abkassieren?«

»Nein, ich möchte nur das nachholen, was die Polizei vor zehn Jahren versäumt hat.«

»Und dazu brauchst du Krawatte und Hut«, sagt der Sohn und verzieht ironisch den Mund.

Draußen auf der Straße stellt Luciano sich mir in den Weg. Sein schmales Oberlippenbärtchen krönt ein verschwörerisches Grinsen.

»Ich habe euch beobachtet, wenn auch nichts gehört. Doch das macht das Ganze noch verlockender.«

»Das ist die Hauptsache.«

»Ich werde jetzt genau das Gleiche tun wie du: Ich gehe rein und quetsche sie aus.«

Ich muss mir ein Lächeln verkneifen, denn einen kurzen Augenblick lang stelle ich ihn mir vor, wie er an einem Spieß über dem Schmiedefeuer röstet. Dann fällt mir aber noch etwas ein, was ich ihn unbedingt fragen muss.

»Zum Dank könntest du mir einen Gefallen tun. Könntest du mir Zutritt zum Gericht verschaffen? Ich muss einen Blick auf die Kette werfen, die dort seit dem Tod des Zwillings lagert.«

Luciano zieht die Augenbrauen hoch.

»Wozu?«

»Ich will sie einfach mal in der Hand halten.«

Mit süffisanter Miene sieht er mich an. »Die lagern nicht im Gericht, sondern in Ermos Eisenwarenhandlung.«

»In Ermos Eisenwarenhandlung?«, frage ich erstaunt. »Woher weißt du das?«

»Ermo ist neben vielem anderem auch Schrotthändler. Er hat sie von dem Felsen am Strand abgemacht und …«

»Du willst sagen, er hat sie noch am selben Tag durchgesägt, quasi vor den Augen des Richters, um … Ja, wozu?«

»Für Eisenschrott erzielt man einen guten Preis.«

»Das ist echt nicht zu fassen: Was war das 1935 nur für eine lausige Ermittlung!«, rufe ich aufgebracht. »Und woher weißt du, dass er dem Richter ein so wichtiges Beweisstück gestohlen hat?«

»Von Eladio. ›Seit zehn Jahren will ich schon einen Blick in Ermos Schrottlager werfen, aber er lässt mich nicht‹, hat er mir mal erklärt. ›Er häuft Schrott an, bis der Preis für Eisen in die Höhe klettert, und verkauft ihn dann an die meistbietende Gießerei.‹ Aber die Kette hat er noch immer nicht verkauft. Und weißt du, warum?« Ich spitze die Ohren. Luciano lacht auf. »Er hofft darauf, dass sie mit den Jahren Sammlerwert bekommt. Wahrscheinlich denkt er, dass sie irgendwann so viel wert ist wie Kleopatras Ohrringe. Der hat sie echt nicht mehr alle, wenn du mich fragst.«

»Die Kette war also weder Bestandteil der Ermittlungen im Mordfall Altube, noch hat man je gegen den, der sie gestohlen hat, ermittelt … Da ich den Dieb aber jetzt kenne, muss ich ihn wohl in die Liste meiner Verdächtigen aufnehmen – denn natürlich könnte er deshalb gut der Mörder sein.«

»Wie du siehst, kann ich dir leider nicht helfen«, erklärt das Blauhemd grinsend. »Nicht nur, weil ich nicht den Schlüssel zu Ermos Schrottlager habe – sondern weil er auch ein wichtiges Kettenglied in unserem Schwarzhandel ist.«

Auf einmal ändert sich jedoch sein Gesichtsausdruck, und er ist drauf und dran, mich am Revers zu packen.

»Wirst du dieses Gespräch auch mit reinnehmen? Wann und wie wirst du es schreiben?«

Der Wahn hat ihn wirklich gepackt.

»Ich habe es gerade geschrieben«, sage ich und lasse ihn

dann einfach stehen, und diesmal folgt er mich nicht, auch nicht mit fünfzig Meter Abstand.

Am liebsten würde ich mich auf der Stelle ins Bett legen. Doch meine Mutter bekäme einen Herzanfall, wenn sie mein Veilchen und die Pflaster sähe, und außerdem muss ich zuerst meine Gedanken sortieren.

Als das Ding-Dong des Glöckchens ertönt, dreht sich eine Frau in einem dunkel geblümten Kleid zu mir um, für die Koldobike gerade ein Buch einpackt. Mit einem rätselhaften »Koldobike, du bist echt raffiniert« verabschiedet sie sich, während ich meinen Regenschirm in den Ständer stelle. Kaum ist sie draußen, kommt Espartas Sekretärin hinter ihrem roten Tischchen hervor und widmet sich mir mit ganzer Aufmerksamkeit. Durchdringend sieht sie mich an und führt mich dann resolut hinter die Stellwand, die sie wieder aufgestellt hat.

»Du siehst aus wie das Leiden Christi«, murmelt sie, während sie mich aus Mantel und Anzugsjackett schält und dann behutsam auf meinen Stuhl drückt, wo sie mir den Hut abnimmt, den Krawattenknoten löst und den obersten Hemdknopf aufmacht.

»Bei den Gefahren, die Espartas Beruf mit sich bringt, sollte er eigentlich ein Feldbett im Büro stehen haben …« Nachdenklich kratzt sie sich die Wange und schnalzt dann plötzlich mit den Fingern. »Ich hab's!«

Sie heißt mich noch einmal aufstehen, dreht flugs den Stuhl um hundertachtzig Grad, drückt mich wieder auf die Sitzfläche und kippt mich dann langsam nach hinten, bis die Lehne auf der Tischkante aufliegt. Ein Bett ist das zwar nicht, aber immerhin eine Neigung von fünfundvierzig Grad, die mein geschundener Körper, wie ich jetzt feststelle, wirklich gut brauchen kann. Eine Brotbüchse mit zwei dick mit Käse und Wurst belegten Broten, die sie mir in die Hand drückt, macht mein Glück vollkommen.

»Du bist einfach unbezahlbar, Puppe«, lobe ich sie. »Warum bist du nur so nett zu mir? Ach, was bin ich doch für ein Glückspilz, nur von Frauen umgeben zu sein.«

»Blöderweise heiraten solche Männer nie«, murmelt Koldobike mit gesenktem Kopf, denn gerade knotet sie mir die Schnürsenkel auf, um mir noch die Schuhe auszuziehen, und sobald das getan ist, kommt sie auf ein ganz anderes Thema zu sprechen.

»Übrigens war heute eine schwarz gekleidete Witwe da und wollte deine Dienste in Anspruch nehmen.«

»Du hast ihr sicher erklärt, dass ich zurzeit … Wie sah sie aus? Vielversprechend?«

»Satinkleid, darüber ein Jäckchen aus Seide mit Kaschmir, eleganter Florentinerhut, Handtasche und hochhackige Schuhe aus Krokoleder. Und das alles tiefschwarz.«

»Und eine dunkle Brille.«

»Eine geheimnisvolle, wohlhabende Dame.«

»Mein Honorar ist für alle Kunden das gleiche: fünfzig Peseten pro Tag zuzüglich Spesen.«

»Warum nur fünfzig? Im Moment brauchst du keine Angst zu haben, dass irgendwer das zu teuer finden könnte.«

Wir sehen uns an und verkneifen uns dabei jedes Lächeln: Solche Kleinigkeiten schaffen Atmosphäre und sind für einen Roman wie das Salz in der Suppe.

»Der Typ aus Neguri war auch wieder da und wollte für seine Karte von Getxo den größten Papierbogen kaufen, den wir haben.«

»Oje, der mit seinen Schritten.«

»Er meinte, eine Landkarte in Schritten wird den Menschen eher gerecht als eine in Kilometern. Er ist im Übrigen bereits die ganze Küste von Getxo abgelaufen.«

»Sicher sind die aus der Irrenanstalt schon hinter ihm her«, brumme ich und wische die letzten Brotkrümel von meiner Hose.

»Und was würdest du denken, wenn so ein fünfzigjähriger Intellektueller mit dicker Hornbrille dann noch nach ›Der große Schlaf‹ verlangt und beim Bezahlen zu dir sagt – und jetzt hör genau hin: ›Dieses Verbrechen von vor zehn Jahren ist anscheinend aus seinem großen Schlaf erwacht‹? Na, was würdest du denken?«

»Das ist ein schlechter Witz. Was … was ich denken würde? … Ich weiß nicht … vielleicht, dass dank meiner heroischen Taten sich jemand endlich für die Bücher in meinem allerheiligsten Regal interessiert. Wenigstens das hätte ich erreicht …« Ich versuche mich aufzurichten, aber sie drückt mich wieder sanft nach hinten. »Vergiss bitte nicht, den Chandler nachzubestellen.«

»Schon geschehen. Und ich bestelle am besten gleich auch noch die anderen Krimis nach. Denn wenn sich noch weiter rumspricht, was du gerade treibst, rennen dir die Leute sicher demnächst die Bude ein.«

Meine Füße suchen Halt an der Wand, und nachdem ich so eine einigermaßen bequeme Position gefunden habe, erzähle ich ihr, dass Joseba Ermo die Kette gestohlen und Etxe das Gesicht des Falangisten wiedererkannt hat. Koldobike, die normalerweise nur über ihre eigenen Entdeckungen und Geistesblitze staunt, bleibt der Mund offen stehen.

»Sag bloß, der Fall ist gelöst!«

Irgendwie klingt das enttäuscht, so als ob sie bedauert, dass ich vielleicht schon beim Epilog meines Romans angekommen bin. Diesbezüglich kann ich sie jedoch beruhigen.

»Ich fürchte nein. Wahrscheinlich erlag Lucio Etxe einer optischen Täuschung.«

»Einer optischen Täuschung? Das glaube ich nicht!«

Sprunghaft, wie sie ist, ist Koldobike im Nu wieder die Alte. »Lucio Etxe kennt sich mit dem Nebel am Strand aus, und wenn er sagt, er habe die Visage dieses Dreckskerls gesehen, dann stimmt das auch. Dieser Aguirre wäre doch der ideale Mörder, oder etwa nicht?«

»Etxes Enthüllung ist in der Tat verlockend. Sehr sogar. Aber dennoch ist sie nicht hundertprozentig verlässlich: die Aufregung, die Dunkelheit, die Tatsache, dass es zehn Jahre her ist, als er im Nebel das Gesicht gesehen haben will: Das alles müssen wir bedenken … Und dann überleg mal, Puppe: Welchen Ort würde Lucio Etxe wählen, um jemanden umzubringen? Na? … Den Strand! Natürlich seinen Strand! Er kennt ihn wie seine Westentasche, ist mit seinen Geräuschen, dem Wind, den Gezeiten und den Gepflogenheiten der Fischer durch und durch vertraut. Es kann also durchaus sein, dass dieser linkische Wicht die Zwillinge an Apraiz' Felsen gekettet hat und die Geschichte, die er uns aufgetischt hat, Humbug ist: dass er am Strand plötzlich Schreie gehört hat, auf Apraiz' Felsen dann vergeblich versuchte, die Zwillinge loszumachen, Eladio ihn anflehte, er möge Hilfe holen, und, und, und … All das kann reine Erfindung sein.«

»Ich glaube, dir geht's wirklich schlecht.« Besorgt wiegt Koldobike den Kopf. »Die Tracht Prügel hat dir wohl ziemlich zugesetzt. Ich räume besser gleich das Sofa frei, das im Hinterzimmer steht, damit du dich dort richtig hinlegen kannst, bis es Nacht ist und deine Schwester zu Hause wieder die Sicherung rausdrehen und Kerzen anzünden kann. Was tut dir denn am meisten weh?«

»Die ganze linke Seite.«

»Ich hole was zum Einreiben. Und am besten hältst du jetzt auch den Mund.«

»Wieso? Die Stimmbänder sind doch nicht in Mitleidenschaft gezogen worden.«

Verständnislos schüttele ich den Kopf, während sie damit beginnt, eine Bücherkiste nach der anderen aus unserem Kabuff zu räumen.

»Kommen wir zu Félix Apraiz. Nur weil das Verbrechen auf seinem Felsen verübt wurde, ist er nicht unbedingt verdächtig. Doch etwas ist schon äußerst suspekt: Apraiz und seine Frau können sich selbst nach zehn Jahren noch genau an jene Schicksalsnacht erinnern! Das habe ich dir noch nicht erzählt, oder? Félix Apraiz konnte nicht schlafen und ging deshalb noch mal eine Runde nach draußen. Das macht er wohl öfter – aber in jener Nacht starb am Strand ein Mann. Sowohl Apraiz als auch Elixane erklärten mir, dass das Verbrechen jene Nacht für sie unvergesslich machte. Allerdings haben die beiden nie darüber geredet, was er draußen gemacht hat, Elixane ist ihm immer ausgewichen, wenn er die Sprache darauf bringen wollte. Hält sie es für möglich, dass ihr Mann den Mord verübt hat? Apraiz streitet das zwar vehement ab, gibt aber zu, dass ihn ihr Schweigen belastet. Vielleicht ist das, was sie seit zehn Jahren jene Nacht nicht vergessen lässt, nichts anderes als die Schuld an dem Verbrechen, was denkst du?«

»Deine Zunge braucht dringend Erholung«, ist Koldobikes einzige Antwort, während sie mich ins Hinterzimmer aufs Sofa zerrt.

Ich gebe mich aber noch nicht geschlagen.

»Und die beiden Zallas? Vater und Sohn sind doch ein feines Gespann, oder nicht? Tomasón hat sich nicht groß den Kopf zerbrechen müssen, um dieselbe Geschichte noch mal zu erzählen, die sein Vater 1935 zu Protokoll gegeben hat. Von Etxe gerufen, sind sie zum Strand gelaufen und haben die Kette um Eladios Hals aufgesägt. Was hätten sie auch anderes tun sollen? Etxe hat ihnen beim Sägen sicher auf die Finger geschaut. Aber vielleicht hätten sie Leonardo ja retten können, obwohl sein Kopf schon unter Wasser war. Vielleicht haben sie vorsätzlich getrödelt, auch wenn es für sie selbst nicht ungefährlich war, sich mit dem Durchsägen der Kette allzu viel Zeit zu lassen. Aber Kettenglieder können nicht reden: Unter Umständen waren die Zallas, zumindest der Vater, ja schon zum zweiten Mal in dieser Nacht beim Felsen. Vielleicht hat Etxe Antimo ja nicht aus dem Bett geholt, sondern vom aufgedrehten Wasserhahn weg, unter den er seinen Kopf gehalten hat, weil so ein Mordanschlag doch sicher ziemlich schweißtreibend ist. Und wenn der Sohn davon weiß, ist er wahrscheinlich sein Komplize.«

»Du träumst mit offenen Augen«, erklärt Koldobike darauf nur, bevor sie einen Kunden bedienen geht.

Koldobike hat beim Rausgehen abgesperrt, damit ich von niemandem gestört werde. Nach einem kleinen Nickerchen stehe ich auf, und siehe da, meine Beine scheinen mich tatsächlich wieder zu tragen. Mit vorsichtigen Schritten prüfe ich ihre Belastbarkeit: Dreimal durchquere ich langsam die ganze Buchhandlung, wonach ich noch ein paar Mal leicht hinkend vor meinem allerheiligsten Regal auf und ab defiliere. Ob meine Idole mit dem bisher Erreichten wohl zufrieden sind? Völlig erschöpft setze ich mich dann aber doch an Koldobikes rotes Tischchen. Die Erfahrung lehrt, dass Prügel erst nach einer Weile so richtig schmerzen.

Vor der Scheibe in der Tür ist soeben eine männliche Gestalt aufgetaucht. Obwohl er mich gesehen haben muss, macht er keine Anstalten, die Klinke herunterzudrücken. Der Statur und Baskenmütze nach zu urteilen, dürfte es Don Manuel sein. Sollte ihm noch ein Klassensatz Bücher fehlen? Dafür hat er sich wirklich einen ungünstigen Moment ausgesucht. Ächzend erhebe ich mich von Koldobikes Stuhl und sperre mit dem Ersatzschlüssel auf.

»Don Manuel, was gibt's?«

»Guten Tag, Sancho. Ich habe vorhin Koldobike auf der Straße gesehen, und deshalb … sie ist in letzter Zeit etwas seltsam, oder? … Jedenfalls wollte ich allein mit dir reden.«

»Allein?«

Don Manuel ist groß und hager, weshalb ihm seine Schüler irgendwann den Spitznamen »Bleistift« verpasst haben. Während meiner Schulzeit hatte er allerdings deutlich mehr Fleisch auf den Knochen, doch das war ja auch noch vor dem Krieg. Kein Lehrer kann von sich behaupten, ehrenhaft und gerecht zu sein, wenn er das seinen Schülern nicht demonstriert. Don Manuel hat es uns vorgelebt.

»Möchten Sie Platz nehmen?«

Er möchte nicht. Wie ein großer Bruder legt er mir wortlos den Arm um die Schulter und führt mich hinter die Stellwand. Und auch hier setzt er sich nicht.

»Wie geht's deiner Mutter und deiner Schwester?«

»Gut. Und Ihnen?«

Er beschränkt sich darauf, zu husten, und rückt dann endlich mit der Sprache heraus.

»Mir ist zu Ohren gekommen, dass du den Fall der Altube-Zwillinge noch einmal aufrollst, und ich konnte das kaum glauben: Du bist weder mit ihnen verwandt noch irgendwie näher bekannt, oder?«

Ich schüttele den Kopf so heftig, wie es mein Zustand zulässt, doch er redet schon weiter.

»Nein, nein, ich kritisiere dich nicht, ich wundere mich nur. Und ich finde das sogar richtig gut. Wir machen gerade schlimme Zeiten durch, uns Basken ging es kaum jemals schlechter. Sie demütigen uns, stellen uns an die Wand, machen uns mundtot und verbieten uns sogar unsere Sprache; ein Wunder, dass sie selbst noch nicht draufgekommen sind, den Mörder von Roque Altubes Sohn zu suchen. Nicht, weil es für sie auf einen Toten mehr oder weniger ankommt. Nein, sondern weil es sich dabei um einen Mord aus der Zeit vor dem Krieg handelt, bevor sie hier aufgetaucht sind. Weißt du, worauf ich hinauswill? ... Nein? Also, der Mörder lebt hier mitten unter uns, doch wer ist es? Und hier wird es kritisch: Denn Francos Anhänger vermuten sicher, ein Baske. Aber ich sage dir, es kann kein Baske gewesen sein, auch wenn hier in Getxo vornehmlich Basken leben. Nein, es kommt nur einer der wenigen Auswärtigen infrage. Und weißt du, warum? Weil wir Basken keine Mörder sind, Sancho, und schon gar keine so niederträchtigen.«

Völlig perplex starre ich ihn an. Aber Don Manuels Miene ist anzusehen, dass er es ernst meint.

»Also ...«, beginne ich vorsichtig, »also auf der Basis einer einfachen arithmetischen Rechnung besteht aber durchaus die Wahrscheinlichkeit, dass ...«

»Papperlapapp!«, fällt er mir ins Wort, ganz besessen von seiner fixen Idee. »Hier braucht es keine Wahrscheinlichkeitsrechnung, sondern ein sicheres Gespür dafür, wer wir sind.«

Ich muss wohl etwas deutlicher werden: »Ihnen zufolge dürfte ich also nur jemanden verdächtigen, der nicht baskischer Abstammung ist.«

Da merkt Don Manuel endlich, dass er in seinem patriotischen Eifer zu weit gegangen ist. Auf einmal ist in seiner Hand ein weißes Taschentuch zu sehen, mit dem er sich geräuschvoll schnäuzt und das er danach langsam wieder in seine Hosentasche gleiten lässt.

»Ich wundere mich einfach nur, Sancho, dass sie dir nicht zuvorgekommen sind«, sagt er dann, »so eine großartige Gelegenheit bietet sich ihnen schließlich nicht alle Tage: Basken, die sich gegenseitig umbringen, das ist doch ein gefundenes Fressen für sie!« Kurz hält er inne, um sich wieder etwas zu beruhigen. »Zum Glück wirst du das mit deinen Nachforschungen wieder ins rechte Licht rücken. Bloß: Wieso tust du das?« Er seufzt. »Na ja, wahrscheinlich nicht, damit sie endlich aufhören, Unwahres über uns Basken zu verbreiten …«

Anderen habe ich auch meine Gründe dargelegt, warum also nicht auch ihm? Als mein ehemaliger Lehrer wird er sie vielleicht noch am ehesten verstehen.

»Ich schreibe einen Roman zu diesem Fall.«

»Du …« Er braucht eine Weile, bis der Groschen bei ihm fällt. »Du schreibst? … Ja, natürlich, ich erinnere mich, du hast im Aufsatz immer gute Noten gehabt, das Schreiben lag dir, und du hattest auch eine schöne Schrift. Und für die Literaturinterpretationen hattest du ebenfalls gute Einfälle, ja, da hast du wirklich geglänzt.«

»Einfälle sind eigentlich genau das, woran es mir mangelt.«

Es hat ihn noch nie gestört, wenn wir ihm widersprochen haben, als guter Lehrer weiß er aber natürlich Rat:

»Dann lass dich einfach von der normativen Kraft des Faktischen leiten, so schreibt sich dein Roman fast von allein … Aber sag, hast du nicht schon früher geschrieben? Wenn ich mich recht erinnere, hast du mir mal einen Roman zu lesen gegeben. Ein paar Abenteuerromane und … wie nennt man die noch? … ah ja, Krimis, also ein paar solcher Geschichten hatte ich seinerzeit schon gelesen, aber dein Roman hat mich ziemlich gelangweilt, und ich habe dir das auch ohne Umschweife gesagt. Was ist daraus geworden?« Plötzlich macht er ein betretenes Gesicht. »Mein Gott! Bin ich etwa schuld, dass …? Sicher habe ich dir unrecht getan. Weißt du, ich habe immer gehofft, dass mein ehemaliger Schüler mir ein neues Manuskript bringt. Aber du bist danach nie wiedergekommen.«

»Ich habe insgesamt sechzehn Romane geschrieben. Sie sind von den Verlagen allesamt abgelehnt worden.«

»Oh, das tut mir leid. Das muss ziemlich hart sein.« Das Veilchen und die Schrammen in meinem Gesicht können ihm nicht entgangen sein, aber erst jetzt befühlt er sie vorsichtig mit den Fingern. »Jetzt schreibst du also einen auf wahren Begebenheiten beruhenden Kriminalroman: Setzt du dich damit nicht ein bisschen arg in die Nesseln?«

»Ich bin kein talentierter Autor, Don Manuel, sondern ein jämmerlicher Stümper. Ich muss die Szenen erst durchleben, mit allen denkbaren Konsequenzen, damit ich sie schreiben kann. Keine Ahnung, ob ich so auf einen grünen Zweig komme, aber anders geht es wohl nicht. Immerhin werde ich hinterher meine Hand dafür ins Feuer legen können, dass alles, was ich geschrieben habe, so auch wirklich passieren kann – denn ich habe es ja tatsächlich erlebt.«

Don Manuel hat es die Sprache verschlagen. Noch einmal holt er sein Taschentuch heraus, schnäuzt sich und hustet.

»Ein guter Schriftsteller braucht nun mal viel Vorstellungskraft, das heißt, die Fähigkeit, sich auf fantasievolle Weise ein Bild von der Wirklichkeit machen zu können«, fahre ich eifrig fort. »Und da ich davon nicht viel besitze, muss ich mich eben mit einem Umweg behelfen und alles erst selbst durchle…«

»Jaja, Sancho«, fällt Don Manuel mir auf einmal ins Wort, »ich bin ganz deiner Meinung, und die Literatur ist wirklich ein weites Feld … Aber zurück zu deinen Ermittlungen, hör zu: Ich will dir den Spaß daran nicht verderben, aber du musst wissen, dass mich seit Jahren ein Gedanke umtreibt, besser gesagt, seit exakt zehn Jahren, seit diese Sache am Strand passiert ist, die alle in unserem Ort, ach, was sage ich, unser ganzes Volk verstört hat.« Ist seine Stimme immer leiser geworden, weil er sich seines patriotischen Ausrutschers schämt? Nein, sicher nicht. »Sancho, ich glaube, es gibt keinen Mörder, die beiden haben sich nur in der Zeit verschätzt.«

»Wie?« Ich mache große Augen. »Das verstehe ich nicht.«

»Ich denke, die Zwillinge haben das selbst eingefädelt. Sie wollten vor uns als Opfer dastehen, um uns milde zu stimmen. Weil sie merkten, dass sie mit ihren jahrelangen Gaunereien den Bogen überspannt hatten und wir in Getxo uns das nicht mehr länger gefallen lassen und womöglich den Spieß umkehren würden.«

Das ist so ungefähr das Letzte, was ich erwartet hätte, weshalb ich auch das Einzige sage, was mir zu so einem Unsinn einfällt:

»Sie … Sie wollen diese Untat in einen tragischen Unfall umdeuten?« Entrüstet schüttele ich den Kopf. »Nein, Don Manuel, manchmal muss man Dinge einfach so akzeptieren, wie sie sind, ob einem das nun gefällt oder nicht.«

»Ich weiß, das ist schwer zu glauben, Sancho, ich habe auch eine Weile dafür gebraucht. Aber nur sie selbst konnten so etwas aushecken. Und es war ein so teuflischer Plan, dass er schiefgegangen ist: Irgendeine Schwachstelle hat jede noch so ausgetüftelte Konstruktion, denn die Launen von Natur und Mensch lassen sich nun mal nicht berechnen.« Don Manuel kommt jetzt richtig in Fahrt. »Ich habe mir viele Gedanken darüber gemacht, zehn Jahre lang. Also, zuerst einmal musst du wissen, dass die Altube-Brüder bei all ihren unlauteren Machenschaften immer äußerst dilettantisch vorgegangen sind, auch wenn sie sich dann immer irgendwie durchlaviert haben. Ihr Plan hingegen, unsere Herzen zu erweichen, war alles andere als stümperhaft: Sie würden sich selbst an den Felsen ketten, damit sie jemand im letzten Moment retten könnte. Und wer kommt dir zu der fraglichen Zeit dafür in den Sinn, Sancho? Na, wer kommt jeden Tag als Erster an den Strand, und – und das ist entscheidend – immer um dieselbe Uhrzeit? ... Lucio Etxe! Eladio und Leonardo wollten ihn mit ihren Verzweiflungsschreien auf sich aufmerksam machen, damit er zu ihnen eilt, dort aber vergeblich an den Ketten zerrt und deshalb hoch zu den Zallas rennen muss, die sie retten sollten – was allerdings nur zur Hälfte gelang.«

»Das alles ist sattsam bekannt.«

»Ein wenig später, und sie wären beide tot gewesen.«

»Wie später? Worauf wollen Sie hinaus?«

»Na ja, wenn Lucio Etxe mehr Zeit gebraucht hätte als gedacht«, erklärt Don Manuel so euphorisch wie ein Wissenschaftler, der zum ersten Mal eine große Entdeckung der Öffentlichkeit präsentiert. »Die Brüder hatten wirklich alles genau geplant, mit demselben Eifer, mit dem sie auch ihre krummen Geschäfte ausheckten. Die Achse, um die sich alles drehte, war Etxe und seine liebe alte Gewohnheit, morgens um fünf an den Strand zu gehen. Die Zwillinge müssen Tage, ja Wochen damit zugebracht haben, die Zeitspannen auszurechnen.«

»Welche Zeitspannen?«, frage ich und kann ein Schmunzeln nicht verbergen, voller Neugier, wie weit diese Verstiegenheit ginge.

»Im Prinzip sind es zwei: die Zeit vor und die nach fünf ... Das heißt, eigentlich mussten sie rückwärts rechnen, angefangen damit, wie lange es dauern würde, bis Etxe mit Zalla zurückkommt. Sechzig Minuten? Dazu mussten sie dann die Minuten addieren, die der Schmied brauchen würde, um die Ketten durchzusägen. Fünfzehn, zwanzig, wenn man die anbrandenden Wellen bedenkt? Macht summa summarum fünfundsiebzig bis achtzig Minuten ... Und dazu kam dann noch die Zeit – diesmal von fünf Uhr zurückgerechnet –, die es dauern würde, bis die ansteigende Flut gerade knapp ihre

Hälse erreicht hätte. Und bei dieser Rechnung ist dann wohl irgendwas schiefgelaufen.«

»Und für diesen Hergang braucht's keinen Täter.«

»Ja, genau. Nur hast du damit leider kein krimiwürdiges Ende für deinen Roman.«

»Na ja, vielleicht könnte ich Eladio Altube am Schluss ja wegen fahrlässiger Tötung vor Gericht bringen ... vorausgesetzt, es gibt diesen Tatbestand in Francos Strafgesetzbuch – was ich allerdings sehr bezweifle.«

»Du zweifelst zu Recht: Das Delikt gibt es nicht. Bis heute gilt noch immer das Kriegsrecht, weshalb die Gewinner fröhlich und ungehindert drauflostöten, während man die Verlierer nach wie vor standrechtlich zum Tode verurteilt.« Traurig seufzt Don Manuel, dann erhellt sich seine Miene aber wieder ein wenig. »Immerhin hat dein Roman dafür ein befriedigendes Ende: Er beweist, dass wir Basken keine Mörder sind.«

Stolz auf die in seinen Augen gelungene Gehirnakrobatik schaut er mich an, dass es mir fast leidtut, sein abstruses Gedankengebäude zum Einsturz bringen zu müssen.

»Danach gab es aber noch zwei weitere Versuche, Eladio Altube zu ermorden.«

Schmollend schiebt Don Manuel die Unterlippe vor und nimmt dann seine Baskenmütze ab, um irgendwelchen imaginären Staub wegzupusten. Obwohl er vielleicht gerade mal die fünfzig überschritten hat, sind seine Haare schon ziemlich grau.

»Wie ich sehe, nimmst du das mit deinem Roman sehr ernst, und ich wünsche mir von ganzem Herzen, dass du ihn zu einem guten Ende bringst, wie immer die Geschichte letztlich auch ausgehen mag ... Es ist fast so, als würde ich einem ehemaligen Schüler ein besonders schwieriges Aufsatzthema aufgeben«, sagt Don Manuel mit einem Lächeln und setzt sich dann behände wieder die Baskenmütze auf.

Vor meinem allerheiligsten Regal bleibt er noch einmal stehen. Mit dem Finger fährt er die Buchrücken entlang.

»Deine Idole haben sich nicht so viel getraut wie du, Sancho. Sie bildeten die Wirklichkeit nach, die sie vor ihren Augen hatten, du aber machst sie dir untertan. Wie fühlt sich das an, wenn man mit seiner Feder Wort für Wort das wirkliche Leben einfängt? Es gibt Bücher, die hauen einen um, und ich bin mir sicher, deines wird auch so eines sein …«

»Was halten Sie von Samuel Esparta?«

»Für einen Roman über Getxo tausendmal besser als Sam Spade.« Zufrieden lächelnd dreht Don Manuel sich zu mir um. »Schön wäre es, wenn du allerdings auch noch den Spruch ›Kleider machen Leute‹ beherzigen würdest: Charakteristisch für uns sind nicht Hut und Anzug, sondern Baskenmützen und Holzpantinen.«

Sein Gesicht wird wieder ernst, als er drei Schritte auf mich zugeht.

»Aber schlag dennoch meine Hypothese zu dem Geschehen von vor zehn Jahren nicht in den Wind. Glaub mir, das war der brillante Plan der beiden, eine runde Sache – der sich wegen eines kleinen Fehlers im zeitlichen Ablauf dummerweise gegen Leonardo gewendet hat. Ich kann mir kaum vorstellen, dass dein Roman ein anderes Ende haben kann.«

Mit gebeugtem Rücken geht er zur Tür, und zusammen mit dem Ding-Dong des Glöckchens höre ich noch seine Abschiedsworte:

»Solltest du in deiner Geschichte stecken bleiben, kann dein alter Lehrer leider wenig für dich tun. Er ist nämlich schon an der Übersetzung des ›Don Quijote‹ ins Baskische gescheitert, und das, was Cervantes in so großem Maß besaß, fehlt ihm ebenfalls: eine gewaltige Vorstellungskraft. Halt dich also besser an deine Amerikaner. *Agur.*«

12 Don Julio

Gegen vier lassen mich das Gebimmel des Glöckchens und eine energische Stimme hochschrecken. Stöhnend richte ich mich an Koldobikes rotem Tischchen auf, wo ich, den Kopf auf den Armen, eine Stunde zuvor eingedöst bin.

»Du hast also doch jemandem die Tür aufgemacht.«

»Dem Lehrer, Don Manuel.«

Koldobike war wohl in der Apotheke, denn sie holt mehrere Fläschchen und Tiegel aus ihrer Handtasche.

»Hat er ein Buch gekauft?«

»Nein … Allerdings wären durch ihn beinahe mein Fall, der Roman und die Gerechtigkeit den Bach runtergegangen. Sag, was meinst du zu seiner Hypothese, dass die Zwillinge sich selbst an den Felsen gekettet haben, damit Etxe und der Schmied sie im letzten Moment retten? Und das, um unser Mitgefühl zu erregen, man stelle sich das mal vor!«

Der Wattebausch in Koldobikes Hand bleibt in der Luft stehen.

»Der Arme, er wird zusehends senil«, sagt sie abschätzig.

»Don Manuel ist einfach davon überzeugt, dass die Menschen von Grund auf gut sind. Vor allem wir Basken, davon ist er nicht abzubringen.«

»Das ist der größte Schwachsinn, den ich je gehört habe«,

murmelt Koldobike, während sie hingebungsvoll Wundsalbe auf die Platzwunde über meiner linken Schläfe tupft.

»Trotzdem geht mir seine Idee nicht aus dem Kopf. Denn so verworren der Plan auch ist, irgendwie ist er auch ganz schön raffiniert. Auch wenn er einige Risiken in sich birgt: Die Naturgewalten hat niemand im Griff, und es kann immer etwas Unvorhergesehenes passieren.«

»Lass mich jetzt nach deinen Blutergüssen sehen. Komm mit aufs Sofa.«

»Das geht jetzt nicht, ich muss nachdenken. Und außerdem habe ich fast keine Schmerzen mehr«, versuche ich sie abzuwehren, doch sie zieht mich schon an der Hand nach hinten.

Kaum liege ich auf dem Sofa, drückt sie mir ihre Faust in die Nieren, sodass ich unwillkürlich aufstöhnen muss.

»Von wegen schmerzfrei. Los, mach den Oberkörper frei.«

Während sie neben mir ein dunkles Glasfläschchen zu öffnen versucht, zerre ich mit einer Hand Hemd und Unterhemd aus dem Hosenbund und präsentiere dieser Frau dann meine schmächtige Brust, auf die ich, ehrlich gesagt, noch nie stolz war.

Nachdem Koldobikes rechte Hand sie mit zärtlichem Druck Quadratzentimeter für Quadratzentimeter eingerieben hat, befiehlt sie mir, mich umzudrehen. Danach widmet sie sich so voller Hingabe meinem Rücken, dass sie meinen irrigen Glauben, schmerzfrei zu sein, ins Reich der Fabel verbannt und ich die Falangisten erneut verfluche, die dafür verantwortlich sind. Als mein Ärger abflaut, fallen mir vor Müdigkeit die Augen zu.

Irgendwann schrecke ich abrupt hoch. Um mich herum ist es dunkel, doch rechts von mir sehe ich unter der Tür hindurch Licht.

»Koldobike!«, rufe ich. »Ich muss zu Don Julio!«

Mit Schwung stößt jemand die Tür auf, sodass ich geblendet die Hand vor die Augen halten muss.

»Die drei Stunden Schlaf scheinst du nötig gehabt zu haben.« Blinzelnd erkenne ich, dass Koldobike schon wieder auf dem Weg nach vorn in die Buchhandlung ist. »Komm, steh auf, ich muss dir was erzählen.«

Als ich mich vorsichtig aufrichte, fällt mein Jackett auf den Boden, mit dem sie mich vorhin anscheinend noch zugedeckt hat.

»Dieser Mann, der Getxo schrittweise vermisst, war wieder da«, erklärt sie mir, als ich mit frisch gewaschenem Gesicht an ihr rotes Tischchen trete. »Er wollte wissen, ob wir Bücher kennen, in denen Entfernungen mit Schritten gemessen werden. Das würde ihn nämlich unheimlich ärgern, meinte er, weil er der Erste sein will. Er hat mir eine Liste gebracht. ›Bitte recherchiere das für mich und beweise, dass du eine tüchtige Buchhändlerin bist‹, hat er gesagt. Als ob ich sonst nichts zu tun hätte! Hör dir nur die Titel an: ›Das Wappen der Pfarrkirche von Getxo‹ von einem Marquis von Ciadoncha, das muss ein Artikel in einer Zeitschrift sein. Dann ›Spaziergang durch Las Arenas und Algorta‹ und ›Der Bürgermeister von Tangora‹, beide von Rochelt. Außerdem hat er erfahren, dass ein Trinitariermönch namens Gorostiaga an einer Geschichte von Getxo schreibt, und bittet uns, dass wir ihn fragen, ob er die Entfernungen in Schritten misst. Was sagst du dazu?«

»Ich bin in Eile.«

»Wozu brauchst du noch einen Doktor? Geh besser nach Hause und lass Elise noch mal die Sicherungen rausdrehen.«

»Der Doktor war an jenem Morgen am Strand. Vielleicht hat er ja noch mehr gesehen als Lucio Etxe und die Zallas.«

»Und diese Schmeißfliege von Falangist.«

Don Julio Inchauspe hat seine Praxis an der Avenida de Larragoiti, die mitten durch den Ortsteil Algorta führt. Fast jeder in Getxo ist schon mal von ihm behandelt oder mit Medikamenten versorgt worden, und allen, die ihn ihr Leben lang nicht brauchten, hat er zumindest den Totenschein ausgestellt.

Erster Stock. Ich betätige den Türklopfer. Hoffentlich macht er nicht gerade Hausbesuche. Aber nein, er hat Sprechstunde. Drei Leute sind noch vor mir dran.

Don Julio ist ein stiller und freundlicher Mann Mitte fünfzig, dessen Handschrift Apotheker ohne Mühe lesen können. Liebenswürdig schüttelt er mir die Hand, bevor er sich hinter seinen Tisch setzt.

»Hallo, Sancho, wie geht's deiner Buchhandlung?«

Mein Anzug, die Krawatte und der Hut in meiner Hand scheinen ihm gar nicht aufzufallen, wahrscheinlich, weil ihn mein Veilchen viel mehr interessiert. Doch deswegen bin ich nicht hier.

»Sie kommen bestimmt nicht darauf, weshalb ich hier bin«, beginne ich. »Es ist … in Getxo wurde vor zehn Jahren ein Verbrechen begangen, das noch immer nicht aufgeklärt ist.«

Seine Augen zwinkern irritiert.

»Ah … ja, ich erinnere mich … die Zwillinge, und einer von ihnen … Nimm doch Platz.«

Ich gehorche.

»Sie kaufen bei uns hin und wieder Romane.«

»Ja, aber wirklich nur gelegentlich.«

»Einmal haben Sie ›Der Malteser Falke‹ mitgenommen.«

»Stimmt … Ich habe eine Schwäche für spannende Geschichten.«

»Nun, ich bin heute nicht wegen einer fiktionalen Geschichte hier, sondern wegen der Wirklichkeit.« Er hebt die

Augenbrauen. Es ist ihm anzusehen, dass er mich nicht versteht. »Ich bin nämlich neuerdings Privatdetektiv.«

»Ah ja, sehr … interessant.«

Hält er mich für verrückt und drückt gerade den Alarmknopf unter seinem Tisch?

»In jener Nacht hat Sie Tomasón Zalla zu dem Unglücksort geholt.«

»Es war schon früher Morgen.«

Er erinnert sich tatsächlich.

»Würde es Ihnen etwas ausmachen, wiederzugeben, was Sie dort gesehen haben? In einem Roman muss es leider immer jemanden geben, der aufdringliche Fragen stellt.«

Kurz stutzt er. »In einem Roman? … Aber nein, frag ruhig. Das ist mir sehr sympathisch, dass du so gerechtigkeitsliebend bist.«

»Es ist weniger die Gerechtigkeit als die Literatur, die mich dazu antreibt.«

Ich fürchte, sein Finger liegt immer noch auf dem Alarmknopf. Doch nein, er steht auf und tritt an die Balkontür, wo er mit mir zugewandtem Rücken zusieht, wie es draußen dunkel wird.

»Es ist dir wirklich hoch anzurechnen, dass du diese durch den Krieg in Vergessenheit geratene Geschichte wieder aufrollst. Es beleidigt schließlich unser aller Rechtsgefühl, dass jemand, der auf so grausame Weise zwei junge Männer umbringen wollte, noch immer frei herumläuft – sofern er den Krieg überlebt hat. Weißt du, als Arzt sehe ich den ganzen Tag viel Leid, aber das damals war anders, das war kein Unfall.« Als er sich zu mir umdreht, wirkt er noch viel ernster als zuvor. »Sie hatten die beiden nebeneinander in den Sand gelegt, als wären es zwei Leichen. Aber der rechts lebte und starrte mit vor Entsetzen weit aufgerissenen Augen vor sich hin. ›Es ist Leonardo Altube‹, sagte Antimo Zalla zu mir, der noch die Säge in der Hand hatte. ›Ich habe ihn gefragt.‹«

»Sie meinen, Eladio Altube«, berichtige ich ihn.

»Nein, Leonardo. Ich selbst habe ihn später noch einmal gefragt … Aber zuerst versuchte ich den anderen noch wiederzubeleben. Mit Mund-zu-Mund-Beatmung, Herzmassage, minutenlang. Es war leider nichts mehr zu machen«, murmelt er bedrückt. »Weißt du, in solchen Situationen fühlt sich ein Arzt immer wie ein kläglicher Versager … Es wurde mir ganz schwer ums Herz, wie ich den jungen Kerl da liegen sah … und obwohl er es nicht mehr hören konnte, sagte ich leise: ›Es tut mir so leid, Eladio.‹«

»Leonardo.«

»Warte … Danach kniete ich mich neben den anderen, riss sein Hemd auf, beugte mich über seine unverständliche Worte brabbelnden Lippen, um mich zu vergewissern, dass er noch atmete, tastete am Hals nach seinem Puls, fragte ihn dann, wie er heiße – und da glaubte ich, den Namen Leonardo zu vernehmen.«

Ich wage nicht, ihm ein drittes Mal zu widersprechen, und frage deshalb nur: »Und was passierte dann?«

»Die Zallas, Etxe und ich blieben bei ihnen, bis endlich der Richter und die Polizei aus Bilbao kamen, und danach transportierten wir den niedergeschmetterten Eladio auf einem Esel nach Hause.«

»Am Ende war es also doch Eladio!«

»Warte … Als Antimo und ich ihn auf das Tier hievten, wollte ich ihn mit einem ›Los, hoch mit dir, Leonardo!‹ ermuntern. Und weißt du, was dann passierte? Er schrie mich an: ›Wollen Sie sich über uns lustig machen, Doktor? Finden Sie es etwa witzig, dass mein armer Bruder da wie ein Stück Treibholz im Sand liegt? Was sind Sie bloß für ein hartherziger Mensch!‹ An jene Nacht zu denken, ist schon schrecklich genug, aber das werde ich mein Lebtag nicht vergessen, genauso wenig wie den Blick, mit dem er mich dabei bedachte. Ich starrte ihn nur sprachlos an – und plötzlich brach er weinend über der Kruppe des Esels zusammen und wimmerte: ›Seht ihr denn nicht, dass ich Eladio bin?!‹

Wie ist dieses Missverständnis zu erklären, wirst du dich jetzt fragen. Ganz einfach: Als ich ihn untersuchte, wollte ich von ihm noch mal seinen Namen hören, um die Funktionsfähigkeit seines Gehirns zu testen. Worauf er nur ›Eladio!‹, winselte, immer wieder ›Eladio, Eladio!‹ – was ich irrtümlicherweise als Klage um seinen toten Bruder auffasste, da er zu Antimo ja gesagt hatte, er sei Leonardo ... Es ist aber auch kaum vorstellbar, wie groß der Schmerz über den Verlust eines Zwillingsbruders sein muss, dessen Todeskampf man aus nächster Nähe erlebt hat.«

»Der noch umso größer sein muss, wenn es sich um einen von den Zwillingen ausgeheckten Plan handelt, der aus irgendeinem Grund schiefgelaufen ist. Einer meiner dazu Befragten vermutet nämlich, dass der Mordanschlag von den beiden vorgetäuscht war, damit wir ihnen ihre Gaunereien nachsehen.«

»So ein Unsinn!« Don Julio kommt zurück an den Tisch, die Ungläubigkeit steht ihm ins Gesicht geschrieben. »So was Absurdes kann doch nur jemandem einfallen, der nicht mehr ganz richtig im Kopf ist! Nimmst du diesen Unsinn etwa ernst?«

»Hm ... die Theorie ist zumindest bedenkenswert, weil das ein ganz schön raffinierter, bis ins kleinste Detail ausgeklügelter Plan wäre, der von der Durchtriebenheit der Brüder zeugt. Allein die Zeit zu berechnen, die zum Beispiel Etxe gebraucht hätte, um ... aber lassen wir das. Ist Ihnen sonst noch etwas aufgefallen?«

»Reicht das noch nicht?«

Inchauspes Augen blitzen, er scheint an meinen scharfsinnigen Gedankengängen Gefallen zu finden.

»Na ja, je mehr Zeugenaussagen, umso besser, es entgeht einem doch immer irgendwas. Und möglicherweise trieb sich der Verbrecher ja noch irgendwo dort herum, als Sie an den Strand kamen. Vielleicht haben Sie ein verdächtiges Geräusch gehört ... oder irgendwo wachsame Augen aufblitzen sehen? Etxe behauptet nämlich, in jener Nacht ein Gesicht gesehen zu haben.«

»Ein Gesicht bei dem Nebel, zumal es noch fast Nacht war?«

»Ja, und heute früh hat er ihn wiedererkannt.«

»Er hat ihn wiedererkannt?!« Der Doktor atmet tief ein. Um Mut zu schöpfen, die alles entscheidende Frage zu stellen? »Wer ist es? Kennt man ihn?«

Ich stehe auf.

»Es ist schon spät.«

Kurz sieht Don Julio mich an, dann lächelt er nachsichtig.

»Du hast recht, es ist dein Fall, du entscheidest, wann du was preisgibst. Aber würdest du mich auf dem Laufenden halten? ... Obwohl ... nein, besser nicht. Ich wünsche dir jedenfalls viel Glück, Sancho. Und ich, ach was, ganz Getxo dankt dir, dass du, auf welchen Wegen auch immer, endlich Licht in diese dubiose Geschichte bringst.«

»Würde es Ihnen etwas ausmachen, Doktor, mich fortan Sam zu nennen, Samuel Esparta? Wenn meine Visitenkarten gedruckt sind, schicke ich Ihnen eine.«

»Gerne, Sam.«

13 Die Kette

Ein paar Meter vor der Buchhandlung wartet Luciano Aguirre auf mich.

»Was ist deine Angestellte bloß für eine Kratzbürste! Hat die mich vielleicht grimmig angeschaut! Da kann einem wirklich die Lust vergehen, drinnen auf dich zu warten.«

Irgendwas ist heute anders an ihm.

»Seit wann trägst du eine dunkle Brille?«

»Wie? ... Ah, seit ich in Valladolid war, zwei Jahre vor dem Krieg. Macht Eindruck, was?«, erklärt er selbstgefällig. »Bei den Auseinandersetzungen damals mit dem roten Gesocks hat sie mir gute Dienste erwiesen. Eine Zeit lang lag sie bei mir zu Hause in der Schublade, aber jetzt habe ich sie wieder rausgeholt.«

Ich nicke zufrieden. »Mehr braucht man zu einem solchen Requisit nicht zu wissen. Du weißt ja, in einem Roman muss man alles erzählen. Zum Beispiel auch, dass du in jener Nacht am Strand warst. Und darum beneide ich dich. Diese Szene wird dir nämlich garantiert besser gelingen als mir, denn ich war ja nicht zugegen. Du schilderst sie doch, oder?«

Meine Worte machen ihn richtig glücklich.

»Na klar, Samuel!« Freudestrahlend klopft er mir auf die

Schulter. »Oder soll ich dich Sam nennen? Jedenfalls danke für den Hinweis. Und dass du mir zutraust, den Roman zu schreiben. So langsam taust du auf. Vielleicht werden wir ja noch richtige Schriftstellerfreunde.«

»Das wird eine verdammt starke Szene werden, reiner Realismus«, fahre ich erbarmungslos fort. »Wann hat man das schon einmal: der Erzähler als direkter Augenzeuge, der die Verdächtigen in jener Schicksalsnacht hat kommen und gehen sehen. Ach, was sage ich, Verdächtige: Vielleicht ist das Verbrechen ja direkt vor deiner Nase geschehen und du weißt sogar, wer es war. Du bist mir gegenüber wirklich eindeutig im Vorteil, ich könnte vor Neid platzen.«

Er nimmt die Brille ab, um mich genau zu mustern.

»Sag mal, ist das eine genretypische Falle?« Er zwinkert mir ermunternd zu. »Du darfst mir gern vorsagen, was ich daraufhin schreiben soll, damit diese Szene ganz nach deinem Geschmack gerät. Du tauchst nämlich auch in meinem Roman auf, ob du willst oder nicht.«

»Ob du nun dort warst oder nicht ...«

»... bleibt vorerst mein Geheimnis. Zwar bin ich noch dein Lehrling, aber ich weiß, dass man immer einen Trumpf in der Hinterhand haben sollte. Tut mir leid ... Damit du aber nicht denkst, ich sei undankbar, bekommst du was anderes.«

Er zieht aus der Brusttasche seines Blauhemds mehrere gefaltete Blätter, drückt sie mir in die Hand und sucht dann so schnell er kann das Weite, so als fürchte er im Voraus schon mein vernichtendes Urteil.

Schon nach drei Zeilen weiß ich, dass sie von Tomasón Zalla und seinem Sohn handeln: Aguirre hat sie gleich nach mir in ihrer Schmiede aufgesucht. Achtlos stecke ich den Papierwust in meine Hosentasche.

»Zweiundfünfzig Peseten und fünfundsiebzig Céntimos«, jubelt Koldobike, als ich die Buchhandlung betrete, und reicht mir einen Umschlag: unsere Tageseinnahmen.

»Verrätst du mir auch noch, was ich morgen machen soll?«

»Schlafen. Dein Fall läuft dir nicht davon, schließlich hat er schon zehn Jahre gewartet. Wie war's bei Don Julio?«

»Halb Getxo war anscheinend in jener Nacht am Strand. Das reinste Volksfest. Nur ich war nicht dabei.«

»Und was hat der Doktor erzählt?«

»Dass er nichts gesehen hat.«

»Na ja, als er an den Strand kam, war ja alles schon vorbei.«

»Ja, schon, aber es muss doch irgendwas in der Luft gelegen haben, eine Spannung, ein Knistern, das verklungene Echo der Schreie, irgendwas!«, rufe ich ungehalten. »Und dieser blöde Strand, wo ich heute früh gleich als Erstes war, hat mir auch nichts verraten.«

Koldobike schüttelt den Kopf. »Strände können nicht reden. Stell dir vor, wenn all die Zimmer, Wälder, Straßen, Friedhöfe, Katzen oder Papageien in den Krimis reden könnten, bräuchte man euch Privatdetektive doch überhaupt nicht mehr. Geh heim, Sam, genug getan für heute.«

An der Wohnungstür kommt mir Elise mit einer Kerze in der Hand entgegen und leuchtet mir ins Gesicht.

»Ich war beim Arzt«, beruhige ich sie.

»Großartig. Hat er auch dein Gesicht gesehen?«

»Er hatte es vor sich.«

»Und?«

»Alles braucht seine Zeit.«

»Mutter ist schon schlafen gegangen. Ich habe ihr gesagt, Koldobike hätte dich zum Essen eingeladen. Weißt du, sie macht sich Sorgen, weil du dich zu Hause gar nicht mehr blicken lässt.«

Mit einem erleichterten »Gute Nacht, Elise« verschwinde ich in meiner Schlafkammer, jedoch kommt meine große Schwester, die mich schon seit zwanzig Jahren nicht mehr ins Bett gebracht hat, hinter mir her.

»Willst du mir nicht endlich sagen, was du die ganze Zeit treibst? Noch hat es mir niemand erzählt, aber ich bin nicht dumm, Sancho. Das eine oder andere Gerücht dringt sogar bis zu mir durch.«

Seufzend lasse ich mich auf der Bettkante nieder. Angesichts solcher sanften blauen Augen wird einfach jeder schwach.

»Du ... du hast mich doch immer ermuntert, zu schreiben, Elise.«

»Ja. Weil es dir Freude macht.«

»Jetzt schreibe ich richtig.«

»Und dafür musst du in Getxo so viel Staub aufwirbeln?«

»Ja, denn ich schreibe jetzt über das wahre Leben. Weißt du, ich dachte immer, ich müsste eine Geschichte erfinden, dabei hatte ich den Stoff die ganze Zeit schon vor mir.«

Und dann erzähle ich ihr alles; sie, die für mich zu Hause immer die Kastanien aus dem Feuer holt, hat es mehr als alle anderen verdient.

Natürlich reagiert sie erschrocken.

»Sancho, für Verbrechen ist die Polizei zuständig!«

»Krimiautoren aber auch: Sie brauchen attraktive Themen.«

Der Anblick ihrer naturblonden Haare beruhigt mich nicht nur, er bringt mich ebenso kurz auf die heikle Frage, ob etwas mehr Natürlichkeit als das, was bei mir im Büro sitzt, nicht auch meinem Roman guttäte.

»Ein Gesicht wie von einem Boxer und einen Körper voller blauer Flecken willst du ja wohl nicht gerade als attraktiv bezeichnen.«

Anstatt ihr zu erklären, dass solche schmerzhaften Erfahrungen in einem Kriminalroman Spannung erzeugen, drücke ich ihr nur einen Kuss auf die Wange.

Und wie immer versteht sie auch diese Botschaft. Nachdem sie mir noch fürsorglich die Bettdecke zurückgeschlagen hat, geht sie, dreht sich auf der Schwelle jedoch noch einmal um.

»Pass auf dich auf.«

Versonnen sehe ich zu, wie die Tür leise ins Schloss gezogen wird, und steige aus meinen Hosen – da fallen ein paar zerknitterte Blätter zu Boden: Lucianos zweiter Schreibversuch.

Das Leben und erst recht die kriminalistische Epik, wie sie dieser Dichter in Angriff genommen hat, der sich einst vom Firmament herab ganz dem Vaterland verschrieben hatte, wartet mit den unerhörtesten Überraschungen auf; und so kann es geschehen, dass man in einem weltvergessenen baskischen Dorf auf die Schmiede des Feuergotts Vulkan trifft, während man einem gewissen Tomasón und seinem Stammhalter Jacinto die Wahrheit entlocken will. Was hat sich das Schicksal dabei gedacht, als es mich ein paar Riesen die Stirn bieten ließ, die mit bloßen Händen Eisen verbiegen?

Ihre Kleider starren vor Dreck, und sie haben die Gesichter von Verbrechern, darum würde es mich nicht wundern, wenn sie diesen Leonardo Altube umgebracht hätten, einen Basken, um den es weiß Gott nicht schade ist. Trotzdem drängt es mich, den Weltverbesserer zu spielen, genau wie Don Quijote. Und so habe ich, um diesem sonderbaren Abenteuer auf den Grund zu gehen, gestern den lieben langen Tag mit einer Engelsgeduld die Polizeiprotokolle aus den Zeiten der zum Glück begrabenen Republik studiert, genauer gesagt aus dem Jahr 1935, als all diejenigen verhört oder beschattet worden waren, die unter Verdacht standen, die Altube-Zwillinge nachts am Strand von Arrigunaga an einen Felsen gekettet zu haben, damit sie in der ansteigenden Flut ertränken.

Hinten in der Schmiede zeichneten sich zwei Gestalten scharf vor Vulkans Feuer ab.

»Ich bin auf der Suche nach der Wahrheit. Wer hat die Zwillinge umgebracht? Und vergesst nicht: Ich habe Methoden, um euch zum Reden zu bringen, die bestens erprobt sind.«

»Noch einer?«, brüllte da der eine, gefolgt von einem: »Der ist ja noch schlimmer als der an…

Meine Hand berührt die Blätter auf dem Boden, als ich am nächsten Morgen aufwache. Weil die Kerze auf dem Nachttisch heruntergebrannt war und der Schlaf mich übermannt hat, habe ich die Szene in der Nacht nicht zu Ende gelesen. Beim Einsammeln der Blätter stelle ich fest, dass ich immer noch acht Seiten zu lesen habe: Was für ein Glück, dass Morpheus mich davor bewahrt hat.

Heute muss Elise außer Haus nähen, sodass die Schlafmütze von ihrem Bruder allein zusehen muss, wie er von seiner Mutter unbemerkt aus dem Haus schleichen kann.

Als ich in die Buchhandlung komme, ist es bereits nach elf. Resigniert weist Koldobike mit dem Kopf zu meinem allerheiligsten Regal, wo Luciano in einem Buch liest, das er hastig zurückstellt, als er mich sieht.

»Große Neuigkeiten, Samuel!«, ruft er. »Jemand hat letzte Nacht Joseba Ermo vor seinem Haus eins übergezogen und ihm dann in der Eisenwarenhandlung die Kette gestohlen.«

Schon wieder die Kette, denke ich. Koldobike und ich wechseln vielsagende Blicke.

»Sieht so aus, als täte sich was«, erwidere ich zufrieden. »Bis jetzt habe ich nur alle möglichen Leute mit Fragen gelöchert und versucht, daraus meine Schlussfolgerungen zu ziehen. Aber jetzt hat irgendwas den Täter aus seinem Versteck getrieben, auch wenn ich noch nicht weiß, warum.«

»Halt, nicht so schnell«, schaltet sich Koldobike ein, während sie eine widerspenstige platinblonde Locke aus ihrem Gesicht streicht. »Erst mal ist es einfach nur eine Kette, Kiloware, die man in diesen lausigen Zeiten gut verhökern kann. Und Diebe gibt es schließlich überall.«

»Aber diese Kette ist die Tatwaffe! Erst hatte sie Joseba Ermo verschwinden lassen und jetzt der Mörder.«

»Ja, das glaube ich auch, dass bei diesem Diebstahl der Mörder die Hand im Spiel hat«, unterstützt das Blauhemd meine Vermutung.

»Und wieso tut er das gerade jetzt, nachdem sie dort zehn Jahre unbeachtet in der Ecke lag?«, bohrt Koldobike in ihrer ernüchternden Art nach.

»Na, weil er erst jetzt Gefahr wittert!«, rufe ich aus.

»Jawohl. *Wir* sind die Gefahr!«, wagt diese Schmeißfliege von Blauhemd sich übereifrig vor.

»Die Frage ist doch, Puppe: Was kann uns diese Kette verraten? Was zum Teufel hat sie uns zu erzählen?«

»Puppe?«, fragt das Blauhemd verwundert.

Ich wende mich ihm zu.

»Wo ist Ermo jetzt? Im Krankenhaus?«

»Nein, in seiner Eisenwarenhandlung.«

»Und woher weißt du das?«

»Eladio Altube hat es mir vorher erzählt, als ich ihn in seiner Hühnerfarm …«

Ich sehe Koldobike an. »Ich muss sofort in die Eisenwarenhandlung.«

»Ich komme mit!«, ruft Luciano und fügt, als er meinen wütenden Blick sieht, schnell hinzu: »Ich habe dir schließlich die Neuigkeit überbracht.«

Ich kann nicht anders, als Mitleid mit ihm zu haben, schließlich habe ich einmal genauso kläglich angefangen, und er muss nun einfach ständig um mich herumflattern, in der Hoffnung, dass auch ein paar Brosamen für ihn abfallen.

Voller Dankbarkeit läuft er eilfertig hinaus, um mir die Tür aufzuhalten, Koldobike hält mich aber noch kurz am Ärmel zurück.

»Ist dir aufgefallen, dass man Joseba Ermo eins übergebraten hat? Genau wie den Zwillingen?«

»Verbrecher greifen nun mal zu bewährten Methoden.«

»Irgendjemand hat doch die Theorie aufgestellt, dass die Zwillinge sich selbst eins übergezogen haben.«

»Worauf willst du hinaus?«

»Schau dir genau an, ob Ermos Beule wirklich von einem Schlag stammt. Am Ende hat er nämlich sich selbst die Kette gestohlen … Ha, ein echt hübsches Trio! Nur: Ist es nicht merkwürdig, dass Eladio, Leonardo und Joseba auf einmal eine Einheit bilden?«

Als ich hinaus auf die Straße trete, pfeift Luciano anerkennend durch die Zähne.

»Alle Achtung, deine Puppe hat echt Köpfchen. Du würdest einiges wesentlich schneller verstehen, wenn *sie* dir deinen Roman schreiben würde. Wie viel zahlst du ihr?«

14 Ein meisterhaftes Räderwerk

Auch wenn sie nicht alle unter demselben Dach in La Venta wohnen, sind die Ermos eine Bagage für sich. Joseba Ermo Azkorra ist gerade mal sechzig, hat kaum Fleisch auf den Rippen, ein spitzes Gesicht und unheimlich flinke Augen. In Getxo wird er von allen verachtet, weil er im Krieg Republikaner und baskische Nationalisten denunzierte. Im Juni 1937 führte er zudem mitten in der Nacht einen Trupp Falangisten zum Haus von Simón García, den diese dann auf den Fadura-Wiesen zusammen mit dessen sechzehnjährigem Sohn Antonio kaltblütig umlegten. Als »Belohnung« erhielt Ermo den kleinen Hof der Familie, Gurbietaena, den er sich noch am selben Tag unter den Nagel riss, an dem Garcías Frau Aurore mit der Großmutter Antonia und den beiden jüngeren Kindern Karmele und Gabino mit Sack und Pack ausziehen mussten. Wie mir Señorita Mercedes irgendwann einmal erzählt hatte, stehlen die Lausbuben seither in der Dämmerung die Früchte des riesigen Feigenbaums, der vor Gurbietaena steht.

Als das Blauhemd und ich die Eisenwarenhandlung betreten, sitzt Ermo, den dick verbundenen Kopf in die Hände gestützt, auf dem Schemel am Ende des Ladentischs. Sein junger Angestellter und Eladio Altube bedienen zwei Kunden.

»Himmel!«, ruft Luciano. »Du siehst ja aus, als kämst du aus dem Krieg.«

»Es hätte nicht viel gefehlt, und dieses Schwein hätte mich umgebracht«, stöhnt Ermo.

»Hast du dir den selbst angelegt?«, frage ich, während ich den Verband näher in Augenschein nehme.

»Ich? Wie denn, wenn ich im Krankenhaus in Bilbao erst wieder zu Bewusstsein gekommen bin?«, erwidert er mürrisch. »Das einzig Gute daran ist, dass sie kein Geld dafür verlangt haben.«

So wie der Verband gewickelt ist, scheint wirklich kein Laie am Werk gewesen zu sein, auch wenn an einer Stelle schon leicht das Blut durchsickert.

»Du wirst dein Geld schon noch los«, sagt Eladio in diesem Augenblick.

»Bestimmt. Von den Feilen, die du mir gezeigt hast, überzeugt mich allerdings keine«, entgegnet der Kunde, den er gerade bedient, und sieht dann Joseba Ermo an. »Bis demnächst und gute Besserung, hoffentlich verheilt es schnell.«

»Wer war das?«, will Luciano wissen, als er zur Tür hinaus ist.

»Fidel, von den *Camisones*«, klärt Eladio ihn auf.

»Der wollte überhaupt nichts kaufen, sondern nur das Resultat begutachten«, jammert Ermo. »Er war es nämlich, der mir eins übergezogen hat!«

Kurz herrscht Totenstille.

»Dir haben sie eine erstklassige Abreibung verpasst«, sagt Eladio dann schnell zu Ermo und pustet ihm über den Schädel.

»Lass das«, wehrt Ermo ihn ab, »mir tut jeder Luftzug weh.«

»Du solltest nach Hause gehen und dich ins Bett legen«,

rate ich ihm. »Aber vorher würden wir gern noch wissen, wie es passiert ist.«

»Dieses Arschloch! Und alles bloß, um mir meinen Schrott zu klauen.«

»Na ja, das war schon ein bisschen mehr als nur Schrott: Es war die Kette, mit der …«

»Stimmt, die Kette«, fällt er mir ins Wort, »aber auch noch anderen Kram, Schrauben und so.«

»Der Dieb kam wegen der Kette«, widerspreche ich, »der Rest war reine Tarnung.«

»So viel Aufwand für ein paar lächerliche Schrauben und diese blöde Kette«, meint Ermo geringschätzig. »Wozu?«

»Aus demselben Grund, aus dem du sie all die Jahre versteckt hast, nachdem du sie am Strand gestohlen hattest.« Ermos Miene versteinert sich. »Der Wert von so einem makabren Erinnerungsstück kann sich mit den Jahren immens steigern.«

»Wie ich es dir gesagt habe«, erklärt Eladio lachend zu mir und wendet sich gleich wieder an Ermo. »Na los, erzähl schon, wie es war.«

Vorsichtig richtet Joseba Ermo seinen Oberkörper auf und dreht sich stocksteif auf dem Schemel zu uns her.

»So wie es sich anfühlt«, knurrt er ächzend und schließt für einen kurzen Moment die Augen, »muss er mir mindestens eins mit einem Schmiedehammer übergezogen haben. Ich saß gestern Abend draußen vor Gurbietaena, als ich auf einmal Schritte hörte. Ich drehte den Kopf – und augenblicklich wurde mir schwarz vor den Augen … So ein Drecksack, so ein verdammter Drecksack!«

Ich nicke. September ist Feigenzeit, und alle wissen, dass Joseba Ermo abends vor Gurbietaena sitzt, um seinen riesigen Feigenbaum zu bewachen, denn seit Garcías Tod bedient sich an dessen Früchten jeder.

»Um in deinen Laden zu kommen, musste er dir den Schlüssel stehlen, nicht wahr?«, frage ich.

»Er hat alle mitgenommen, die ich in der Tasche hatte, den ganzen Bund.«

»Den Dieb haben allerdings nur zwei interessiert: der zu der Eingangstür deiner Eisenwarenhandlung und der zum Schrottlager, stimmt's?«

»Von wegen Schrott«, murrt Ermo.

»Es *ist* Schrott«, hält Eladio Altube entgegen. »Die Abfälle aus der Eisenwarenhandlung.«

Auf einmal lenkt mich ein Kratzen ab, sodass ich den Rest des Satzes nicht mehr höre: Neben mir kritzelt Luciano ohne Unterbrechung etwas in ein Heft. Kurz sieht er mich an und zieht dann die Schultern hoch, als wolle er sich bei mir entschuldigen, dass seine Schreibmethode eine andere ist als meine. Ich drehe mich wieder zu Ermo.

»Und wo sind die Schlüssel abgeblieben?«

»Als ich aus dem Krankenhaus kam, lagen sie hier auf dem Schemel.«

»Und die Ladentür?«

»Stand offen. Wären wir sonst hier?«

»Also ein Dieb, der mitdenkt.«

Mit gezücktem Bleistift schiebt Luciano mich zur Seite, baut sich vor Ermo auf und sieht ihm fest in die Augen.

»Hat es nach Tabak gestunken, als du reinkamst? Nach Zigarre? Oder Zigarette?«

Ganz offensichtlich hat das Blauhemd im Kino zu viele mittelmäßige Kriminalfilme gesehen.

»Als ich vorhin reingekommen bin«, lässt sich da Eladio Altube vernehmen, der gerade die Tür hinter dem Kunden des jungen Angestellten zumacht, »sind mir ein paar tiefe Kratzer am Türschloss aufgefallen, die gestern, glaube ich, noch nicht da waren.«

Schnell gehen Luciano und ich zu ihm, und in der Tat: Am Türschloss sind einige glänzende, noch nicht sehr alte Kerben zu sehen.

»So wie's aussieht, hatte er Schwierigkeiten, den Schlüssel ins Schloss zu stecken«, sage ich nachdenklich. »Na ja, bei der nervlichen Anspannung und der Angst, dabei überrascht zu werden ... Wahrscheinlich haben seine Hände gezittert – wenn die Kratzer wirklich aus dieser Nacht stammen.«

»Tun sie, tun sie, ich habe es auch gleich bemerkt!«, hören wir Ermo hinter uns. »Verdammt, was habe ich diesem Arschloch getan, dass er mich nicht nur beklaut, sondern mir auch noch die Tür zerstört?!«

Nachdenklich runzele ich die Stirn. Offenbar sah sich der Täter von damals also gezwungen, seine Deckung zu verlassen. Bloß: warum? Fürchtet er, dass die Kette mir etwas erzählt, wenn sie mir in die Hände fällt? Oder will er mich damit zum Duell herausfordern, so im Stil: Wer ist hier der Schlauere, du oder ich?

»Jetzt verliere ich schon nicht mehr nur meine Kunden«, jammert Ermo weiter, »sondern auch noch was, womit ich ein Schweinegeld hätte verdienen können. Ein ganzes Jahr bin ich mit Larrea nun schon am Feilschen. Mein Gott, ich bin echt ein Unglücksrabe.«

Ich fahre herum.

»Hast du eben Larrea gesagt?«

»Ja, Luis Federico Larrea. Ein stinkreicher Kerl aus Neguri. Wenn man den auf den Kopf stellen würde, würden ihm die Lappen nur so aus den Taschen rieseln.«

»Und der wollte die Kette kaufen?«

»Er hat es Woche für Woche versucht.«

Ich traue meinen Ohren nicht.

»Und hat er dir gesagt, wozu er sie braucht?«

»Er behauptete, er sammele alten Krempel und die Kette sei ein geschichtliches Zeugnis. Ja, genau das war der Begriff, den er verwendet hat: ein geschichtliches Zeugnis. Wie er mir erzählt hat, fertigt er gerade auch eine Karte von Getxo an, auf der die Entfernungen in Schritten angegeben sein sollen, damit man sich nicht unnötig anstrengt. Ein Spinner, wenn du mich fragst.«

Ungläubig schüttele ich den Kopf. Kein Zweifel, es handelt sich um Koldobikes seltsamen Kunden, schließlich kann es unmöglich zwei dieser Verrückten in Getxo geben. Der Mörder ist er aber sicher nicht, denn diese Ehre bleibt dem vorbehalten, der ihm hier zuvorgekommen ist und die Kette an sich gerissen hat. Und ich fürchte, sie wird für immer spurlos verschwunden sein, mitsamt ihrem Geheimnis. Nur: Was für ein Geheimnis? Das werde ich hier im Laden wahrscheinlich nicht mehr herausfinden. Den Kerlen hier traue ich nicht über den Weg, am wenigsten dem Blauhemd, der emsig eine Seite nach der anderen vollschreibt, wahrscheinlich hält er noch die Farbe unseres Atems fest. Besser ich gehe und bespreche das Gehörte und Gesehene mit Koldobike – da fällt mir ein, dass ich noch einen Blick in Ermos privates Schrottlager werfen sollte.

Ermos und Altubes Sortiment ist vielleicht nicht das größte, trotzdem reichen die Schubkästen bis hoch zur Decke. Niemand scheint davon Notiz zu nehmen, dass ich mich ein wenig im Laden umsehe. Ermo hat stöhnend seinen Kopf auf den Ladentisch gelegt und die Augen geschlossen, Luciano kritzelt eifrig in sein Heft, und Eladio macht dem schmächtigen Angestellten gerade Beine, damit er schneller eine Schachtel Schrauben sortiert.

Die Tür rechts vom Ladentisch ist nicht abgeschlossen, sodass ich ungehindert in einen kleinen Flur mit zwei weiteren Türen gelange. Das Licht aus der Eisenwarenhandlung reicht aus, dass ich hinter der ersten Tür ein schäbiges

Büro erkennen kann, darin einen winzigen Tisch mit einem Klappstuhl und an den Wänden wacklige Regale voller schmuddeliger, überquellender Aktenordner.

Als ich leise die zweite Tür öffne, schlägt mir Kellermuff entgegen, und kaum haben sich meine Augen an die Dunkelheit gewöhnt, erkenne ich zu meinen Füßen eine Holztreppe. Vorsichtig gehe ich drei, vier Stufen hinunter. Es riecht nicht nur modrig, sondern auch nach Alteisen. Schemenhaft erkenne ich in dem düsteren Kellerraum Berge von Schrott. Hier hat die Kette also zehn Jahre lang gelegen.

»Auf seinem Hof hat man ihm immer alles geklaut, deshalb schafft er seine Schätze seit Jahren hierher«, höre ich auf einmal eine Stimme über mir.

Ich drehe mich um. Oben im Türrahmen steht Eladio Altube. Zum Glück ist es im Keller düster, sodass er mein schamrotes Gesicht nicht sieht.

»Das Geschäft macht er ganz allein. Wir haben vereinbart, dass er dafür den Keller nutzen darf, wenn er mich mit den Lieferanten die Konditionen aushandeln lässt und ich die Provision bekomme.«

Selbst seine Kompagnons haut dieser Altube-Zwilling also noch übers Ohr, denke ich kopfschüttelnd, muss dann aber eine Frage loswerden, die mir in dem Moment in den Sinn gekommen ist.

»Wusstest du, dass er sie in diesem Keller aufbewahrt hat?«

»Ja.«

»Von Anfang an?«

»Seit er sie mitgenommen hat.«

Die schemenhafte Gestalt im Türrahmen rührt sich keinen Millimeter.

»Dann wusstest du also die ganzen zehn Jahre, dass das Mordinstrument, das deinen Bruder getötet hat, hier unten lag? Hat sie dich nicht immer wieder an seine verzweifelten Hilfeschreie in jener Nacht erinnert, seinen Todeskampf an deiner Seite …?«

Warum dreht sich der Schatten abrupt um und zieht sich zurück? Damit ich aufhöre, ihn an eine Unglücksnacht zu erinnern – an die er nicht erinnert werden möchte?

Zwei Minuten später durchquere ich mit großen Schritten die Eisenwarenhandlung Richtung Tür. Ich brauche dringend frische Luft. Allerdings kommt mir jemand entgegen: Bidane. Bei meinem Anblick bleibt sie auf der Schwelle stehen, als hätte sie dort plötzlich Wurzeln geschlagen, und starrt mich fassungslos an. An ihrem Arm baumelt ein Korb.

»Du kommst zu früh«, schimpft ihr Mann.

»Es ist eins«, erwidert sie knapp – und geht dann, als wäre ich Luft, an mir vorbei zum Ladentisch, wo sie ihren Korb abstellt und danach auf den Schemel sinkt.

Was stehe ich vor der Tür herum? Ich hätte Bidane grüßen sollen, habe aber kein Wort herausgebracht, ihr noch nicht einmal zugenickt; gut, sie hat mich auch nicht begrüßt, ja noch nicht einmal richtig angesehen, aber das kann einem schon mal passieren, wenn man sich unter dem Eindruck einer solchen Neuigkeit unerwartet gegenübersteht.

Ich blicke in die Runde, sehe Bidane, deren Augen geistesabwesend über die Schildchen an den Schubkästen wandern, während sie darauf wartet, dass Eladio sein Mittagessen auspackt und es dann vor unseren Augen gierig verschlingt; sehe den Burschen, der mit seiner Trittleiter am Korb vorbeigeht und dabei sehnsüchtig den leckeren Geruch einsaugt; Ermo, wie er, eine Hand am verbundenen Kopf, das Licht im Flur löscht, nachdem er zuvor geräuschvoll die Tür zu seinem Schrottlager abgesperrt hat …

»Ich habe noch nie so nah an der Wirklichkeit geschrieben«, höre ich das Blauhemd auf einmal neben mir, in der

Hand Heft und Stift. »Aber diesen ganzen Wirklichkeitsschwall zu erfassen, ist verdammt schwer, wenn nicht gar ein Ding der Unmöglichkeit. Worüber hast du vorhin mit Altube geredet? … Obwohl, lass, ich würde meinem Konkurrenten auch nichts verraten. Apropos: Was hältst du eigentlich von den Seiten, die ich dir zu lesen gegeben habe? … Nein, nein, du musst nicht antworten, ist nicht so wichtig. Aber weißt du was, *amigo*? Nie im Leben hätte ich gedacht, dass mir ein paar stinknormale Basken, denen ich nach dem Krieg so dicht auf die Pelle gerückt bin, dass ich ein paar davon sogar umgelegt habe, *so* viel Material für einen Roman liefern können! Das reicht, um mein Heft vollzuschreiben, und ich garantiere dir, am Ende wird kein Fitzelchen weißes Papier mehr zu sehen sein …«

Die Zeit, die ich für die Strecke zurück zu meiner Buchhandlung brauche, reicht, um meine Theorie zu durchdenken. Es ist schon kurz nach halb zwei, sie ist immer noch offen, und Koldobike steht in der Tür und hält nach mir Ausschau.

Eifrig will ich ihr von meinen neuesten Erkenntnissen erzählen, doch sie zieht mich am Ärmel resolut hinein und hängt dann von innen das »Geschlossen«-Schild an die Tür.

»Ich war auf einen Sprung zu Hause und habe dir Linseneintopf mitgebracht«, erklärt sie. »Setz dich hin und iss, solange er noch warm ist.«

»Es ereignen sich entscheidende Dinge, und da kommst du mir mit Linsen!«

Ungerührt schiebt sie mich in mein Büro.

»Wenn man rastlos wie ein Ball hierhin und dorthin springt, muss man ab und zu mal eine Verschnaufpause einlegen und etwas essen. Von mir aus verhänge ich auch dein allerheiligstes Regal, damit deine Idole es nicht sehen!«

Auf meinem Tisch steht eine in zwei Geschirrtücher eingeschlagene Schüssel. Ich setze mich und greife zum Löffel.

»Die Frau von Eladio Altube trägt ihm auch jeden Tag das Mittagessen nach.«

»Iss jetzt und dann erzähl«, meint sie nur und zieht ihren Stuhl heran.

Hm, es riecht wirklich lecker, nun merke ich erst, wie viel Hunger ich habe. Mechanisch löffele ich die Linsen in mich hinein, während ich ihr von meinem Besuch in der Eisenwarenhandlung erzähle.

»Möglicherweise ist der Mörder von damals doch nicht der, der die Kette gestohlen hat«, schließe ich meinen Bericht. »Und weißt du, was ich dabei noch herausgefunden habe? Dieser Larrea wollte die Kette unbedingt für seine Sammlung und hat Joseba Ermo immer wieder besucht, um mit ihm einen Preis auszuhandeln.«

»Der Mörder wird von ihrer Feilscherei erfahren haben und ist Luis Federico deshalb zuvorgekommen.«

Nimmt sie diesen feinen Pinkel aus Neguri etwa in Schutz?

»Findest du nicht auch, dass dieser Irre, von dem wir so wenig wissen, bei dem Ganzen viel zu sehr in Erscheinung tritt?« Seufzend lege ich den Löffel beiseite. »Ach verdammt, meine Ermittlungen haben sich irgendwie festgefahren. Dabei dachte ich, ich hätte den Täter damit aus seinem Versteck gelockt.«

Im selben Moment hören wir ein Klopfen an der Ladentür, weshalb Koldobike nach vorne geht, um von innen auf das »Geschlossen«-Schild zu deuten.

»Übrigens hat vorhin ein vornehmer Herr mit goldenen Manschettenknöpfen nach dir gefragt«, sagt sie, als sie zurückkommt, »er habe Todesdrohungen bekommen und möchte, dass du die Bösen entlarvst.« Sie will meinem Roman wohl wieder etwas mehr Kolorit verleihen. »Der würde dir wenigstens die fünfzig Peseten pro Tag zuzüglich Spesen zahlen.«

»Kommt er wieder?«

»Nachdem ich den Kaugummi ausgespuckt hatte, habe ich ihm gesagt, du seist grad sehr damit beschäftigt, die Welt zu retten … Aber was ganz anderes: Mir ist noch jemand eingefallen, der Ermo gestern Nacht überfallen haben könnte. Txominbedarra, dieser Verrückte, der unmittelbar nach dem Krieg mit diesem Falangistenpack nach Getxo kam und jetzt schon seit acht Jahren auf den Fadura-Wiesen in einem selbst zusammengezimmerten Holzverschlag haust, nicht weit von Gurbietaena entfernt. Vielleicht hat der ja seinem Nachbarn eins übergezogen.«

Ich schüttele den Kopf.

»Das kann ich mir nicht vorstellen, dass dieser Txominbedarra etwas damit zu tun haben könnte. Mir kommt der eher wie einer vor, der dort seine Verbrechen abbüßt.«

Koldobike bringt mir ein Glas Wasser.

»Und was machen wir, wenn es gar kein Mord war?«

»Du meinst, wenn es doch eine ausgetüftelte Inszenierung der Zwillinge war? Dann hätten sie eine wahre Meisterleistung vollbracht.«

»Na ja, *so* großartig ausgedacht wäre es auch wieder nicht gewesen. In dem Fall ist ihnen nämlich ein entscheidender Fehler unterlaufen.«

»Aber wahrscheinlich nur aufgrund der unberechenbaren Kräfte der Natur! Niemand konnte voraussehen, ob Etxe in jener Nacht pünktlich erscheint oder nicht. Ein paar Minuten Verspätung, und der ganze schöne Plan wäre beim Teufel gewesen.«

Koldobike stöhnt auf.

»Soll ich dir mal was sagen? Wenn du so weitermachst, stehst du am Ende ohne Schuldigen und ohne Roman da!

Diese Schmeißfliege von einem Blauhemd hingegen wird eine temporeiche Szene nach der anderen niederschreiben, weil er irgendeinen Unglücklichen ins Kommissariat schleifen und ihn dort so lange windelweich schlagen wird, bis er ein umfassendes Geständnis ablegt. Und noch was: Ich wusste zwar, dass du einen Sprung in der Schüssel hast, aber nicht, dass der so groß ist: Diese Theorie von der Gerissenheit der Zwillinge führt dich nur in eine Sackgasse. Vergiss nicht, dass Eladio dir noch zwei weitere Mordanschläge gestanden hat.«

Ich lasse mich jedoch noch nicht davon abbringen. »Vielleicht hat er die Geschichte von den Mordversuchen ja in die Welt gesetzt, damit ich *gerade* diese ausgetretene Spur verfolge: dass man ihnen, beziehungsweise ihm nach dem Leben trachtet! Jedenfalls würde mir die Meisterschaft, mit der dabei Gewohnheiten, Entfernungen und Zeit aufeinander abgestimmt werden mussten, unweigerlich Bewunderung einflößen. Ein so perfektes Räderwerk hätte es eigentlich verdient.«

»Was verdient?«

»Dass es ein krimiwürdiges Ende mit einem Verbrecher oder Mörder gibt.«

»Tja, man kann nicht alles haben. Bei *der* Lösung bleibt dir am Ende nur das Täuschungsmanöver der Zwillinge. Was zumindest Don Manuel ziemlich erleichtern würde. Ob dir das aber ein Trost wäre, wenn du wieder keinen Krimi zustande gebracht hättest? Bestenfalls könntest du den lebenden Zwilling noch fragen, bei welchem Film er sich dieses meisterhafte Räderwerk abgeguckt hat.«

»Das würde er mir garantiert nicht verraten.«

»Haben dir die Linsen geschmeckt?«

»Ich denke, ich brauche jetzt einen Verdauungsspaziergang nach Basaon.«

Koldobike kann sich ein Grinsen nicht verkneifen.

»Recht so! Wer kann besser über diese Missgeburten von Zwillingen Auskunft geben als der rechtschaffene Roque Altube. Er wird dir sagen, ob seine Söhne zu solch einem durchtriebenen Plan imstande sind.«

»Zumindest wird er mich nicht anlügen. Wenn er es mir nicht sagen will, wird er den Mund halten. Aber lügen wird er nicht ... Das mit dem meisterhaften Räderwerk klingt übrigens wirklich gut, das gefällt mir.«

Vielleicht war die Entscheidung überstürzt, jedenfalls wächst meine Unruhe mit jedem Schritt. Wenn an der alten Legende der Gründungsväter von Getxo etwas dran ist, so ist Roque Altube jedenfalls ein würdiger Nachfahre des allerersten Altube. Mit seinen achtzig Jahren ist er der Inbegriff eines erdverbundenen, traditionsbewussten und aufrechten Basken, fast ein Relikt aus vergangener Zeit – was aber nicht heißt, dass er der Gegenwart und ihren Problemen nicht aufgeschlossen gegenübersteht; so war er vor Jahren beispielsweise die treibende Kraft bei der Gründung der ersten Arbeitergewerkschaft von Getxo und nahm in seinem hohen Alter sogar noch am Krieg teil. Darüber hinaus ist er der Vater von acht Kindern, wobei jeder sich fragt, wie ein solch gesunder Stamm zwei so faulende Triebe wie die Zwillinge hatte hervorbringen können, die so gar nichts von seinem Wesen geerbt haben.

Es ist später Nachmittag, als ich zwischen frisch abgeernteten Maisfeldern zu Altubes Hof Basaon spaziere, der auf einem Hügel an der Ortsgrenze zu Berango liegt. Es weht ein leichter Wind, der mich den Duft von Heu, Feigen und Äpfeln einatmen lässt. Schon von Weitem ist das alte Gehöft mit dem großen, roten Satteldach zu sehen, auf dem so manch brüchiger Ziegel ausgetauscht werden sollte.

Vor dem Hoftor sitzen einige Altubes schwatzend um einen Berg Maiskolben herum, die sie aus ihren Hüllblättern schälen. Als sie mich entdecken, verstummen sie augenblicklich.

»Guten Tag«, murmele ich schüchtern in die Stille hinein.

»Hallo.«

»Ha-hallo.«

Nur zwei haben meinen Gruß erwidert; nachdem Koldobike vorhin noch schnell meinem Gedächtnis nachgeholfen hat, müssen das Roques Frau Madia und ihre stotternde Tochter Cenobia sein.

»Entschuldigen Sie, ich würde gern mit Roque sprechen.«

»Ca-caruso, la-lauf und hol O-opa«, trägt Cenobia einem Jungen im Erstkommunionsalter auf – wahrscheinlich der Sohn, den sie nicht von ihrem Mann Manolito hat, sondern von einem italienischen Schwarzhemd im Krieg – und wendet sich dann wieder den anderen zu, die nun nicht mehr so laut plaudern, dafür aber hin und wieder verstohlen auf meine korrekt gebundene Krawatte blicken.

Die Frau, die neben dem einfältigen Manolito sitzt und mich kess ansieht, muss die noch unverheiratete Tochter Anastasia sein. Und die neben ihr, die als Einzige lächelt, wahrscheinlich Antonia, die sechs Jahre auf Roques Sohn Pelayo gewartet hat, bis nach seiner Entlassung aus dem Strafbataillon endlich die Hochzeit stattfinden konnte … Und da kommt auch schon Roque Altube auf mich zu, der sich mit dem Ärmel seines karierten Hemds den Schweiß von der Stirn wischt.

»Hallo, was gibt's?«, fragt er geradeheraus.

Seine sonore Stimme klingt herzlich. Ich räuspere mich.

»Guten Tag, Roque. Ich bin Sancho, der Sohn von Vicente Bordaberri, den man 1939 erschossen hat.«

Mich ihm als Samuel Esparta vorzustellen, bringe ich

nicht fertig, denn für solches Blendwerk hat er sicher nichts übrig. Wortlos nickt er.

»Ich würde gern kurz mit Ihnen über Ihre Söhne Eladio und Leonardo sprechen, wenn es Ihnen nichts ausmacht.«

»Wieso sollte es das?«, antwortet er hastig und winkt mir dann, ihm zu folgen, einen schmalen Pfad entlang bis zu einem umgestürzten Baumstamm, auf dem er sich niederlässt.

»Hier lässt es sich besser reden«, sagt er und bedeutet mir, mich neben ihn zu setzen. »Mir ist bereits zu Ohren gekommen, was du gerade so treibst. Irgendwann musste das ja kommen. Zehn Jahre und drei Monate ist das nun schon her ...«

Schlagartig wird mir bewusst, dass neben mir ein Vater sitzt, der nicht vergessen kann, der jeden Tag daran denkt, was damals geschehen ist.

»Irgendwer musste sich einmal rantrauen«, sage ich behutsam.

»Zum Glück bist du keiner von der Siegerseite des Kriegs.« Er beugt sich nach vorn und reißt einen verdorrten Zweig vom Stamm. »Seit zehn Jahren grübele ich nun schon darüber nach. Vor allem nachts. Wenn ich mich schlaflos im Bett wälze, überlege ich, welcher ihrer Feinde es gewesen sein könnte. Und sie hatten viele Feinde«, erklärt er mit einem bitteren Zug um den Mund. »Angefangen hat alles damit, dass sie Efrén Baskardo betrogen, worauf er sie in hohem Bogen rausgeschmissen hat. Da waren sie noch blutjung. Aber Efrén war's nicht, der hat für so etwas keine Zeit.«

»Vielleicht hat er ja einen anderen dafür bezahlt.«

»Nein, wichtige Dinge überlässt sein Clan keinem Dritten, und ich weiß, was ich sage: Ich kenne sie gut, über zwanzig Jahre habe ich mit ihnen in ihrem neu errichteten Herrenhaus El Galeón gelebt.«

Seine Miene verdüstert sich, als er von Baskardos Sippe

spricht, auch wenn man im Ort nie herausgefunden hat, was seine Madia mit jener durchtriebenen, gewissenlosen Frau verbindet, mit der sie als kleines Mädchen Anfang des vergangenen Jahrhunderts nach Getxo kam und die wir alle nur als *Sie* kennen; während Madia ihrem Herzen folgte und Roque heiratete, zog *Sie* alle Register, um zu Macht und Reichtum zu gelangen. Und Efrén Baskardo war ihr in dieser Hinsicht ein würdiger Sohn.

Über zwanzig Jahre habe er in El Galeón gelebt, hat Roque gerade gesagt.

»Eladio und Leonardo sind in El Galeón geboren und aufgewachsen. Haben Sie noch nie daran gedacht, dass das vielleicht auf die beiden abgefärbt hat? Kinder hören und sehen alles Mögliche, und das eine oder andere ahmen sie nach.«

»Vor allem das Schlechte.«

»Daran sind die Baskardos schuld, nicht Sie.«

»Ich liebe meine Kinder alle gleich. Und trotzdem ...«

»Haben Sie Eladio je wiedergesehen, nachdem das damals passiert ist?«

»Ich habe die Zwillinge nicht aus unserer Familie ausgeschlossen, das haben sie schon selbst getan. Mit ihren unzähligen Gaunereien.«

»Er kam nicht ein einziges Mal mehr nach Basaon?«

Altube antwortet nicht, doch ist ihm anzusehen, dass ihn das schlechte Gewissen plagt.

»War die Polizei seinerzeit eigentlich auch bei Ihnen?«

»Ja, sie waren da«, erwidert er düster. »Ob ich denke, dass der Allmächtige sie ihrer gerechten Strafe zugeführt hat, fragte mich einer, und dann fügte er noch hinzu: ›Gott hat ganz im väterlichen Sinne gehandelt, nicht wahr?‹«

Sie haben tatsächlich Roque Altube verdächtigt?! Was für Dummköpfe! Wahrscheinlich dachten sie, er als gestrenges Familienoberhaupt habe es nicht mehr länger dulden können, dass die Zwillinge die Ehre der Altubes besudelten. Eine ziemlich irrwitzige Unterstellung – wenn auch nicht völlig von der Hand zu weisen.

»Ganz im väterlichen Sinne gehandelt …«, wiederholt Roque monoton und fährt sich mit der faltigen Hand über die müden Augen.

»Und wenn das alles ein abgekartetes Spiel Ihrer beiden Söhne war«, bohre ich vorsichtig nach, »das dann leider nicht gut ausgegangen ist? Wenn sie uns nur glauben machen wollten, dass jemand sie umbringen will, und sie sich deshalb selbst an Apraiz' Felsen ketteten?«

Noch nie habe ich jemanden so verdattert gesehen.

»U-und wozu?«, stottert er.

»Na ja, vielleicht damit wir ein Auge zudrücken und ihnen ihre Gaunereien verzeihen.«

Es ist ihm anzusehen, dass er gerade seine sämtlichen Moralvorstellungen zusammenstürzen sieht und nicht mehr weiß, was er denken soll.

»Sie tickten einfach vollkommen anders als wir, und vielleicht sind sie deshalb auf so einen verstiegenen Plan gekommen … Was glauben Sie, Roque? Wären sie imstande gewesen, sich einer so großen Gefahr auszusetzen und sich bei ansteigender Flut an einen Felsen zu ketten?«

Sein Mund geht auf und zu, als schnappe er wie ein Fisch auf dem Trockenen nach Luft, bevor er schließlich stammeln kann: »Ich weiß nicht … keine Ahnung … Schwierig … Aber man hat schon … die seltsamsten Dinge gesehen …« Und dann holt er ein letztes Mal tief Luft und sagt: »Seit ihrem sechzehnten Lebensjahr haben sie die Menschen hier in Getxo betrogen … deshalb kann es schon sein, dass sie uns mit so einem perfiden Plan manipulieren wollten.«

Die Buchhandlung sollte eigentlich längst geschlossen haben, aber durch die Glastür sehe ich hinten noch Licht brennen, und so klopfe ich. Bis zu diesem Tag ist mir noch nie aufgefallen, dass meine platinblonde Sekretärin sich beim Gehen in den Hüften wiegt.

»Die von Continental würden mir das doppelte Gehalt zahlen, wenn ich bei ihnen anfange«, erklärt sie, kaum hat sie mir aufgemacht. »Vorhin hat mich ihr zweiter Chef auf der Straße angehalten. ›Dieser Esparta ist am Ende, Puppe, dem werden nur Scheißaufträge übertragen; wir hingegen haben den Polizeiapparat hinter uns, den Bürgermeister und sogar die Presse. Sag, welche Zukunft hast du bei einem solchen Waschlappen, der sich noch nicht einmal traut, seinen eigenen Namen zu benutzen?‹« Kurz hält sie inne, ihre Augen blitzen, sie wird aber gleich wieder ernst. »Wortwörtlich hat er das vielleicht nicht so gesagt, aber gedacht hat er es ganz bestimmt. Sein verschlagenes Grinsen sprach jedenfalls für sich. Und weißt du, was ich da gemacht habe? Ich habe meinen ganzen Mut zusammengenommen, ihn so angefunkelt, dass er die Augen beschämt niedergeschlagen hat, und dann gebrüllt: ›Ich habe den besten Chef, den eine kleine Sekretärin wie ich sich nur wünschen kann! Und ich würde selbst dann noch für Sam arbeiten, wenn ich ihn dafür bezahlen müsste, so viel bringt er mir bei!‹ Worauf der von Continental nur gehöhnt hat: ›Was bringt er dir denn bei? Dass man Verdächtige mit Samthandschuhen anfasst? Ich will dir mal eins sagen, Puppe: Man könnte das kalte Kotzen kriegen bei dem Eiertanz, den er um sie vollführt. Er hat nicht den leisesten Schimmer, wie man mit Gaunern verfährt.‹ … Bevor ich es vergesse: Weißt du, wer vorhin da war?«

»Der Bürgermeister, schätze ich mal. Weil er mich als Straßenkehrer anstellen will.«

»Deine Witze waren auch schon mal besser.« Missbilligend schüttelt sie den Kopf. »Nein, Bidane, die Frau von …«

»Ich weiß, wer Bidane ist«, unterbreche ich sie.

»›Ich will nicht, dass meinem Mann etwas zustößt‹, hat sie zu mir gesagt, ›und er befindet sich in großer Gefahr. Ich würde gern wissen, ob ich was für ihn tun kann, vielmehr … ob ich als Ehefrau die Pflicht habe, mich für meinen Mann aufzuopfern, dem ich vor Gott die Treue geschworen habe. Ich brauche einfach jemanden, der mir sagt, was ich tun soll.‹«

»Sie wollte also mit mir reden.«

»Nein, sie wollte sich eindeutig einer Frau anvertrauen … Sie wirkte völlig verstört.«

»Anscheinend sind meine Figuren gerade alle unheimlich nervös. Und für meinen Roman ist das nicht das Schlechteste.«

15 Schritte und Zeiten

An der gegenüberliegenden Hausecke vorbei, fallen an einem so schönen Morgen wie heute die Sonnenstrahlen genau auf meine Buchhandlung. Die leicht angewärmte Türklinke herunterzudrücken und dabei mein Spiegelbild in der glitzernden Glasscheibe aufblitzen zu sehen ist schon mal ein vielversprechender Anfang für diesen Tag.

Auf einmal höre ich hinter mir jedoch ein ungewohntes Geräusch und drehe mich um. Und was ich da sehe, verschlägt mir den Atem: Vor mir am Straßenrand hält eine Karosse wie aus einem Kinofilm. Ein Mercedes-Benz? … Oder ein Jaguar? Ein Alfa Romeo? … Keine Ahnung. Meine Idole hätten das sicher gewusst. Die Erkenntnis, dass ich Landei von Automarken keine Ahnung habe, hätte mich sicher verdrießlich gestimmt – wäre in dem Augenblick nicht ein Admiral aus dem Nobelschlitten gestiegen, der sich gleich äußerst liebenswürdig an mich wendet.

»Ist dies die Buchhandlung von Señor Bordaberri?«

Völlig baff nicke ich und halte ihm die Tür auf.

»Ja … äh, bitte …«

Für gewöhnlich lassen wir unsere Kunden sich in Ruhe umschauen, aber Koldobike begreift sofort, dass der Admiral, der beim Eintreten seine marineblaue Mütze abgenommen hat, in einem anderen Anliegen kommt, und eilt dienstbereit auf ihn zu.

»Ihre Erlaucht Don Efrén Baskardo schickt mich mit diesem Schreiben für Señor Bordaberri«, erklärt er, während er einen lachsfarbenen Umschlag aus der Innentasche seiner mit goldenen Litzen besetzten Uniformjacke zieht.

Koldobike ist ebenso perplex wie ich, sodass sie nur stumm die Hand ausstrecken kann. Höflich ablehnend schüttelt der Admiral jedoch den Kopf.

»Nein, ich muss es ihm höchstpersönlich überreichen.«

Zum Glück hat Koldobike ihre Sprache wiedergefunden.

»Hinter … hinter Ihnen steht er«, stammelt sie beflissen.

Daraufhin drückt der Admiral mir den Umschlag in die Hand, verabschiedet sich mit einem knappen Kopfnicken erst von Koldobike und dann von mir, und schon braust er mit einem aristokratischen Motorenbrummen über die Avenida del Ejército davon.

Noch immer völlig überrascht sehen Koldobike und ich uns kurz an, dann drängt sie mich, den Brief aufzumachen, da sie vor Neugier platzt.

Noch nie habe ich einen Umschlag mit solcher Andacht geöffnet. Das Briefpapier ist ebenfalls lachsfarben.

»Aurelio Altube hat eine schöne Schrift«, sagt Koldobike, ehe sie überhaupt einen Blick darauf hat werfen können, denn ganz Getxo weiß, dass Roque Altubes Sohn seit vielen Jahren Baskardos Sekretär ist.

»Natürlich ist die schön«, entgegne ich trocken, »schließlich hat er den Brief mit der Maschine geschrieben. Sie ist bestimmt besser als meine Underwood, allerdings besitzt sie auch keine unterschiedlich weiten Abstände für das i und das m und …«

»Mein Gott, jetzt lies endlich!«, unterbricht sie mich ungeduldig.

Sehr geehrter Señor Bordaberri,

von der allerersten Stunde an weiß ich um die Nachforschungen, die Sie anstellen, um den Mord an Leonardo Altube aufzuklären. Und ich muss Ihnen sagen, das lässt mich nicht kalt.
Von 1915 bis 1921 arbeiteten die Altube-Brüder in meinem Bestattungsinstitut und der Versicherungsgesellschaft im San-Baskardo-Viertel, meinen ersten kaufmännischen Unternehmungen überhaupt. Dann musste ich sie wegen Betrugs entlassen. Sie hatten die Kassenbücher gefälscht und viel Geld unterschlagen. Zu viel Geld! Mit gerade mal sechzehn Jahren Efrén Baskardo Puerta übers Ohr zu hauen: Das muss diesen Rotzlöffeln erst einmal einer nachmachen! Und Sie können mir glauben, es war mir eine Lehre, und ich danke den Blutsaugern letztlich sehr dafür.
Zum Betrügen braucht es allerdings Klasse, und die besaß keiner der beiden je. Ein paar Spitzbuben waren sie, mehr nicht, nie sind sie über kleine Gaunereien hinausgekommen, haben nie im großen Stil betrogen - obwohl Bilbaos Eisenindustrie in unmittelbarer Nähe ist. Sie werden verstehen, Don Sancho, was es für ein Stachel in meinem Fleisch ist, dass ich, Efrén Baskardo Puerta, mich von ihnen schon habe hereinlegen lassen, als sie noch völlig ohne Erfahrung waren.
Ich habe eine Auflistung all ihrer Opfer, falls Sie den Kreis der Verdächtigen erweitern wollen. Ich selbst, ihr allererstes Opfer, habe mich damals damit getröstet, dass es eine ausgleichende Gerechtigkeit gibt, sonst hätte ich sie gleich selbst umgebracht.

Zehn Jahre sind seit dem »Verbrechen«, wie Sie es nennen, vergangen. Natürlich ist es schwer, wenn nicht gar unmöglich, es anders zu bezeichnen. Aber ich habe mich in der Zeit eingehend mit den Zwillingen befasst. Sie sind teuflisch geschickt darin, die Wahrheit zu verdrehen: Was sie einem als wahr verkaufen, sollte man sofort infrage stellen, so viel kann ich Ihnen versichern. Wenn einer von ihnen nun also behauptet, es sei ein Verbrechen gewesen, können wir sicher davon ausgehen, dass es keines war. Nur: Was war es dann?
Wahrscheinlich werden Sie sich jetzt fragen, warum ich Ihnen das alles erzähle. Nun, weil Sie bei Ihren Ermittlungen nicht um sie herumkommen, und sie sind gefährlich, auch wenn es inzwischen nur noch einer ist: Die Boshaftigkeit und Verdorbenheit des Toten sind garantiert auf den Überlebenden übergegangen, sodass er die Betrügereien mit derselben Effizienz weiterführt wie einst zu zweit. Eladio wird Sie belügen, Don Sancho, das hat er im Blut - was kein Vorwurf gegen seinen von mir sehr geschätzten Vater Roque sein soll.

In der Hoffnung, dass Sie sich meine Warnung zu Herzen nehmen, verbleibe ich mit den besten Grüßen

Efrén Baskardo Puerta, Grande de España
Palacio El Galeón, Getxo

»Siehst du? Noch einer!«, rufe ich und wedle mit dem lachsfarbenen Blatt vor Koldobikes Nase herum. »Mit Don Manuel hat Baskardo nun wirklich gar nichts gemein, und dennoch glaubt auch er, dass die Zwillinge uns alle hinters Licht geführt haben.«

Koldobike ist von Don Manuels Theorie jedoch noch immer nicht überzeugt.

»Er hat mit keinem Wort geschrieben, dass sie den Mordanschlag vorgetäuscht hätten. Diesen Geldsack wurmt doch nur, dass sie ihn vor über zwanzig Jahren hinters Licht geführt haben. Und außerdem: Wer weiß, was er mit diesem Schreiben bezweckt.«

»Mir reicht es, dass er diese gerissenen Gauner dazu fähig hält. Und was er schreibt, finde ich gar nicht so dumm: ›Wenn einer von ihnen behauptet, es sei ein Verbrechen gewesen, können wir sicher davon ausgehen, dass es das nicht war.‹«

»Oje, Chef, du bist in die Idee wirklich vollkommen vernarrt.« Koldobike seufzt. »Hör auf meinen Rat: Etwas allzu sehr zu lieben, ist nie gut.«

Worte wie Liebe oder Vernarrtheit fallen selten zwischen uns … Eigentlich nie, wenn ich mir's recht überlege. In einem Arbeitsverhältnis haben sie aber auch nichts zu suchen. Im Gegensatz zu denen aus meinen Büchern ist meine Sekretärin jedenfalls nicht ganz so perfekt, denn ihre Wangen röten sich nun leicht.

»Na ja, nachdem meine Ermittlungen zwischenzeitlich ins Stocken geraten sind, weisen sie jetzt wenigstens in eine konkrete Richtung«, breche ich das peinliche Schweigen.

»Was dir nur leider überhaupt nichts bringt, Sam«, erwidert Koldobike, die sich zu meinem allerheiligsten Regal umgedreht hat, »denn wenn es keinen Täter gibt, kannst du auch deinen Krimi vergessen.«

»Dann endet mein Roman eben nicht wie ein gewöhnlicher Krimi, dafür ist er aber origineller, fantasievoller. Das hat die Wirklichkeit nun mal so entschieden, das ist das Risiko eines realistisch schreibenden Autors.«

»Du spinnst.« Kopfschüttelnd wendet sich Koldobike mir wieder zu. »Und die gestohlene Kette? Der Dieb will ein Krimiende.«

»Vielleicht wollte er sie aber auch nur selbst teuer an Larrea verkaufen.«

»Apropos Larrea: Da hast du doch eine Fährte. Wieso will er genau diese Kette haben? Und außerdem: Warum hatte Ermo sie so lange unter Verschluss? Ich bin mir sicher, dass es da ein Geheimnis gibt, das noch niemand gelüftet hat.«

»Wenn Ermo der Täter wäre, hätte er das Corpus Delicti längst verschwinden lassen.«

»Manchmal ist die Habgier größer als die Angst, entdeckt zu werden.«

»Also gut«, nachdenklich runzele ich die Stirn, »wer wusste sonst noch von dem Versteck? … Eladio Altube! Habe ich dir das eigentlich schon erzählt? Vielleicht hat den Mörder zehn Jahre lang die Frage gequält, wo die Kette abgeblieben ist.«

»Siehst du, damit hast du mehr als genug Fährten. Geh ihnen nach.«

»Bisher basiert alles nur auf Vermutungen, und irgendwo im Hintergrund lacht sich der Mörder ins Fäustchen«, murmele ich verzagt. »Ich brauche Beweise, wenigstens einen einzigen. Bloß: wie bekomme ich den? Soll ich allen Verdächtigen etwa damit drohen, ihnen den Hals umzudrehen, wenn sie nicht auspacken?«

»Die Variante überlass mal lieber dem Blauhemd, der kennt sich damit bestens aus. Sam Esparta macht das anders.«

Ich atme dreimal tief durch.

»Also, strengen wir unsere kleinen grauen Zellen an und fassen zusammen: sämtliche Aussagen, die Widersprüche, was für eine Miene die Befragten dabei gemacht, wie sie sich bewegt haben … Dem stellen wir dann unsere Intuition gegenüber, unsere Vision, wie die Geschichte ausgehen soll, und bringen so Ordnung ins Chaos, sowohl in der Realität als auch in meinem Kopf, Ordnung ist die halbe Miete.«

»Worauf willst du hinaus?«

Koldobike sieht mich verständnislos an; kein Wunder, schließlich weiß sie nicht, dass ich eben einen Geistesblitz hatte.

»Knöpfen wir uns unsere erste Fährte vor. Luis Federico Larrea. Rochelts ›Der Bürgermeister von Tangora‹ ist doch inzwischen eingetroffen, oder? Ruf ihn an und sag ihm, dass er sein Buch abholen kann – und erwähne nebenbei, dass du gern einmal seine Landkarten vom Strand bewundern würdest. Das wird ihm schmeicheln, und so hat er heute Nachmittag gleich etwas vor. Solche reichen Privatiers langweilen sich doch oft.«

»Wird gemacht, Chef.«

»Danke, Puppe.«

Dank Elises und Koldobikes Krankenschwesterdiensten ist die Platzwunde an meiner Stirn inzwischen einigermaßen verheilt und mein Veilchen so weit verblasst, dass ich beides vor meiner Mutter als Resultat eines kleinen Zusammenstoßes mit einer Regalecke abtun und zu Hause mittagessen kann.

Kurz vor fünf bin ich gestärkt und ausgeruht zurück in der Buchhandlung. Ich wasche mir auf der Toilette gerade die Hände, als das Ding-Dong des Glöckchens ertönt. Vorsichtig linse ich um die Ecke.

»Guten Tag.«

Die sanfte Stimme gehört einem rundlichen Mann, der einen dezenten, grau karierten Anzug aus englischem Tuch, ein weißes Hemd, eine schwarze Fliege und eine Hornbrille trägt. Ausgiebig begutachtet er das bestellte Buch, das Koldobike ihm besorgt hat.

»Hervorragend«, höre ich ihn schließlich sagen.

»Soll ich es Ihnen einpacken?«, fragt Koldobike.

»Ja, bitte, wenn's geht, in dickes Papier.«

Beim Näherkommen fallen mir zwei Dinge auf: dass er den Schein, mit dem er bezahlt, aus einer Börse aus Krokoleder zieht und dass auf Koldobikes Tischchen eine dicke Zeichenmappe liegt. Alles läuft also nach Plan. Bevor er wilde Vermutungen anstellt, stelle ich mich ihm vor.

»Guten Tag, Señor Larrea. Ich bin Samuel Esparta, Privatdetektiv. Koldobike hat mir von Ihrem originellen Einfall erzählt, unsere Gegend in Schritten zu vermessen.«

»Nicht zu vergessen die Zeit, die es braucht, um von A nach B zu gelangen«, erklärt er mit funkelnden Augen, und als er merkt, wie ich auf seine Mappe schiele, fügt er eifrig hinzu: »Ich zeige Ihnen gern meine Karten.«

Schon beugt er sich geschäftig über seine Mappe, weshalb ich schnell eine Hand auf seinen Arm lege, um ihn daran zu hindern, alles vor uns auszubreiten.

»Was halten Sie von einem kleinen Spaziergang, Señor Larrea? Mich interessiert nämlich besonders der Strand, und dort könnten Sie sie mir dann direkt an Ort und Stelle zeigen.«

Larrea richtet sich auf. »Mit Vergnügen!«

An der Tür lasse ich ihm den Vortritt, als ich zwei Pfeile in meinem Rücken spüre, sodass ich mich schnell noch einmal umdrehe; ich werde wohl nie verstehen, wie man mit zusammengepressten Lippen noch reden kann.

»Du weißt schon, Chef, dass aus deinem Krimi so nichts wird.«

Am Auslauf der Brandung lassen vier Jungen flache Kiesel über die Wasseroberfläche hüpfen. Luis Federico Larrea hat den ganzen Weg hinunter zum Strand über die Vorzüge seiner neuartigen Landkarten doziert:

»Für diejenigen, die sich mithilfe eines Autos, der Straßen- oder Eisenbahn fortbewegen, gibt es längst die entsprechenden Karten. Aber was für eine Karte soll ein Arbeiter zur Hand nehmen, der vielleicht querfeldein zur Arbeit geht? Oder eine Milchfrau, die von Haus zu Haus ihre kostbare Ware verkauft? Wäre es für sie nicht segensreich, zu wissen, wie viele Schritte und vor allem wie viel Zeit sie dafür benötigen?« Kurz war ich versucht, ihm zu erklären, dass die beste Uhr der Milchfrau die Angst sei, dass ihre kostbare Ware unterwegs sauer wird, ließ es dann aber bleiben, um seinem eifrigen Vortrag keinen Dämpfer aufzusetzen. »Niemand wird mich so gut verstehen wie die älteren Herrschaften«, fuhr er fort, »die viel spazieren gehen, so wie ich mit meinen über fünfzig Jahren. Wenn der Arzt einem jeden Tag drei bis vier Kilometer Fußmarsch verordnet, dann fragt sich ein gewissenhafter Patient doch als Erstes, wie viele Schritte das zusätzlich zu der täglich zurückgelegten Strecke sind vom Bett ins Bad und in die Küche, durch den Hausflur in den Garten und zur Stammkneipe. Und meine Karten sagen es ihm, das heißt, ich habe die menschlichsten Karten erstellt, die je erdacht worden sind!«, beendet er euphorisch seine Ausführungen, da wir inzwischen am Strand angekommen sind. »Übrigens: Eine auffällige Erscheinung, Ihre Angestellte. Hat der Pfarrer ihr noch nicht mit der ewigen Verdammnis gedroht, wenn sie nicht einen anderen Rock anzieht?«

Der Sand ist trocken, unsere Füße sinken tief darin ein. Und das ist etwas, was ich bisher noch gar nicht bedacht habe: Wie war der Sand in jener Nacht wohl beschaffen? Je nachdem hat Lucio Etxe ja vielleicht länger gebraucht als gedacht …

Luis Federico Larrea weiß noch nicht, wieso ich ihm einen Strandspaziergang vorgeschlagen habe. Wir haben inzwischen genau die Stelle unterhalb der Klippe von La Galea erreicht, wo seinerzeit die Zwillinge gelegen haben müssen.

»Was für eine großartige Szenerie!«, ruft Larrea aus, während er sich umsieht und dabei begierig die frische Meeresluft einatmet.

»Und genau dafür brauche ich Ihre Hilfe«, erkläre ich ihm. »Ich wüsste nämlich gern, wie viele Schritte man von hier bis zum Beginn der asphaltierten Straße nach Cuatro Caminos und von dort hoch zur Schmiede der Zallas braucht. Und das Ganze dann natürlich auch wieder zurück, bergabwärts kommt da sicher etwas anderes heraus. Das heißt, im Grunde geht es mir nicht so sehr um die Schritte als um die dazugehörige Zeit, je nachdem, ob man schnell oder langsam geht. Die Frage ist also: Haben Sie bei Ihren Karten mit zweierlei Maß gemessen?«

»Was denken Sie denn!«, empört er sich.

Schnell entschuldige ich mich. »Ich wollte Sie nicht kränken, Señor Larrea, es schmälert Ihre Leistung auf keinen Fall, wenn Sie die unterschiedlichen Gehzeiten bisher nicht in Betracht gezogen haben, schließlich …«

»Natürlich habe ich das bedacht!«, schneidet er mir mit einem stolzen Lächeln das Wort ab. »Es ist so, als hätte die göttliche Vorsehung an Sie gedacht, als sie mich auf den Gedanken brachte. Ich habe alles, was Sie brauchen. Ich habe diese Varianten zwar nicht in die Karten eingetragen, aber wenn Sie die Zahl mit dem regulativen Faktor 0,87 multiplizieren, haben Sie das gewünschte Ergebnis. Um ihn festzulegen, habe ich meinen zwölfjährigen Neffen, einen Rekordläufer und meinen vierundachtzigjährigen Großvater jede der Strecken noch einmal rennen lassen und daraus dann den Mittelwert errechnet.«

Er bittet mich, ihm kurz die dicke Mappe zu halten, und nachdem er eine Weile darin herumgeblättert hat, zieht er vier Landkarten heraus und lässt sich auf einem der Steine nieder.

»Mein Großvater starb leider einen Monat später, aber ich denke, sein Alter und nicht die Anstrengung war schuld daran«, erklärt er, während er in seinem Jackett nach einem goldenen Kugelschreiber und einem kleinen Notizblock sucht. »Also: Die 434 Schritte von hier bis zum Anfang der Straße entsprechen sieben Minuten fünfzehn Sekunden und die 750 Schritte die Straße hoch zwölf Minuten, dreißig Sekunden. Wieder runter sind es dann nur 732 Schritte, macht zehn Minuten, fünfzehn Sekunden … plus die 434 Schritte zurück über den Strand, die wegen der Ermüdung etwas länger dauern, sprich acht Minuten, dreißig Sekunden … macht zusammen an Schritten, die natü…«

»Mich interessieren nicht die Schritte«, unterbreche ich ihn, »sondern nur die Minuten.«

»… macht insgesamt achtunddreißig Minuten und dreißig Sekunden«, verkündet er selbstbewusst. »Das ist die Zeit, die bei meinem Experiment herausgekommen ist, was natürlich nicht der Gehdauer eines durchschnittlichen Mannes entspricht, weshalb wir unseren Faktor anwenden müssen. Augenblick … also, das ergibt dreiunddreißig Minuten und sechsundfünfzig Sekunden! … Und wozu brauchen Sie das jetzt?«

Das ist eine durchaus berechtigte Frage, die ich Luis Federico Larrea als Dank für seine Mühen beantworten muss.

»Ich will berechnen, um wie viele Zentimeter die Flut in dreiunddreißig Minuten und sechsundfünfzig Sekunden steigt. Das ist nämlich der springende Punkt.«

»Bedaure, aber von den Gezeiten habe ich leider keine Landkarten; ebenso wenig wie Seemeilen kann ich die nämlich nicht in Schritten vermessen, wie Sie sicher verstehen.«

»Trotzdem waren Sie mir eine große Hilfe, Señor Larrea, vielen Dank. Sie haben mir zumindest die erste Zahl dafür geliefert. Jetzt will ich Sie aber nicht länger belästigen. In drei, vier Tagen sind das Buch und die Zeitschrift, die Sie noch bestellt haben, sicher da, wir rufen Sie dann an.«

»Sie wollen mich jetzt gewiss nicht vom Strand vertreiben, oder?«

Sein freundliches Naturell ist einfach zu entwaffnend, doch als ich schon überlege, auf welche Weise ich ihn loswerden könnte, schießt mir auf einmal durch den Kopf, wie Lucio Etxe verzweifelt an die Tür der Schmiede hämmert.

»Verdammt!«, platzt es aus mir heraus. »Dreiunddreißig Minuten und sechsundfünfzig Sekunden reichen ja gar nicht! Ich habe vergessen, dass es eine Ewigkeit gedauert hatte, bis die Zallas sich aus ihren Betten wälzten und ihre Gehirnwindungen die Notlage erkannten!«

»Sie reden von dem Vorfall mit den Altube-Brüdern, stimmt's? Es geht Ihnen um die Zeit, die dieser Lucio Etxe gebraucht hat, um den Schmied zu holen.«

Kurz sehe ich ihn an. Hat er die ganze Zeit gewusst, wieso ich mit ihm an den Strand gehen wollte? Sei's drum.

»Ja«, gestehe ich freimütig, »und seiner genauen Schilderung zufolge muss ich noch einige Minuten dazurechnen … sagen wir fünfzehn, so viel Freiheit gestattete ich uns, wir waren beide nicht dabei, und vierzehn oder sechzehn wären genauso willkürlich. Also dreiunddreißig Minuten und sechsundfünfzig Sekunden plus fünfzehn macht zusammen achtundvierzig Minuten und sechsund… sagen wir neunundvierzig, denn auf die vier Sekunden kommt es wirklich nicht mehr an.«

Etwa hundert Meter vor uns sehen wir Félix Apraiz' Felsen aus dem Meer ragen, das seit etwa einer Stunde wieder ansteigt.

»Dort wurde der arme Kerl ermordet«, murmelt Larrea, dessen Augen meinem Blick gefolgt sind.

»Vielleicht war's aber auch nur ein tragischer Unfall.«

»Ein Unfall? Wenn ich mich recht entsinne, war er an den Felsen gekettet!«

Weiß er nicht, dass er sich gerade in den Kreis meiner Verdächtigen einreiht? Ich versuche, ihn noch davon abzubringen.

»Immerhin ist endlich die Kette aufgetaucht. Joseba Ermo hatte sie damals entwendet. Er hat wohl darauf spekuliert, dass irgendwann ein ahnungsloser Kaufinteressent kommen und sie ihm für viel Geld aus dem Kreuz leiern würde.«

Larrea schmunzelt.

»Wie Sie wissen, sammele ich Dinge, die eine kuriose Geschichte zu erzählen haben. Und an dieser unheilvollen Kette haftet eine blutige Vergangenheit. Das macht sie so begehrenswert und wertvoll. Sammeln ist eine wahre Leidenschaft, fast schon eine Sucht. Meine drei Kellerräume sind voll mit solchen Schätzen. Sie bereichern mein Leben.«

Kein Schatten wandert dabei über sein Gesicht; er lächelt weiterhin so unbedarft, wie dies nur Menschen mit dicker Brieftasche vermögen, denen alle Unbilden der Welt nichts anhaben können, weshalb ich nun auch keine Rücksicht mehr kenne und zur Sache komme.

»Die Kette wurde heute Nacht aus der Eisenwarenhandlung gestohlen. Vielleicht ja in Ihrem Auftrag?«

Er steckt die Verdächtigung weg, ohne mit der Wimper zu zucken. Menschen wie er stehen immer ein paar Stufen über den anderen.

»Warum hätte ich das tun sollen?«

»Um das Beweisstück verschwinden zu lassen, weil es etwas verraten könnte? Vielleicht erinnert sich jemand ja an etwas, wenn er die Kette wieder zu Gesicht bekäme.«

»Sie sprachen vorhin von der Möglichkeit eines ›tragischen Unfalls‹. Spielt die Kette da auch eine Rolle?«

»Ja. In dem Fall wäre sie Teil einer intelligent eingefädelten Täuschung, sozusagen die Achse, um die sich alles gedreht hätte. Ich glaube nämlich, dass, wenn irgendwer die Altube-Zwillinge wirklich aus dem Weg hätte räumen wollen, er auf andere Weise mit ihnen abgerechnet hätte, nicht mit so einem empfindlich reagierenden Räderwerk.«

»Ein Räderwerk? Interessant. Von was für einem ›Räderwerk‹ sprechen Sie, Don Samuel?«

»Angenommen, die beiden haben nur Theater gespielt und waren so überzeugt davon, dass sie alles bedacht, jedes Rädchen genau justiert haben und nichts schiefgehen kann, dass sie dafür sogar ihr Leben riskierten. Für sie sollte das ein Riesenspaß werden. Aber sie wollten nicht bloß eine Gratisvorstellung von ihrem betrügerischen Talent geben, nein, sie wollten sich bei uns einschmeicheln, unser Mitleid erregen mit dieser raffinierten Farce und so erreichen, dass sie wieder in unserer Achtung steigen. Womöglich war ihr Plan, uns glauben zu machen, dass sie sich bessern wollten. Wer weiß, vielleicht wollten sie sich nicht mehr länger die Finger schmutzig machen, sondern ihre fragwürdigen Geschäfte in Zukunft nur noch aus dem Hintergrund lenken.«

Ich weiß nicht, warum ich Larrea nun so durchdringend ansehe, was er durchaus registriert, auch wenn er weiterhin schmunzelt.

»Brechen Sie da nicht etwas vorschnell den Stab über mich?«, sagt er, die Liebenswürdigkeit in Person. »Ja, ich stamme aus einer reich begüterten Familie. Aber mein Vermögen ist groß genug, als dass ich es je nötig gehabt hätte, als Hintermann von wem auch immer zu agieren. Ich bin das, was man gemeinhin einen privilegierten Bürger bezeichnet, und Sie können mir glauben, dass ich mit diesen Brüdern nie etwas zu schaffen gehabt habe.«

Gut, das war's dann mit dem Verhör, sein Name ist damit wieder von der Liste gestrichen.

»Es war wirklich sehr liebenswürdig von Ihnen, Señor Larrea, dass Sie mir Ihre Landkarten gezeigt haben. Die nächste Zahl werde ich selbst herausfinden. Möglicherweise hat sich ja irgendein Wissenschaftler mit der Materie befasst. Obwohl … ich sollte besser gleich meine eigene Messung hier am Strand durchführen.«

»Sie wollen also ermitteln, um wie viele Zentimeter der Meeresspiegel in neunundvierzig Minuten steigt?«

Anstelle einer Antwort ziehe ich Schuhe und Socken aus und kremple mir die Hose bis übers Knie hoch für die hundert Meter bis zu Apraiz' Felsen. Die ersten Wellen rollen bereits träge bis zu der Stelle, wo ich mit Larrea stehe, weshalb ich Schuhe und Socken ein Stückchen weiter oben in Sicherheit bringe.

»Ich bleibe noch ein bisschen, wenn es Ihnen nichts ausmacht«, höre ich Larreas Stimme hinter mir. »Mich interessiert Ihr Experiment sehr. Wo genau wollen Sie Ihre Messung durchführen?«

»An der Felswand, die zum Strand zeigt«, erkläre ich, derweil ich mich nach einem spitz zulaufenden Kieselstein bücke.

Das Wasser ist kalt, nach wenigen Schritten reicht es mir bereits bis unter die Knie.

»Warten Sie«, ruft Larrea mir nach. »Nehmen Sie meinen Meterstab mit. Ich verlasse das Haus nie ohne einen.«

Ich schelte mich im Stillen für meine Vergesslichkeit und kehre kleinlaut zu ihm zurück.

Apraiz' Felsen fungiert wie ein Wellenbrecher, weshalb die Wasseroberfläche dahinter noch ziemlich ruhig ist, obwohl meine Füße schon die Strömung der Flut spüren und ich auf dem steinigen Untergrund nur mit Mühe das Gleichgewicht halten kann.

Am Felsen hat das Wasser meine hochgekrempelten Hosen erreicht. Ich stehe vor einer fünf Meter hohen, nahezu senkrechten Wand, an der ich meine Messung vornehmen will, auch wenn ich von hier aus den Ring nicht sehen kann, den Apraiz auf der zum Meer hin gewandten Seite des Felsens einzementiert hat. Zwischen eineinhalb und zwei Meter dürfte jedes der Kettenenden lang gewesen sein, die um die Hälse der Zwillinge geschlungen waren, sodass mit Einsetzen der Flut … Ich muss mich beeilen, das Wasser steigt … Wo lag der Fehler in dem Plan? Hatten sich die Ketten in der Brandung verheddert und eine war dadurch kürzer geworden? Hatte der Wind gedreht, weshalb das Wasser schneller anstieg als gedacht? Oder hatte Lucio Etxe an jenem Morgen verschlafen und kam später als sonst an den Strand? … Rasch lege ich den Meterstab an und ritze mit dem spitzen Stein breite Kerben in den algenbewachsenen Felsen, eine an dessen Ende und eine unten auf Höhe des derzeitigen Wasserstands, dazwischen eine Art Skala.

»Alles klar?«, höre ich Larrea vom Strand her rufen.

Was habe ich jetzt schon wieder falsch gemacht?, schießt es mir durch den Kopf, es fällt mir aber nichts ein, weshalb ich seine Frage übergehe. Auf meinem Rückweg schiebt die Strömung meine Beine von hinten an. Habe ich ab jetzt auch das Meer auf meiner Seite?

»Achtzehn Uhr dreiundfünfzig«, verkündet Larrea mit Blick auf seine Taschenuhr, als ich mich vor ihm im Sand niederlasse.

Worauf ich nur denke: Was bin ich bloß für ein Trottel, natürlich, ich brauche eine Uhr! Doch es kommt noch schlimmer. Kaum kneife ich die Augen zusammen und halte Ausschau nach meinen über der Wasseroberfläche liegenden Kerben – jawohl, dort sind sie, zumindest das habe ich gut gemacht, auch wenn sie nur schwer zu erkennen sind –, zieht er ein Opernglas aus der Tasche und reicht es mir.

»Ich glaube, bei dieser Entfernung ist eine kleine Hilfe angebracht. Damit können wir uns auch etwas weiter nach oben setzen, wo die Wellen nicht hinkommen.«

Er geht voraus, und wie ein gelehriger Schüler trotte ich hinter ihm her. Meine nassen Hosenbeine habe ich vergessen, sobald wir nebeneinander am Rand des Strandes sitzen und das Fernglas zwischen uns hin und her wechselt. Es ist nicht einfach, den tatsächlichen Anstieg des Wasserstands zu messen: Mit jeder anbrandenden Welle sprüht die Gischt den Felsen hoch, doch gleich darauf fallen die Wassermassen wieder in sich zusammen und ziehen sich zurück, wobei sich irgendwann in diesem Auf und Ab der neue Wasserstand ergibt.

Larrea zählt unterdessen voller Begeisterung die vergangenen Minuten. »Zehn ... Fünfzehn ...« Als er »Zwanzig!« ruft, zeigt meine eingeritzte Messlatte noch keinen halben Meter an. »Vierzig ... fünfundvierzig ... siebenundvierzig ...« Der Schaum spritzt über die mittlere Kerbe, zieht sich dann aber wieder darunter zurück, unmittelbar nachdem Larrea »achtundvierzig!« gerufen hat, ist sie allerdings nicht mehr zu sehen. Es ist illusorisch, ganz präzise zu sein: Nach einigem Hin und Her einigen wir uns auf neunundfünfzig Zentimeter, die die Flut in neunundvierzig

Minuten ansteigt – zumindest hier an Ort und Stelle und zu dieser Uhrzeit, bei diesen Windverhältnissen und in dieser Mondphase.

»Das war richtig aufregend!«, erklärt Larrea begeistert.

Ich betrachte seine roten Apfelbäckchen und wäre froh, ihn nicht hier neben mir zu sehen. Und darum räche ich mich an ihm und sage schonungslos:

»Ist Ihnen klar, dass schon Jahre vor Ihnen jemand seine eigene Landkarte der Schritte und Zeiten entworfen hat?«

16 Bidanes seltsame Bitte

Als ich in die Avenida del Ejército einbiege, sehe ich, dass Koldobike die Buchhandlung noch nicht geschlossen hat. Licht sickert seitlich neben den grünen Scheibengardinen der Glastür durch. Aber warum sind sie zugezogen …?

Als mir jemand einen Schwall Wasser über den Kopf schüttet, komme ich wieder zu mir. Ich liege am Boden vor meinem allerheiligsten Regal, mir dreht sich alles, und irgendwo höre ich Koldobike mit sich überschlagender Stimme »Grobiane! Barbaren!« schimpfen.

»Der Schwachkopf ist wach. Du kannst sie rauslassen.«

Eine Männerstimme, die ich kenne. Als ich die Augen aufschlage, sehe ich, dass sie einem von Lucianos Kumpanen gehört, der wie er ein Oberlippenbärtchen trägt. Dann höre ich, wie die Tür zur Toilette aufgerissen wird.

»Habt ihr ihn umgebracht?«, kreischt meine Sekretärin – ein halbe Minute später kniet sie neben mir, nachdem sie wütend den Falangisten weggeschubst hat, und hebt vorsichtig meinen Kopf in ihren Schoß.

»Halt die Fresse, oder ich sperr dich wieder ins Klo«, sagt eine zweite Stimme. Der andere Falangist.

Ein Taschentuch tupft zart mein Gesicht ab.

»Und jetzt sperr schön deine Lauscher auf, du Leseratte«,

knurrt der Erste. Seine Stiefel stehen direkt neben meinem Gesicht. »Wir sagen es dir nämlich nur ein einziges Mal: Sorg dafür, dass unser Kumpel sein Heft in den Kamin wirft und nicht mehr länger auf deinen Spuren wandelt.«

»Nur wegen dem habt ihr ihn …?!«, ruft Koldobike aufgebracht.

»Sollten wir noch mal hier vorbeischauen müssen, Kleine, kannst du das Schild: ›Wegen Trauerfall geschlossen‹ an die Tür hängen«, erwidert er mit einem selbstgefälligen Grinsen und streicht dabei demonstrativ über das Halfter seiner Pistole.

»Keine Heldentat ohne Einsatz von Feuerwaffen«, murmelt Koldobike – worauf der andere Falangist ausholt und ihr dermaßen eine pfeffert, dass es nur so klatscht.

»Nein! Sie nicht!«, brülle ich, und meine Stimme klingt dabei so dumpf, dass ich sie selbst kaum erkenne. »Euer Freund schreibt aus eigenem Antrieb, und vom Schreiben kann einen niemand abbringen!«

»Du hast ihn aber dazu angestachelt! Du bist schuld, dass er abtrünnig geworden ist!«

»Er ist was?!«

»Er hat der Falange und seinen Freunden den Rücken gekehrt. Früher haben wir ja wenigstens noch ›*Cara al sol*‹ gesungen, nachdem er uns seine hymnischen Gedichte vorgetragen hat. Ich schwöre dir, wenn du ihn uns nicht zurückgibst …«

Das energische Hämmern an der Tür kündigt niemanden an, der noch unbedingt Bettlektüre braucht. Die beiden Blauhemden sehen sich an, worauf der mit der Bürste über der Oberlippe knurrt: »Das ist er« und dann Koldobike befiehlt: »Mach ihm auf.«

Unwillig steht meine Sekretärin auf, nachdem sie vorher noch ihr graues Strickjäckchen ausgezogen und mir unter den Kopf gelegt hat. Kaum hat sie die Tür aufgeschlossen, stürmt Luciano herein.

»Habt ihr ihn umgebracht, ihr Idioten?«

Als er sieht, dass ich noch am Leben bin, will er mich an den Schultern packen, um mich hochzuziehen, Koldobike fällt ihm jedoch in den Arm.

»Lass, sonst brichst du ihm auch noch die restlichen Knochen.«

Ohne ein weiteres Wort wirft Luciano darauf seine Kumpane hochkant hinaus.

»Es tut mir leid, wirklich«, sagt er, als er die Tür hinter ihnen abgeschlossen hat und zu uns zurückkommt. »Diese paar Nebensätze mit meinen alten Freunden hätte es wirklich nicht gebraucht ... Nachwehen des Kriegs ... Ansonsten habe ich aber immer noch keine Fährte, ja noch nicht einmal eine erbärmliche Theorie, wer es denn gewesen sein könnte! Gestern habe ich Don Efrén befragt« – Koldobike und ich sehen uns an: Das erklärt den Brief des Großindustriellen – »na ja, ich habe ihn nicht im eigentlichen Sinn verhört, jemanden zu verdächtigen, der Franco so viele Millionen für dessen bewaffneten Aufstand '36 gespendet hat, ist ja auch absurd. Dafür hat dann aber sein Sekretär, dieser Aurelio Altube, den schonungslosen Ermittler in mir kennengelernt.« Wieder sehen Koldobike und ich uns an. Wie haben wir bloß den Bruder der Zwillinge vergessen können? »Und ich kann dir sagen, es sind mir tatsächlich ein paar großartige, wirklichkeitsgetreue Dialoge gelungen. Ich habe den ganzen Tag geschrieben und wollte dir nur meine neuen Seiten bringen.«

Er zieht einen Stoß Blätter aus der Tasche und geht damit zu Koldobikes Tischchen.

»Aber das muss nicht jetzt sein, lass dir Zeit. Ich treffe mich heute Abend noch mit jemandem. Nichts Politisches.

Nur was man eben so macht in diesen Zeiten, um was zu beißen zu haben.«

Und fort ist er.

Als Erstes schiebt Koldobike den Türriegel vor, was ich dazu nutze, mich stöhnend an meinem allerheiligsten Regal hochzuziehen.

Der Kopf funktioniert zum Glück noch, er tut nur höllisch weh, und auch meine Knochen sind noch alle heil, sodass ich eigentlich keine Hilfe brauche. Koldobike lässt es sich aber dennoch nicht nehmen, mich am Arm in mein Büro zu führen.

»Setz dich. Ich muss dir was erzählen«, sagt sie und drückt mich auf meinen Stuhl. »Bidane war noch mal da. Kurz bevor diese Drecksäcke aufgetaucht sind. Die Arme ist das reinste Nervenbündel. Weinend hat sie mir beteuert, dass Eladio nicht den leisesten Schimmer hat, wer ihn bedroht.«

»Momentan ziehe ich es vor, zu warten, dass der Mörder sich zu erkennen gibt.« Vorsichtig taste ich mit beiden Händen meinen dröhnenden Kopf ab; er braucht unbedingt Ruhe. »Irgendwann wird er schon einen Fehler machen.«

»Wie kannst du nur so herzlos sein: Diese Frau stirbt fast vor Angst, dass man ihrem Mann etwas antun könnte. Sie braucht Hilfe, Sam.«

»Ich kann ihr nicht helfen.« Ich zucke mit den Achseln. »Wir wissen doch ebenso wenig, wer ihn bedroht.«

»Du würdest nicht so reden, wenn du sie gesehen und gehört hättest. Sie ist völlig durch den Wind, Sam, hat sich ständig verhaspelt, sodass es fast unmöglich war, ihr zu folgen. Immerhin habe ich so viel rausgehört, dass nachts die Angst am größten ist und sie nur noch schlafen kann, wenn ihr Mann bei ihr ist. ›Aber heute ist er die ganze Nacht fort‹, hat sie gejammert, und dann hat sie sich vor mich auf die Knie geworfen und mich angefleht, heute bei ihr zu übernachten. Da konnte ich nicht anders und habe Ja gesagt.«

»Wie bitte?!«, rufe ich so aufgebracht, dass mein armer Kopf fast zerspringt.

»Offen gestanden sollst du zu ihr kommen, aber damit es kein Gerede gibt, werde ich dich begleiten.«

»Wie kommst du dazu, das über den Kopf deines Chefs hinweg zu entscheiden?!«, poltere ich. »Warum hast du ihr nicht erklärt, dass das vielleicht alles eine Schnapsidee von ihrem Mann und ihrem Schwager war, die dummerweise schiefgelaufen ist? Ihre Ängste wären damit wie weggeblasen.«

Verständnislos schüttelt Koldobike den Kopf und deutet mit ihrem Zeigefinger zu meinem allerheiligsten Regal.

»Was bist du nur für ein Schlappschwanz, Sam Esparta. Deine Idole zögern keine Sekunde, wenn sie eine Frau in Bedrängnis wissen! Und sie lassen sich auch nicht die einmalige Gelegenheit entgehen, sich in den Häusern ihrer Protagonisten umzusehen. Ein altes Gehöft wie Zumalabena hütet viele Geheimnisse.«

Kurz wartet sie auf meine Reaktion, da ich jedoch schweige, erklärt sie kategorisch:

»Wir verbinden es mit einem schönen Spaziergang im Mondschein.«

Ich gebe mich jedoch noch nicht völlig geschlagen.

»Eladio Altube könnte sie mit einem einfachen Geständnis beruhigen«, murmele ich. »Warum tut er das nicht?«

»Und wenn deine Theorie falsch ist? Hängst du so wenig an deinem Krimi, dass du so schnell auf einen Täter verzichtest?«

Stöhnend greife ich wieder an meinen Hinterkopf.

»Ich will nur in mein Bett.«

»Da kommst du noch früh genug hin. Du wirst sehen, die frische Luft wird uns guttun. Aber jetzt lass mich erst einmal nach deiner Beule sehen.«

Dass Koldobike sich offenbar auf einen gemeinsamen Spaziergang gefreut hat, verwirrt mich ein bisschen, letztlich setze ich mich aber durch, und so steigen wir gegen zehn in den Bummelzug in Richtung Larrabasterra, nachdem wir beide kurz zu Hause waren, sie, um sich eine gelbe Windjacke und bequeme Schuhe anzuziehen, und ich, um einen Teller Suppe in mich hineinzulöffeln, meiner Mutter und meiner Schwester irgendwas von einer Partie Schach mit ein paar Freunden zu erzählen und mir noch schnell den Trenchcoat zu schnappen.

Die Beule ist zum Glück halb so wild, und meine Schläfrigkeit ist durch das Ruckeln des Waggons bald verflogen. Ich werde diesen nächtlichen Besuch eben als kleine Episode betrachten, beschließe ich gerade gedankenversunken, als Koldobike etwas näher an mich heranrückt, um mich flüsternd auf den neuesten Stand zu bringen, was man sich über Bidane und Eladio erzählt.

»Ihre Ehe hat nie Anlass zu Gerede gegeben, man weiß nur, dass sie in jungen Jahren unheimlich verliebt gewesen waren. Nach Leonardos Tod sah es dann aber plötzlich so aus, als wolle er nichts mehr mit ihr zu tun haben. Dabei konnte die arme Frau doch gar nichts dafür, dass der Bruder ihres Verlobten ums Leben gekommen war! Ein ganzes Jahr ging Bidane immer wieder zu seinem Hof und rief nach ihm, flehte ihn verzweifelt an, doch bitte zu ihr herunterzukommen, aber er wollte nur allein sein, er musste den Tod seines Bruders erst einmal verarbeiten, was ihm wohl sehr schwerfiel ... Die Zwillinge wohnten damals auf einem halb verfallenen Hof in Berango. Man stelle sich das mal vor: Mit

Mitte zwanzig hatten sie schon das Geld für einen Hof zusammengespart … na ja, vielleicht hatten sie den Hof seinem vormaligen Besitzer auch irgendwie abgeluchst … es wurde gemunkelt, dass sie ihn von den Kröten gekauft hätten, die sie Efrén Baskardo gestohlen hatten … Um aber auf die beiden zurückzukommen: Irgendwann haben sie dann aber doch geheiratet, und seit sechs Jahren leben sie nun auf Zumalabena, dem Hof von Bidanes verstorbenen Eltern.«

»Und jetzt hat sie Angst.«

»Und Sam kommt, um sie zu retten.«

17 Zumalabena

Zumalabena, der um einiges größer ist als andere Aussiedlerhöfe, liegt in einem dunklen Tal, in dem zu dieser nachtschlafenden Zeit ein rauschender Bach das einzige Leben zu sein scheint. Nicht ein beleuchtetes Fenster, noch nicht einmal eine Karbonlampe über der schweren Holztür empfängt uns, obwohl Bidane uns doch eigentlich sehnlichst erwartet.

»Nimm die Krawatte lieber ab«, sagt Koldobike, bevor sie klopft.

Gehorsam lasse ich sie in meiner Manteltasche verschwinden, als sich die Tür auch schon lautlos öffnet. Kein Schlüssel musste umgedreht, keine Kette gelöst werden, nur das Schnappschloss geöffnet, was mich doch leicht verwundert. Bidane trägt eine graue Strickjacke und einen schwarzen Rock. Nicht ein einziges Haar lugt aus dem straffen Knoten an ihrem Hinterkopf hervor.

»Danke, dass ihr gekommen seid«, murmelt sie und tritt zur Seite, um uns hereinzulassen.

Die Petroleumlampe in der linken Hand, führt sie uns dann durch einen dusteren Gang. Irgendwo hinten muhen ein paar Kühe.

Im Gegensatz zur Küche und den Schlafkammern werden

die guten Stuben in den alten Höfen nur zu besonderen Anlässen wie Familienfesten oder Verwandtenbesuch benutzt. Bidane stellt die Petroleumlampe mitten auf den mit einer makellosen weißen Decke geschmückten Tisch.

»Mein Gott, so viele schöne Fotos!«, ruft Koldobike aus, während sie sich umsieht.

»Meine Mutter hat für jedes besondere Ereignis, ob nun Geburten, Erstkommunionen, Hochzeiten, runde Geburtstage, Volksfeste oder Beerdigungen, einen Fotografen bestellt.«

In der Tat hängen Unmengen von Bildern an den Wänden. Andachtsbildchen in dicken goldenen Rahmen, die mit der Zeit dunkel geworden sind – ein auf Wolken thronender, bärtiger Gottvater, Jesus am Kreuz, die Jungfrau Maria mit dem Kinde, das Letzte Abendmahl, Moses mit den Gesetzestafeln –, und dazwischen einfach gerahmte Fotos von Verwandten. Bidane deutet auf zwei davon.

»Das bin ich mit Eladio. Und mit Leonardo.«

Koldobike und ich treten näher. Die Fotos müssen auf irgendeinem Dorffest aufgenommen worden sein, Bidane trägt auf beiden dasselbe Kleid, die Zwillinge ein Jackett beziehungsweise einen Trachtenkittel. Beide haben denselben festlichen Gesichtsausdruck. Sicher erwartet Bidane, dass wir sie fragen, wer wer ist. Obwohl … wenn man die Anordnung der Fotos sieht, ist das doch eigentlich klar.

»Der obere ist Eladio.«

»Möglich.«

Überrascht starre ich sie an. »Du weißt es nicht?!«

Sie zuckt mit den Achseln.

»Seit dem Foto sind über zehn Jahre vergangen, sie gleichen sich mit der Zeit immer mehr. Nicht anders ist es doch auch bei Eheleuten.«

»Aber Leonardo ist nun schon zehn Jahre tot, da kannst

du sie nicht mehr miteinander vergleichen. Auch wenn sie damals einander wirklich wie ein Ei dem anderen glichen, wir haben sie alle verwechselt, auch ich wusste nie, welchen ich gerade vor mir hatte. Konntest du sie eigentlich von Anfang an auseinanderhalten?«

»Natürlich.«

»Aber dann musst du doch wissen, auf welchem Foto Eladio zu sehen ist.«

»Nein«, sagt sie, »denn ich sehe sie immer noch beide vor mir.«

»Eladio klar, aber Leonardo?«

»Den auch. Sie sind sich in den letzten zehn Jahren so ähnlich geworden, dass sie auf diesen alten Fotos geradezu unterschiedlich wirken.«

Trotzig will ich ihr widersprechen, doch Koldobikes Hand auf meinem Arm hält mich davon ab, es hat keinen Sinn, die Angst hat wohl Bidanes Verstand getrübt.

»Ich richte euch eine Kleinigkeit«, sagt Bidane nun und will zur Tür hinaus, Koldobike hindert sie jedoch daran.

»Danke, Bidane, aber wir haben schon gegessen.«

»Dann lasst uns unsere Runde durchs Haus beginnen, damit du, Sa…, Samuel, siehst, was zu machen ist, um meinen Mann zu schützen. Der Mörder kann jederzeit wieder zuschlagen.«

»Warum eigentlich ein Mörder und keine Mörderin?«, frage ich unvermittelt, ich weiß auch nicht warum.

»Wie?« Bidane ist wie gelähmt. »Eine … Frau? Was für eine Frau? Wie heißt sie?«

»Hör nicht auf ihn, er macht immer solche komischen Witze«, springt Koldobike der völlig verstörten Frau zur Seite.

Bidane scheint jedoch keine Notiz von ihr zu nehmen.

»Eine Frau … Ja … warum eigentlich nicht?«, sagt sie

mit tonloser Stimme – und sinkt aschfahl auf den nächsten Stuhl.

Schnell springt meine Sekretärin zu ihr.

»Alles ist gut, ganz ruhig, Bidane, es ist nichts passiert«, redet sie beruhigend auf sie ein und wirft mir dabei einen so vorwurfsvollen Blick zu, dass ich eine geraume Weile schuldbewusst schweige.

»Schickt euch irgendwer … Drohungen?«, frage ich schließlich behutsam.

Bidane schiebt Koldobike ein Stück zur Seite, um mich besser sehen zu können.

»Ich sehe keine Schatten ums Haus huschen, und ich höre auch keine flüsternden Stimmen, die von Toten oder Sensenmännern wispern und mich beleidigen oder mir drohen … Das würde dir eine Verrückte erzählen. Aber ich bin nicht verrückt. Nein, ich habe gute Gründe, zu glauben, dass jemand meinen Mann beseitigen will.«

Gründe?, denke ich. So viele Gründe, von denen sie wissen kann, gibt es nicht, weshalb ich mich ganz langsam an die Wahrheit herantasten sollte.

»Diese Angst sitzt dir wahrscheinlich seit den beiden Mordversuchen im Nacken, die danach noch auf Eladio verübt wurden, wie er mir erzählt hat. Du weißt doch sicher davon, oder?«

»Eladio kann dir nichts erzählt haben!«

Bidanes Ausruf lässt sowohl Koldobike als auch mich zusammenzucken. Plötzlich hat sie ein Taschentuch in der Hand, mit dem sie sich die Augen wischt.

»Nein, davon hat er mir nichts erzählt …«, flüstert sie nun.

»Sicher, um dich nicht zu beunruhigen«, erwidert Koldobike und streicht ihr sanft über den Kopf.

»Womöglich waren es sogar mehr als zwei«, fahre ich ungerührt fort. »Zehn Jahre sind eine lange Zeit.« Koldobike blickt mich erneut tadelnd an, lässt mich aber zum Glück weiterreden. »Vielleicht hat er es dir ja verschwiegen, weil die Wahrheit ganz woanders lag.«

»Was für eine Wahrheit …?«

Das klingt weniger wie eine Frage als vielmehr wie ein Stöhnen, weshalb Koldobike neben ihr die Stirn runzelt.

»Es gibt nur eine Wahrheit, nicht mehrere«, erkläre ich. »Und die müssen wir herausfinden, denn entweder waren alle Mordversuche echt, oder aber alle waren vorgetäuscht. Beides geht nicht.«

Bidane starrt jetzt nur noch vor sich hin, das Taschentuch ruht vergessen in ihrem Schoß. Mit ein paar resoluten Schritten ist Koldobike bei mir.

»Jetzt ist es aber gut!«, faucht sie mich leise an, damit Bidane es nicht hört. »Wir wollten ihr helfen und sie nicht noch mehr verunsichern.«

»Das tue ich doch«, versichere ich ihr leise. »Du, ich, alle in Getxo wollen endlich die Wahrheit erfahren. Und diese Frau mehr als wir alle zusammen.«

Mit einem Schnauben kommt Koldobike noch näher, sodass sie nun direkt vor mir steht und Bidane sie garantiert nicht mehr hören kann.

»Und wenn sie die Wahrheit gar nicht erfahren will?«

»Jeder Mensch will die Wahrheit erfahren!«, flüstere ich zurück. »Unser Leben lang sind wir auf der Suche danach, wir streben nach Erkenntnis … bis wir auf unserem Sterbebett liegen. Wir geben dieser Frau die Möglichkeit …«

»Übertreib's nicht, Samuel, du bist nicht der Allmächtige, der Schöpfer aller Dinge.« Koldobike ist auf hundertachtzig. »Denn so, wie es gerade aussieht, willst du für deinen Roman jetzt auch noch ein unschuldiges Opfer.«

»Etwas Schlimmeres kann mir im Leben nicht mehr passieren.« Bidanes monotone Worte beenden unseren heftigen Wortwechsel abrupt. Als bete sie eine Litanei, wiederholt sie sie leise in einem fort. »Etwas Schlimmeres kann mir im Leben nicht mehr passieren …«

Die darauf folgende Stille hat etwas fast Andächtiges, lässt mich ihre seelischen Qualen erahnen. Ich schlucke meinen Ärger über Koldobike hinunter und sage mir, dass ich wirklich nur der Erzähler dieser Geschichte bin mit all ihren dunklen Seiten, dass sich meine Idole aber bestimmt auch manchmal für Götter gehalten haben. Wieder etwas gefasster, gehe ich zwei Schritte auf Bidane zu und räuspere mich.

»Wann hat er dir gestanden, dass alles Betrug war? Vor oder nach der Hochzeit?«

Koldobikes wütendes Schnauben rückt in den Hintergrund, als ich Bidanes überraschtes Gesicht sehe. Sie scheint nicht die geringste Ahnung zu haben, wovon ich rede. Trotzdem lasse ich nicht locker.

»Ich meine, die Kette an Apraiz' Felsen, Etxes allmorgendliche Suche nach Strandgut … Das alles könnte doch ein gut ausgeklügeltes Spiel der Zwillinge gewesen sein, das nur leider ein schreckliches Ende genommen hat.«

Bidane steht vor Staunen der Mund offen. »Und wozu?« wäre die einzige darauf passende Frage gewesen, aber ihr Kopf kann nicht mehr logisch denken.

»Mein armer Liebling! Oh, mein armer Liebling!«, ruft sie stattdessen benommen und erhebt sich dann mühsam von ihrem Stuhl, um mit der Petroleumlampe aus der guten Stube zu eilen. »Darauf muss man erst mal kommen, dass sie selbst …«

Koldobike und ich sehen uns an und folgen ihr stumm.

Bidanes Petroleumlampe leuchtet in den saubersten Stall, den ich je gesehen habe. Kein Esel, keine Hühner, keine

Kaninchen, und auch wenn die beiden Kühe sicher viel Mist machen, erfüllt frischer Heuduft den Raum. Bidane geht zu der Stalltür.

»Was meint ihr, ist die Tür sicher?«, möchte sie von uns wissen und rüttelt daran.

Vor wem oder vielmehr was fürchtet sich diese Frau? Die Haustür hatte sie nicht abschlossen und auch keine Sicherheitskette vorgelegt. Obwohl sie allein war. Und ihr Mann scheint sich ebenfalls nicht zu fürchten: Für seine Geschäfte und Machenschaften ist er den ganzen Tag auf Achse, und wie wir seit heute wissen, sogar nachts. Wenn wirklich eine ernstliche Gefahr für sie beide bestünde, würde er sie doch sicher nicht allein lassen. Oder macht er sich nur selbst was vor?

»Ist Eladio an den Strand runter zum Fischen?«, fragt Koldobike unvermittelt.

Aha, meine Puppe treiben also dieselben Gedanken um wie mich.

»Nein, er muss noch irgendwas erledigen«, antwortet Bidane tonlos.

Fest steht jedenfalls, dass diese Frau von der Angst gequält wird, dass der Mörder eines Tages zurückkehrt, um sein Werk zu vollenden. Wie lange schon? Bislang hat sie noch nie jemanden um Hilfe gebeten. Zumindest uns nicht – an wen hätte sie sich auch wenden sollen, Privatdetektiv Samuel Esparta gab es bis vor ein paar Tagen ja auch noch nicht …

Dabei hätte ein Wort ihres Mannes gereicht, um sie zu beruhigen: »Meine Liebe, dein verstorbener Schwager und ich haben diesen ganzen Zirkus veranstaltet, leider ist dabei etwas schiefgelaufen.« Eine aufrichtige Selbstanklage, und sie wäre ihre Angst losgewesen … allerdings sehe ich Eladio Altube nicht in dieser Rolle. Er hätte sie aber auch anlügen können, einfach etwas erfinden, zum Beispiel, dass der Schurke weggezogen ist … Nein, das ist auch nicht Eladios Art.

Die Balken, aus denen die alte Stalltür zusammengenagelt ist, sind zwar so morsch, dass zwischen einigen eine Hand durchpasst, doch der schwere eiserne Riegel wirkt stabil.

»Hier kommt keiner rein«, sage ich und trete zur Bekräftigung dagegen.

»Sicher?«

»Keine Sorge, Samuel versteht viel von Türen«, verspricht Koldobike.

Wenn Bidane uns etwas vormachen würde, hätte sie den Unterton herausgehört, aber ihr Gesicht ist noch genauso sorgenzerfurcht wie zuvor, und die Hand, die die Petroleumlampe hält, alles andere als ruhig. Die Angst, mit der sie uns von Fensterluke zu Fensterluke führt, gibt mir nun doch zu denken. Ich blicke zu Koldobike, die über meinen Sinneswandel erfreut zu sein scheint.

Sämtliche Fensterluken sind mit einer senkrechten Eisenstange gesichert, was völlig unnötig ist, denn auch ohne sie könnte sich höchstens ein Kleinkind hindurchzwängen.

»Wozu sind diese Eisenstangen gut?« Ich muss den Arm recken, um an eine von ihnen heranzukommen; die kaum rostige Oberfläche verrät mir, dass sie längst nicht so alt sind wie der Hof. »Die Luken sind so eng, dass …«

»Mein Mann hat sie montiert, als wir nach Zumalabena zogen.«

Das passt zwar zu den beiden angeblichen Angriffen auf den Ehemann – aber *sie* hat doch Angst, nicht er …

»Achtung!«, höre ich Bidane auf einmal rufen, doch zu spät: Ich bin mit dem Kopf voll gegen einen dicken Eichenpfosten gerannt. Ist Eladio so vernarrt darin, sein Säckel zu füllen, dass er sich in seinem Haus kein elektrisches Licht leisten kann?

»Geht's?«, fragt mich Koldobike und kommt zu mir.
»Klar, Sam Esparta ist hart im Nehmen.«

Zumalabena ist wirklich riesig. Eine Dreiviertelstunde später habe ich die vergitterten Fensterscheiben in der Küche, den Schlaf-, Besen- und Speisekammern begutachtet. Sogar unter die Betten habe ich gesehen. Bidane scheint nun etwas ruhiger zu sein. Ich räuspere mich.

»Eladio muss dafür ziemlich viel Eisen gebraucht haben.«

»Es ist nicht alles von meinem Mann, einiges war auch schon vorher da«, erklärt sie. »Das hat er dann bloß noch verstärkt.«

»Er hat also Gitter angebracht, schwere Eisenriegel ... und trotzdem ist er viel unterwegs, sogar noch nachts.«

Mit einem Schlag flackert in Bidanes Augen wieder die ganze Angst auf.

»Er weiß nicht um die Gefahr, die ihn zu zerstören droht«, erklärt die Frau mit bedeutungsschwerer Stimme, als sei sie ein Prophet, der ein schreckliches Unheil vorhersagt.

Nicht zum ersten Mal schlägt sie so einen Ton an. Auf Koldobike scheint das großen Eindruck zu machen, allerdings dürfte auch der Umstand, dass wir seit zwei Stunden in diesen dunklen Räumen herumirren, das Seinige dazu beigetragen haben.

»Großer Gott!«, entfährt es meiner Sekretärin mit einem Schaudern.

Eigentlich müsste ich jetzt die üblichen Ermittlerfragen stellen, um herauszufinden, was Bidane im Gegensatz zu Eladio weiß. Doch das vage Gefühl, dass dies kein echtes Verhör sein würde, hält mich davon ab. Irgendwie habe ich den Eindruck, dass sie seit unserer Ankunft sehnlichst darauf wartet, dass ich ihr ganz *bestimmte* Fragen stelle, was ich anscheinend bisher noch nicht getan habe. Vielleicht ist der richtige Augenblick aber auch einfach noch nicht gekommen. Irgendetwas ist hier jedenfalls äußerst seltsam, und furchtbar gern würde ich das mit Koldobike besprechen, aber das geht jetzt leider nicht, denn Bidane hat uns gebeten, ihr zu helfen, auch wenn sie uns noch nicht gesagt hat, wie. Doch wie immer dem auch sei: Diese Nacht würde ich gegen keine tauschen, die meine Idole je erlebt haben.

»Wie spät ist es?«, frage ich.

»Fünf vor halb eins.«

Koldobike hat den Ärmel ihrer Windjacke hochgeschoben, um auf ihre Armbanduhr zu blicken. Wir sind wieder in der guten Stube, Bidane gönnt uns eine Pause, vielleicht will sie aber auch nur unser Beisammensein in die Länge ziehen, bevor sie uns schlafen schickt. Apropos schlafen: Auf unserer Runde durchs Haus habe ich nirgends Gästebetten gesehen, einzig ein stattliches Ehebett. Aber vielleicht will sie sich jetzt darum kümmern, denn auf einmal verlässt Bidane wortlos den Raum.

»Wo sollen wir eigentlich schlafen?«, flüstere ich meiner Sekretärin zu. »Auf dem Boden?«

Koldobikes Gesicht ist finsterer als alles um uns herum.

»Mir geht da etwas ganz anderes durch den Kopf«, wispert sie unheilvoll. »Soll ich dir mal was sagen? Sie hat uns in eine Falle gelockt. Sei wachsam, Sam, den Gesetzen des Krimis zufolge lauert Eladio Altube dir bestimmt in irgendeiner Ecke mit einem Knüppel auf, und ich muss mir dann meine platinblonden Haare raufen.«

»Deine Ängste zeigen mir, dass du jetzt auch davon überzeugt bist, dass der Mordanschlag nur vorgetäuscht war. War er für die Zwillinge so wichtig … und ist er das für den Überlebenden immer noch?«

Auf einmal nähern sich wieder Bidanes Schritte. Sie

kommt mit einer großen Schüssel Feigen herein. Unsere Henkersmahlzeit?

»Es war ein gutes Feigenjahr«, sagt sie. »Greift zu.«

Koldobike nimmt zwei, ich eine, dann sehen wir uns an. Sollen wir warten, bis Bidane sich eine in den Mund steckt und uns damit beweist, dass sie nicht vergiftet sind? Doch ihre Hände ruhen im Schoß, sie macht nicht die geringsten Anstalten, in die Schüssel zu greifen. Mutig schließt Koldobike die Augen und knabbert vorsichtig an einer. Ich tue es ihr nach.

»Da essen ja die Spatzen mehr«, kommentiert Bidane lächelnd. Beschämt essen wir unsere Feigen auf und greifen sogar noch einmal zu. »Ihr müsst euch stärken, schließlich haben wir noch den Dachboden vor uns.«

O Gott, Müdigkeit vorzuschützen ist also sinnlos. Abgesehen davon, dass kein Mensch daran denken könnte, wenn er Bidane so verschreckt und fahrig sähe. Verständnislos schüttele ich dennoch den Kopf.

»Ehrlich gesagt habe ich noch nie von einem Mörder gehört, der über den Dachboden gekommen wäre.«

Zitternd zeigt Bidane auf die Schüssel auf dem Tisch.

»Im Dach sind überall Löcher. An der Südwand stehen einige alte Feigenbäume, deren Äste bis zum Dach reichen, und wenn der Wind weht, gehen schon mal mehrere Dachziegel kaputt.«

Warum hat sie nicht schon längst Eladio darum gebeten? Koldobike hätte aber wahrscheinlich auch dafür eine Erklärung parat: *Sam, auf ihr lastet die Angst von beiden.*

Bidanes Petroleumlampe schwebt ein paar Meter vor uns die laut knarzenden Stufen hinauf; die Holzwürmer haben hier ein wahres Konservatorium gebaut.

Das Licht der Petroleumlampe reicht bei Weitem nicht bis zum Ende des Dachbodens, dem Hall unserer Schritte zufolge muss er riesig sein. Und er ist keineswegs leer: Wir bahnen uns einen Weg durch das Gerümpel ganzer Generationen, das niemand mehr benützen wird, sich aber auch niemand wegzuwerfen traut. Irgendwann bleibt Bidane stehen und senkt die Petroleumlampe.

»Hier, seht, eine Pfütze.«

Aber es ist kein Loch im Dach zu entdecken. Das gleiche Spiel wiederholt sich noch ein paar Mal.

»Aber da sind keine Löcher«, halte ich ihr vor. »Und selbst wenn, so hoch reicht keine Leiter.«

»Aber er könnte die Äste der Feigenbäume hochklettern!«, ruft Bidane verzweifelt.

Das ist durchaus plausibel, wie ich mir eingestehen muss – doch im Dach sind deshalb immer noch keine Löcher. Bidane lässt sich jedoch nicht beirren.

Ich versuche sie deshalb anders zu beruhigen.

»Kein Mensch ist so dumm und versteckt sich in einem Dachboden voller Wanzen und Flöhe. Und wenn er wirklich irgendwie hereingekommen wäre, hätte er doch schon längst zugeschlagen.«

»Morde passieren immer zu nachtschlafender Zeit«, versichert die Frau mit weit aufgerissenen Augen. »Und wer weiß, womöglich hat er mich nur noch nicht umgebracht, weil ihr rechtzeitig gekommen seid, und jetzt versteckt er sich irgendwo. Hier oben gibt es dafür jede Menge Schränke, Truhen und sonstiges Gerümpel. Als Kind habe ich hier immer mit meinen Freunden aus der Nachbarschaft gespielt, und wer dran war, hat die anderen nie gefunden.« Sie schwenkt ihre Petroleumlampe ein wenig nach rechts. »Der beste Ort war übrigens unter diesem breiten Sessel da. Der ist so hochbeinig, dass ein Kind ganz darunterkriechen konnte.«

In einem baskischen Bauernhof findet man normalerweise keine Sessel, umso mehr wundert es mich, hier einen Ohrensessel zu sehen. Die Basken sind nämlich ein arbeitsames Volk und haben keinen Sinn für Müßiggang. Sie haben Stühle, Bänke, Schemel und natürlich Betten; aber Hängematten sucht man zum Beispiel vergeblich, trotz der vielen Apfel- und Feigenbäume. Dementsprechend entschuldigt Bidane sich auch schon dafür, indem sie erklärt, der Sessel sei das Geschenk eines Onkels, der nach Amerika ausgewandert sei, und nach dem Tod der Großmutter, die kaum je Gebrauch von ihm gemacht habe, hätten ihre Eltern ihn eben auf den Dachboden gebracht.

In der nächsten Viertelstunde lässt sie mich Truhendeckel heben, Schranktüren öffnen und sogar hineinklettern, um mich davon zu überzeugen, dass sie wirklich leer sind. Auch scheint sie genau zu wissen, wo draußen die Feigenbäume stehen, und führt mich an die entsprechenden Stellen, wo ich an losen Dachziegeln rütteln oder mit der Hand zwischen die Dachlatten fassen soll, um zu prüfen, wie viele zerbrochen sind. Von besorgniserregenden Löchern fehlt dennoch jede Spur. Gibt es noch mehr Sessel, oder kommen wir während unserer Inspektion in schöner Regelmäßigkeit immer wieder an demselben vorbei? Jedes Mal klopft Bidane entweder etwas Staub aus dem Sitzpolster, rückt ihn ein paar Zentimeter zur Seite oder erzählt uns aufgeregt irgendeine Anekdote, wie die Geschichte von dem baskischen Geld, »das meine Mutter beim Einmarsch der Nationalen im Geheimfach des Sessels versteckt hat«. Dabei blickt sie mich durchdringend an, selbst als Koldobike bemerkt: »Das haben doch viele Familien gemacht. Doch nun ist es wertlos.« Worauf Bidane kleinmütig erwidert: »Hätten wir dieses Pack bloß damals besiegt. Jetzt sind sie wie die Kletten.«

»Sind die Scheine noch immer dort drin?«, frage ich, um sie von dem traurigen Thema abzulenken.

»Ja, sicher. Willst du …?«

Ganz aufgeregt zeigt sie mit der Fußspitze hin und verharrt so bewegungslos, bis in mir irgendwie eine Ahnung aufsteigt, dass sie mir die Initiative überlässt. Bloß: Warum? Weil wir mit der Inspektion des Dachbodens fertig sind, ohne irgendwen entdeckt zu haben, und sie jetzt nicht mehr weiterweiß? Koldobike scheint Ähnliches zu denken.

»Gut, dann lasst uns wieder runtergehen, irgendwas krabbelt mir schon die Beine hoch.«

Ja, das ist ein guter Grund, zu gehen. Mein geschundener Körper könnte ein paar Stunden Schlaf jedenfalls gut gebrauchen. Wir könnten also die Petroleumlampe nehmen und uns auf den Rückweg machen … Ich frage mich, warum wir es immer noch nicht tun. Irgendwie scheint Bidane sich nicht von diesem Sessel losreißen zu können. Rührt sie dieses Ungetüm aus ihrer Kindheit so sehr? Gähnend trete ich zwischen sie und das Möbelstück, um sie aus ihren Gedanken zu reißen.

»Niemand wird mir je vorwerfen können, dass ich sie rausgeholt habe«, flüstert Bidane plötzlich mit vollkommen fremd klingender Stimme.

Redet sie von den entwerteten Geldscheinen? Wieder spricht Koldobike meine Gedanken aus:

»Mein Gott, Bidane, sag endlich, was du von uns willst: Wenn du Angst hast, dass die Faschistenschweine die zerknitterten Scheine finden und du sie nicht rausholen kannst, weil deine Mutter sie reingestopft hat, dann erledigen eben wir das, dazu sind wir hier. Ein hübsches Feuer wird das im Garten!«

Sie macht einen Schritt auf den Sessel zu, doch Bidane hält sie zurück.

»Uns Frauen wird immer unterstellt, wir könnten keine Geheimnisse hüten. Aber sie werden mir nicht vorwerfen können, dass ich daran gerührt hätte …«

»Aha, diesen ›Bankraub‹ muss wohl ein Mann verüben«, seufzt Koldobike. »Jetzt wissen wir wenigstens, warum du, Sam, mitkommen musstest.«

Ich beobachte Bidane aufmerksam. In ihrem Gesicht spiegelt sich alles, von Angst bis hin zu Erleichterung. Wenn sie nicht daran »rühren« will, dann muss das eben ich tun; irgendwann werde ich meine Mutter danach fragen, wo sie ihr baskisches Papiergeld versteckt hält. Kurz versichere ich mich noch einmal, dass Bidane mir wirklich ihr stilles Einverständnis gibt, dann schreite ich zur Tat.

Der Sessel ist unheimlich schwer. Ich packe ihn an der hohen Rückenlehne und kippe ihn langsam nach hinten, auf den letzten Zentimetern rutscht er mir jedoch aus den Fingern, sodass ich schnell zur Seite springe, bevor er auf meinen Zehen landet. Der dumpfe Aufprall wird begleitet von einer Wolke Staub. Als sie verflogen ist, trete ich wieder näher. Ein ziemlich großer Holzkasten nimmt den ganzen Sesselboden ein; dem hellen Holz nach zu urteilen, hat ihn irgendein geschickter Handwerker der Familie nachträglich eingebaut. Wenn sein Inneres mit Geldscheinen gefüllt sein sollte, dann ist mir Bidanes Respekt davor durchaus verständlich. Tastend mache ich mich auf die Suche nach dem Kastenschloss, eine der Längsseiten erweist sich dann aber als Schiebedeckel. Kaum schiebe ich ihn auf, quillt auch schon sein Inhalt heraus, so als ob einem Chirurg beim Aufschneiden eines Bauchs die ganzen Eingeweide entgegenkommen. Nur dass nicht blutiges Gedärm auf den staubigen Boden fällt, sondern eine schwere Kette.

18 Der springende Punkt

An beiden Enden befinden sich kleine Schlösser, besser gesagt, einige Kettenglieder davor, genauso viele, wie es braucht, um die Hälse der Zwillinge zu umschließen, und irgendwo in der Mitte des Kettengewirrs ist auch ein großes Vorhängeschloss zu sehen. Wir können uns also ganz sicher sein, dass die Kette dieselbe ist, mit der die Zwillinge an den Felsen gekettet waren – aber heißt das auch, dass sie *der* stichhaltige Beweis ist, um diesen alten Fall zu lösen? Weniger als die Kette selbst verrät uns das verwirrende Verhalten der Hausherrin, dass damit wirklich der Hauptgewinn vor uns liegt und wir gleich Entscheidenes erfahren werden. Die Art und Weise, wie Bidane uns, wieder in der guten Stube, ansieht, lässt uns das zumindest glauben.

Möglich, dass wir den Mörder damit also haben, doch bekäme ich dafür noch keine Medaille verliehen und ebenso wenig einen Vertrag für meinen Roman. Es ist ein reiner Glücksfall, dass uns die Kette in die Hände gefallen ist, hätte Bidane uns nicht durch das ganze Haus zu diesem Ohrensessel gelotst, würde ich bei meinen Ermittlungen noch immer auf der Stelle treten.

»Du hast sie also vorher noch nie gesehen. Bis heute nicht.«

Die schwere Kette liegt wie eine zusammengerollte Schlange vor uns auf dem Tisch und scheint mir irgendetwas sagen zu wollen. Nur was?

»Nein, nie«, antwortet Bidane mit tonloser Stimme.

»Aber du wusstest, dass sie irgendwo im Haus versteckt ist.«

»Ich habe gesehen, wie er sie heimgebracht hat.«

»Nachdem er sie aus seiner eigenen Eisenwarenhandlung gestohlen hatte, hat er sie also auf euren Dachboden geschleppt. Woher wusstest du, wo er sie versteckt hat?«

»Ich bin ihm gefolgt.«

»Wie hast du das bei den knarrenden Stufen geschafft?«

»Ich bin nicht hoch, ich habe von unten gelauscht. Den Geräuschen nach zu urteilen, war klar, dass er sich an dem Sessel zu schaffen machte. Kurz darauf kam er mit einem vollen Sack wieder runter.«

»Klar, die Geldscheine. Und wo hat er die verbrannt?«

»Verbrannt? Eher lässt er sich das Fell über die Ohren ziehen, als Geld zu verbrennen, und wenn es noch so wertlos ist. Er hat es fortgeschafft. Keine Ahnung, wohin. Am nächsten Morgen bin ich jedenfalls auf den Dachboden hoch und habe nachgesehen. Und da fand ich die Kette.«

Stille breitet sich aus. Die Frau muss gerade Schreckliches durchmachen.

»Was für eine Überraschung!«, fällt mir in meiner Verlegenheit nur ein. »Auf einmal zu entdecken, dass der Mörder …«

Auf Bidanes Gesicht zeigt sich ein verstörendes Lächeln, bevor sie in einer Mischung aus Schmerz, Trauer und vielleicht Wut murmelt:

»Überraschung? Was für eine Überraschung?«

Ich sehe Koldobike an. Sie ist genauso verwirrt wie ich. Wenn hier jemand überrascht ist, dann wir. Haben ihre

Worte irgendwas zu bedeuten? Wahrscheinlich nicht, die arme Bidane steht vollkommen neben sich, das würde sicher jedem so gehen.

»Du solltest dich jetzt lieber auf die Begegnung mit Eladio vorbereiten, er kommt bestimmt bald heim«, sagt Koldobike bedachtsam. »Was hat er um diese Uhrzeit eigentlich noch gemacht?«

Bidane lächelt immer noch so sonderbar.

»Geschmuggelt.«

Aus dem Blick, den meine Sekretärin mir daraufhin zuwirft, ist deutlich zu lesen, was wir erst ein paar Stunden zuvor gehört haben: *Was man eben so macht in diesen Zeiten.* Luciano. Bei dem Nachtschwärmer, mit dem unser Blauhemd unterwegs ist, handelt es sich also um Eladio Altube.

Unter normalen Umständen und in einem normalen Land würde ein Privatdetektiv nun die Polizei einschalten. Wir leben jedoch in einer blutigen Militärdiktatur, und wer ist so verrückt, sich wegen eines aus privaten Motiven begangenen Verbrechens an diejenigen zu wenden, die noch immer in den Gefängnissen Tausende von Menschen erschießen?

Plötzlich steht Bidane mit zusammengepressten Lippen auf. Mit beiden Händen packt sie die Kette an dem großen Vorhängeschloss in der Mitte und hebt sie hoch, sodass ihre beiden Enden auf dem Boden schleifen. Dann reckt sie die Arme in die Höhe, die Kette schleift jedoch noch immer am Boden entlang, weshalb sie schließlich auf einen Stuhl steigt. Jetzt hängt die Kette von so weit oben herab – dass eines der beiden Enden auf Hüfthöhe baumelt und das andere auf dem Boden aufliegt! Zwei unterschiedliche Enden, ein kurzes und ein langes. Die Kette spricht eine deutliche Sprache: Es war kein Unfall, sondern Leonardo ist vorsätzlich getötet worden!

Bidanes Atem beschleunigt sich, als sie das kürzere Ende in die Hand nimmt, um es zärtlich zu küssen. Ich sehe zu Koldobike, die ihren eigenen Augen nicht traut und sie deshalb immer wieder zukneift. Behutsam nehme ich Bidane die Kette aus der Hand und lege sie zurück auf den Tisch.

»Damit ist er geliefert. Ich werde an Ort und Stelle auf ihn warten und ihn zur Rede stellen.«

»Du kennst ihn nicht …«, sagt Bidane düster, während sie wieder von ihrem Stuhl steigt.

»Keine Sorge, der wird sicher einknicken und auspacken, wenn ich ihm den Boden unter den Füßen wegziehe.«

»Mein Mann ist daran gewöhnt, sich auf unsicherem Terrain zu bewegen«, murmelt Bidane und presst ihre Lippen dann so fest zusammen, dass es wehtun muss.

»Ich bleibe bei Sam«, erklärt Koldobike energisch, wobei sie sich aus mir unerfindlichen Gründen ihren Rock glatt zieht.

»Ich kann euch nicht allein lassen«, wispert Bidane. »Schließlich kenn ich als Einzige all seine Tricks.«

»Perfekt! Dann sind wir schon drei gegen einen!«, versucht Koldobike zu scherzen.

»Setzt euch bitte einen Augenblick.«

Meine Stimme klingt ganz ruhig, weshalb sie mir wortlos gehorchen. In dieser guten Stube, umgeben von all den Heiligen und Ahnen an den Wänden, wirken wir wie drei Hinterbliebene während einer Totenwache. Meine Idole könnten die Stimmung wohl kaum besser beschreiben.

»Und jetzt hört mir gut zu: Ich werde das nicht zulassen. Das ist allein meine Sache, ich habe das alles in Gang gesetzt, nachdem ich mich selbst zum Privatdetektiv erklärt hatte. Ich wurde Sam Esparta in dem Bewusstsein, auch alle Konsequenzen auf mich zu nehmen, die dieser Beruf und dieses Romangenre mit sich bringen. Mir war von Anfang an klar, dass das für mich kein leichtes Spiel werden würde. Denn ich muss auf die Straße raus und die Wirklichkeit tatsächlich erleben, wohingegen wirklich talentierte Schriftsteller sich solchen Gefahren nicht aussetzen müssen, sie setzen sich einfach an ihre Schreibmaschine und schütteln des Rätsels Lösung aus dem Ärmel …« Meine Sekretärin wird langsam unruhig, weshalb ich ihr väterlich eine Hand auf den Arm lege. »Ich bin gleich fertig, Koldobike. Ich sage das nämlich alles weniger zu euch als zu mir, um mich seelisch auf diese entscheidende Konfrontation vorzubereiten, die ich im Übrigen mit Würde zu bestehen gedenke.«

Koldobike schüttelt vehement den Kopf.

»Du überzeugst mich trotzdem nicht. Ich stecke genauso tief in der Geschichte drin wie du.«

»Dann sieh es doch mal so: Angenommen, mehrere Menschen sitzen in einem Boot und teilen ein Geheimnis, das außer ihnen niemand kennt. Wenn diese Menschen nun Schiffbruch erleiden, werden sie sicher nicht den Fehler begehen und alle ins selbe Rettungsboot springen, oder? Warum, liegt auf der Hand, nicht wahr? Weil so die Chance größer ist, dass einer von ihnen sich mit dem Geheimnis ans Ufer rettet.«

»Und wenn wir einfach alle drei von der Bildfläche verschwinden?«, sagt Bidane auf einmal leise.

Koldobike guckt ganz erschrocken. Wahrscheinlich denkt sie wie ich: Eine gute Geschichte braucht ein dramatisches Ende, und das darf man den Lesern nicht vorenthalten.

»Ich bleibe trotzdem hier«, erklärt sie noch einmal feierlich. »Genauso wie du eben erklärt hast, du würdest mehr dir selbst als uns Mut zusprechen, sage ich dir jetzt, dass es mir bei dem Ganzen vor allem um dich, Sancho Bordaberri, geht. Und ich werde nicht zulassen, dass du dein Leben für diesen bescheuerten Roman opferst! Bereits vergessen, dass Eladio seinen Bruder auf dem Gewissen hat? Und wen hast du schon umgebracht? Du kannst doch nicht mal einer Fliege etwas zuleide tun! Und ein Jagdgewehr besitzt du auch nicht. Und selbst wenn du eins hättest, wo wäre es dann? Zu Hause! Du hast dich wie Don Quijote vollkommen naiv auf ein gefährliches Abenteuer eingelassen. Für das heute Nacht braucht man Erfahrung, wie du sie höchstens im Krieg hättest sammeln können, damals hat man dich aber ausgemustert.«

»Das heute Nacht wird keine Großrazzia der Polizei, sondern ein Kampf Mann gegen Mann.«

»Zwischen zwei fahrenden Rittern?«

Ganz langsam erhebe ich mich, drücke dabei die Brust heraus und setze ein Gesicht auf wie das von einem knallharten, zu allem bereiten Burschen; zumindest hoffe ich, dass das bei Koldobike so ankommt.

»I'll do it my way.«

Es klingt selbst für mich lächerlich, zumal meine Aussprache alles andere als akzentfrei war, aber ich bin jetzt nicht mehr Sancho Bordaberri.

Und tatsächlich erzielt es die gewünschte Wirkung: Die beiden stehen nun ebenfalls auf.

»Das gefällt mir überhaupt nicht«, erklärt Koldobike seufzend. »Dass dieser Sam Esparta dich dermaßen vereinnahmt, als wärst du wirklich er! *›I'll do it my way‹:* Ganz schön große Töne, die du da spuckst! Kurioserweise klingt das dermaßen gut, dass ich glaube, ich bin inzwischen genauso verrückt wie du.«

»Bring Bidane am besten in die Buchhandlung«, bitte ich sie, nehme die Petroleumlampe vom Tisch und geleite die beiden Frauen dann durch den düsteren Flur zur Haustür. Mit dem Fuß stoße ich sie auf und sehe mich erst nach allen Richtungen um, bevor ich zur Seite trete, um sie hinauszulassen.

»Na dann los, Bidane, ab in unser Rettungsboot«, brummt Koldobike und zieht Altubes Frau mit sich fort in die Dunkelheit.

Als ich die Tür hinter ihnen schließe, überlege ich kurz, ob ich den Schlüssel herumdrehen soll oder nicht. Bidane hätte es sicher gemacht, deshalb soll auch Eladio Altube sein Haus so vorfinden.

Und die Petroleumlampe? Ich werde den Docht so weit herunterschrauben, dass das Licht ihn nicht stutzig macht. Am Tisch in der guten Stube streichen meine Hände über die Kette, diesen Haufen metallener Glieder. Joseba Ermo war nach den Zallas der Dritte, der mit einer Säge zu Félix Apraiz' Felsen kam, wahrscheinlich in der Nacht darauf, nachdem der Untersuchungsrichter und die Polizei sie dort leichtfertig haben hängen lassen. Er versteckte sie im Keller seiner Eisenwarenhandlung und trug den Schlüssel dazu immer bei sich, was einiges über sein Vertrauen zu seinem langjährigen Kumpanen Eladio Altube sagt.

Diesen hat es in den ganzen zehn Jahren jedoch offenbar nie gekümmert, dass hinter jener Tür sein Mordinstrument lagerte; wer weiß, vielleicht hätte er selbst es sogar dort versteckt, denn eine so robuste Kette bekommt man nicht ohne die Hilfe eines Schmiedes kaputt. Ja, wahrscheinlich dachte Eladio, dort liegen sie gut, bis Gras über die Sache gewachsen ist, und wenn sie eines Tages dann doch ans Licht kommen würden, würde nach all den Jahren keiner mehr der Tatsache Bedeutung beimessen, dass aufgrund der unterschiedlichen Kettenlänge ein Zwilling gerettet wurde und der andere nicht.

Doch auf einmal ist alles anders. Aus irgendeinem Grund bekommt er es mit der Angst tun. Warum, nachdem zehn Jahre lang niemand mehr an die Kette gedacht hat, höchstwahrscheinlich nicht einmal er selbst? Vermutlich, weil Luis Federico Larrea auf den Plan getreten ist. Der Schrittzähler jagt ihm einen Schrecken ein, weil er aus Sammelleidenschaft Ermo letztlich jeden Preis für die Kette bezahlt hätte und diese somit wieder ans Tageslicht gekommen wäre – und dann erscheine auch noch ich und rolle den ungeklärten Fall noch einmal auf. Ohne den lästigen Sam Esparta wäre die Kette wahrscheinlich ganz einfach von Ermos Keller in den Keller von Larreas Herrenhaus gewandert. Doch der gewitzte Privatdetektiv hatte die Eisenwarenhandlung bereits im Visier und hätte auf jeden Fall spitzgekriegt, wer die Kette gekauft hatte, und sie sich dann sicher von Larrea zeigen lassen. Deshalb hat Eladio Altube die Nerven verloren, ja sogar richtig Panik bekommen. Und die war durchaus begründet, denn wie wir vorhin gesehen haben, hat die Kette etwas zu erzählen, wenn man sie sich in aller Ruhe ansieht und nicht mit der nervlichen Anspannung, unter der die Zallas seinerzeit standen.

Wie Bidane zuvor stehe ich jetzt auf und nehme sie in beide Hände. Noch nicht einmal, wenn ich die Arme über dem Kopf ausstrecke, hebt sich das kürzere Ende vom Boden. Oben in meinen Händen das große Schloss, mit dem die Kette am Felsen befestigt war, und unten die beiden kleineren, die den Ring um ihre Hälse schlossen. Antimo Zalla sägte die kleinen auf und Ermo in der nächsten Nacht dann das große, das, wie mir nun auffällt, fest mit einem Kettenglied verschweißt ist, wohl damit Eladio sich in den entscheidenden Minuten nicht vertut. Und genau da ist der springende Punkt: Warum hat Eladio Altube nicht zumindest dieses Schloss vernichtet, das einem den Schlüssel zu der ganzen Geschichte liefert? … Nun, vielleicht wollte er es in der darauffolgenden Nacht beseitigen, Ermo kam ihm aber zuvor. Und später hat er sich dann in der trügerischen

Sicherheit gewiegt, dass ihm dank Ermos Habgier niemand mehr auf die Schliche kommt – bis eben Sam Esparta auftauchte und er es mit der Angst zu tun bekam … Wusste ich's doch, dass bei einer Ermittlung die Nerven des Täters eine wichtige Rolle spielen.

Kurios ist nur, dass dieses ganze, höchst komplizierte Räderwerk auf drei mögliche Täter schließen lässt: einen Verbrecher, der alle beide töten wollte; das Zwillingspaar selbst, das uns hinters Licht führen wollte – oder nur einer der Zwillinge, der den anderen umbringen wollte, aus welchem Grund auch immer.

19 Leonardo Altube

Schwere Schritte im Flur lassen mich hochschrecken. Augenblicklich bin ich hellwach und weiß sogar, wo ich bin. Als ich den Docht der Petroleumlampe höherschraube, halten die Schritte kurz inne, dann kommen sie vorsichtig näher. Ich glaube, ich bekomme nicht Besuch von einem, sondern von zweien.

»Was machst du denn hier?!«

Die Verwunderung steht Eladio Altube ins Gesicht geschrieben.

»Hallo, Buchhändler«, ruft hinter ihm jemand. Luciano.

»Was machst du hier?«, wiederholt Eladio, inzwischen mehr ungehalten als verwundert.

»Los, raus mit der Sprache, damit ich es auch gleich weiß«, unterstützt ihn Luciano grinsend.

Wortlos stehe ich auf und streiche mit einem vielsagenden Blick über die Kette. Altubes Gesicht ist undurchdringlich, weshalb ich nun das große Vorhängeschloss in die rechte Hand nehme und mit der Kette auf den nächsten Stuhl steige. Den Arm nach oben gereckt, sind es vom kurzen Ende bis zum Boden gut eineinhalb Meter; das andere schleift am Boden. Dann greife ich mit meiner linken nach den beiden kleinen Vorhängeschlössern und schwinge die Kettenenden hin und her wie ein Weihrauchfass. Wenn das irgendwer versteht, dann dieser Mann, der wie gelähmt drei Meter vor mir steht.

Luciano lacht auf. »Im Zirkus kannst du damit aber noch nicht auftreten.«

Ich lasse ihn reden, bewege die Kette nur weiter hin und her, damit sie diesem Kerl erzählt, was ich weiß. Und in der Tat hat er ihre stumme Botschaft verstanden, denn nun blitzt Zorn aus seinen Augen, er beginnt zu röcheln, und Schweiß bricht ihm aus allen Poren.

»Verdammtes Arschloch! Drecksack! Hurensohn!«, schreit er, was Luciano mit schallendem Gelächter quittiert.

»Mach mal halblang!«, japst er, als er sich wieder gefangen hat. »Bis jetzt hat er dir noch nichts gestohlen. Und deshalb bist du auch nicht hier, oder, Bordaberri? Na los, mach endlich den Mund auf und erzähl, warum du uns mit deiner Anwesenheit beglückst.«

Doch zwischen Eladio Altube und mir hat es inzwischen einen heftigen Kurzschluss gegeben. Unsere Blicke haben sich nicht nur getroffen, nein, sie sind richtiggehend zusammengestoßen wie zwei Degen beim Fechten, und ich muss gestehen, dass ich nicht weiß, ob ich ausreichend gerüstet bin und seinen nächsten Ausfall noch parieren kann.

»Hat es Samuel Esparta die Sprache verschlagen? Wir warten immer noch auf die Erklärung des großen Meisterdetektivs.«

Sein Sinneswandel macht mich nun wirklich sprachlos: Von einer Sekunde auf die nächste ist Altube die Leutseligkeit in Person.

»Ich schätze mal, er ist hier, weil er dich verhören will«, mutmaßt Luciano. »Dem Buchhändler geht's um seinen Roman, das ist doch klar. Also fang schon an, Bordaberri, los, zeig mir, wie das geht.«

»Wie ist eure Schmuggelaktion heute Nacht gelaufen?«

»Ah, so ist das! Er will uns anzeigen.« Nun ist es an Eladio, laut aufzulachen. »Deshalb ist er hier!«

»Nein, ich bin hier, weil vor zehn Jahren ein Bruder den anderen umgebracht hat«, sage ich, jede einzelne Silbe betonend, wobei ich inständig hoffe, dass es in meinem Roman nicht zu großspurig klingt.

»Der sieht dich an!« Immer noch lachend stupst Eladio Luciano an. »Mach dich auf was gefasst.«

Luciano schüttelt den Kopf. »Nein, er sieht dich an, mein Lieber, ich bin Einzelkind. Seit wir hier sind, hat er dich nicht aus den Augen gelassen.« Luciano wendet sich mir wieder zu. »Dann ist das also das Ende des Romans … pardon, *deines* Romans?«

»Ah ja, richtig, der Roman«, sagt Eladio Altube und grinst.

Luciano beachtet ihn jedoch nicht weiter, sondern fährt voller Stolz fort: »Meiner entwickelt sich übrigens in eine ganz andere Richtung. Dementsprechend bekommt er auch ein völlig anderes Ende.«

»Ich schreibe hier und jetzt das einzig wahre Ende!«, halte ich ihm entgegen, während mich ein euphorisches Kribbeln durchfährt, da ich anscheinend auf den letzten Seiten angekommen bin. Freu dich nicht zu früh, schelte ich mich aber gleich selbst, erst einmal musst du mit den beiden hier fertigwerden, und nicht nur mit einem, wie du es eigentlich erwartet hattest.

Der Falangist schnäuzt sich jetzt in sein Taschentuch, seine Augen funkeln vor Zufriedenheit.

»Den entscheidenden Hinweis für die Lösung des Falls lieferte mir der Hänfling, der jeden Morgen als Erster an den Strand kommt … Etxe, heißt der, nicht wahr?«

»Das kann dir Eladio Altube ganz genau sagen«, erwidere

ich. »In jener Nacht hat er das Schloss um seinen eigenen Hals nämlich erst geschlossen, als Etxe am Strand erschien und damit das Räderwerk für Eladios Alibi in Gang setzte.«

»Unglaublich, was dieser Knallkopf in seinem eleganten Anzug, für einen Stuss faselt«, knurrt Altube in einer Mischung aus Hohn und Verzweiflung.

Eigentlich hätte er mich laut auslachen müssen, weiß er doch, dass ihn die Macht seines langjährigen Falangistenkumpans beschützt.

Das Blauhemd grinst selbstzufrieden. »Diesen Etxe habe ich also gefragt, was er damals als Erstes am Strand gesehen hat. ›Nichts, gar nichts‹, antwortete er. Worauf ich natürlich geschickt nachbohrte: ›Man hat mir aber erzählt, dass du immer in aller Herrgottsfrüh an den Strand kommst, um aufzusammeln, was die Wellen Nacht für Nacht an Land spülen. Was hast du also in unmittelbarer Umgebung des Felsens, am Schauplatz dieses schrecklichen Verbrechens gesehen?‹ Doch er blieb bei seinem: ›Nichts, gar nichts.‹ Da wurde ich richtig sauer, denn er belog mich ganz offensichtlich. Also zog ich die Daumenschrauben an, so wie es mir ein Leutnant der *División Azul* mal gezeigt hatte – und prompt hat er gesungen. Und wie der gesungen hat! Er habe eine schwarze Kapuze gesehen, wimmerte er. ›Und warum hast du mir das verschwiegen?‹, schrie ich ihn an. Der Jammerlappen zitterte daraufhin so sehr, dass ich auf der Stelle wusste, dass er der Täter war. Es war einfach sonnenklar: Er hatte sich selbst diese Kapuze übergezogen, damit man ihn nicht erkannte, die beiden niedergeknüppelt und anschließend an den Felsen gekettet, damit die ansteigende Flut ihnen den Rest gab. Um den Verdacht von sich abzulenken, zog er dann in aller Gemütlichkeit los, um die Männer aus der Schmiede zu holen. Allerdings kam er mit ihnen viel zu früh zurück an den Strand, wo er sich bestimmt innerlich verfluchte, weil er sich verrechnet hatte, denn eines seiner Opfer war noch am Leben ... Das ist der Plot, an dem ich Tag für Tag gefeilt habe, Bordaberri. Und du musst zugeben, er gäbe gar keine so schlechte Vorlage für einen Kinofilm ab. Alle weiteren Ermittlungen haben das Ganze dann nur noch ausgeschmückt; beim Schreiben lernt man solche Erzähltricks ganz von allein. Allerdings hat sich mir dabei wieder einmal gezeigt, dass das Krimigenre der Poesie eindeutig unterlegen ist, da letztere keine logischen Beschränkungen kennt.«

Während Lucianos verdrehten Monologs habe ich Eladio nicht eine Sekunde aus den Augen gelassen. Er hat sich nicht gerührt, keine Miene verzogen. Er hätte zumindest einmal auflachen müssen, und sei es nur, um sich seine Angst nicht anmerken zu lassen. Doch das Lachen ist ihm wohl inzwischen vergangen. Vielleicht vertraut er aber auch darauf, dass ich Luciano den Schwachsinn abkaufe, den er da gerade verzapft hat.

»So viel Tamtam um einen einzelnen Toten«, seufzt das Blauhemd nun. »Mit diesen zwei Versionen des Falls kann man jedenfalls gut zwei Romane schreiben.«

»Aber nur einer bildet die Wirklichkeit ab.«

»Und zu welcher Wirklichkeit gehört diese Kette? Hat sie irgendeine Bedeutung?«

»Eladio Altube hat mit ihr seinen Bruder ermordet.«

»Indem er ihm mit der Kette eins übergezogen hat?«

Mir bleibt also nichts anderes übrig, als ihm ausführlich *meinen* Plot zu erzählen. Als ich fertig bin, dreht sich der Falangist zu Eladio um.

»Was sagst du dazu?«

»Was soll ich dazu schon sagen? Sieh dir doch nur mal diese Vogelscheuche in ihrem Anzug an. Der hat doch nicht mehr alle Tassen im Schrank!«, brüllt Eladio mit sich überschlagender Stimme. »Er weiß nicht, wie er die Sache zu Ende bringen soll, in die er ungefragt seine Nase gesteckt hat, und deshalb hat er sich so einen Blödsinn ausgedacht, und das nur, um mir eins auszuwischen. Was glaubt er eigentlich, wer er ist? Gott der Allmächtige? Ich fasse es nicht, warum hat er sich bloß mich ausgesucht?!« Eladio rauft sich die Haare. »Wie ist er überhaupt hier reingekommen? Und wo ist meine Frau? Warum suchen wir nicht ihre Leiche, irgendwo liegt sie hier bestimmt herum … Ich zähle bis drei, du Vogelscheuche, und wenn du bis dahin nicht verschwunden bist, drehe ich dir den Hals um!«

Schon will er sich auf mich stürzen, Luciano hält ihn aber am Arm zurück.

»Immer sachte!«, versucht er ihn zu beruhigen. »Wenn hier jemand umgebracht werden soll, dann mache ich das, damit das klar ist. Es geht hier im Übrigen gerade gar nicht darum, ob du jemanden auf dem Gewissen hast oder nicht, was mir persönlich vollkommen schnuppe ist, sondern darum, wie es *in Wirklichkeit* gewesen ist. Die Wirklichkeit sieht und hört man, und diese Kette hier kann man sehen, und wir hören auch ihr Geklirr, sobald wir sie schütteln. Wirklicher und augenscheinlicher kann eine Kette also nicht sein als die, die uns der Buchhändler hier angeschleppt hat. Ihm zufolge waren dein Hals und der deines Bruders daran festgekettet. Stimmt das, oder hat er das erfunden?«

Eladio nickt erst nach einigem Zögern, weil er mich nicht aus den Augen lässt, so wie ein Raubvogel auf seine Beute lauert. In dieser Szene gibt es nur zwei Figuren, die einen Gegenpol zueinander bilden und durch ihr Verhalten die Handlung bestimmen: ihn und mich. Das Blauhemd ist reine Geräuschkulisse.

»Dein Bruder ist an dem Felsen krepiert, während sie dich mit den Lungen voll Wasser, aber noch lebendig retten konnten. Was ist passiert? Hat irgendwer einen Fehler gemacht? Und wenn ja, wer? Dieser Etxe, der euch an den Felsen gekettet hat? Oder war das alles genau so geplant?«

Eladio Altube ist anzusehen, dass er seine Worte nun sorgsam abwägt.

»Wie du es gerade gesagt hast: Ich bin dem Tod nur mit knapper Not entronnen. Das Schicksal musste wählen zwischen meinem armen Bruder und mir …«

»Wenn ich das richtig gesehen und verstanden habe, dann konntest du gerettet werden, weil dein Kettenende das längere war. Und dennoch war es am Ende fast zu kurz. Dem Täter muss also irgendein Fehler unterlaufen sein.«

Gänzlich unerwartet geht Eladio Altube jetzt auf Luciano los.

»Glaubst du diesem Narren etwa mehr als mir? Himmel, Arsch und Zwirn! Du bist mir ein schöner Freund!«

»He, langsam, du musst keine Angst haben, ich schreibe doch nur einen Krimi, und dafür braucht es nun mal einen Täter. Du kannst ganz beruhigt sein. Selbst wenn am Ende alles darauf hindeutet, dass du der Bösewicht bist, bist du das nur im Roman. Ich werde meinen Kameraden doch nicht hinter Gitter bringen!«

Was glaubt dieser Falangist eigentlich? Dass er erst die Wirklichkeit heranziehen und sie hinterher ganz nach seinem Geschmack umdeuten oder manipulieren kann? Dieser Zauberlehrling hat noch immer nicht begriffen, wie man einen realistischen Kriminalroman schreibt – auch wenn man das alles natürlich gut verwenden kann, sogar die Bedrohung, die dieser Falangist für mich darstellt, dem die Gerechtigkeit schnuppe ist und der mit Eladio gemeinsame Sache machen wird, sobald er verstanden hat, dass er sein Material für das wahre Ende des Romans beisammen hat.

»Frag deinen Kumpel, wer sie auf dem Dachboden seines

Hauses versteckt hat, nachdem sie aus seiner Eisenwarenhandlung gestohlen worden ist«, fordere ich Luciano auf.

»Wo ist meine Frau?!«

Das ist weniger eine Frage als ein wütender Aufschrei. Eladio stürzt hinaus in den Flur und stürmt, laut ihren Namen rufend, von Raum zu Raum.

Als er nach einer Weile mit schreckstarrem Gesicht zurückkehrt, bricht der Falangist in wieherndes Gelächter aus.

»Ist sie dir etwa durchgebrannt, und deshalb ist der kleine Buchhändler hier? Weil sie dich mit ihm betrügt?«

»Sie ist schlicht und einfach geflohen. Vor ihm.« Ich zeige auf den Zwilling. »Die Kette spricht eine deutliche Sprache: Sie weiß, dass er der Mörder seines Bruders ist.«

»Verdammte Schreiberlinge!«, brüllt Eladio Altube. »Und was sagt ihr zu den Todesängsten, die ich ausgestanden habe, als das Meer höher und höher stieg? Ist das nicht genauso eine verfluchte Wirklichkeit?!«

Das hat hier nichts zu suchen, denke ich, sein Alibi hätte er nicht erwähnen müssen. Warum hat er es trotzdem getan? Sein Gewissen – und er hat sicher eins, das müssen wir ihm zugestehen – muss in den vergangenen zehn Jahren doch irgendwie damit zurande gekommen sein, dass er zwar Etxes Schritte und Zeiten genau berechnen konnte, die Natur jedoch letztlich unberechenbar war und dem Ganzen womöglich eine neue Wendung gegeben hatte, sodass er am Ende wahrscheinlich an das Eingreifen von Kräften wie dem Zufall, dem Schicksal oder Gott dem Allmächtigen zu glauben begann und ihnen die gesamte Verantwortung für Leonardos Tod übertrug. Nein, er hätte es an dieser Stelle wirklich nicht erwähnen müssen … Vielleicht aber auch doch, wenn man bedenkt, in welche Zwangslage ihn seine »Vogelscheuche« gebracht hat. Wie verzweifelt muss er sein, dass er sich mit diesem allseits bekannten Alibi noch einmal herauszureden versucht. Zehn Jahre hat er sich daran geklammert, doch jetzt spürt er die Erde unter seinen Füßen beben und beginnt zu ahnen, dass es ihn nicht mehr länger schützt und er sich schleunigst ein anderes überlegen muss.

»Auch ich hätte in jener Nacht sterben sollen! Eine Minute länger, und ich hätte ebenfalls den Löffel abgegeben!«

Das hat man in Getxo immer gewusst, ohne dass es je irgendwer hätte hervorheben müssen. In der guten Stube wird die Luft allmählich immer dünner für Eladio Altube.

»Aber zu dieser letzten Minute kam es nicht«, entgegne ich erbarmungslos, »also führe sie auch nicht ins Feld, denn so weit hast du nicht gedacht, deine Berechnungen endeten schon viel eher. Trotzdem: Meinen aufrichtigen Glückwunsch zu diesem brillanten Alibi … zumal sich jetzt herausgestellt hat, dass du es dir ganz allein ausgedacht hast. Bisher dachte ich nämlich, dass es das Werk von zwei Hirnen war. Wirklich, eine Glanzleistung, Eladio.«

Mein ironischer Kommentar gibt ihm den Rest. Eladio rast zu Luciano und packt ihn voller Verzweiflung mit beiden Händen am Revers.

»Schaff mir diese Vogelscheuche vom Hals!«

Der Falangist befreit sich jedoch sanft von Altubes Händen. Es ist ganz offensichtlich, dass ihn die Szene amüsiert, er fühlt sich vollkommen über sie erhaben.

»Du hättest gern, dass ich ihn umlege, nicht wahr?«, sagt er voller Selbstgefälligkeit. »Ich könnte das wirklich ohne Weiteres tun, letzten Endes hat er dich beleidigt. Aber wäre das gut für meinen Roman? Es wäre auf jeden Fall tatsächlich passiert, weshalb ich es irgendwie einflechten müsste, so ist es doch, Bordaberri, nicht wahr? Hm, gar nicht mal so schlecht … Du kratzt ab, und ich schreibe unseren Roman ganz allein zu Ende. Lass mich mal überlegen …« Nachdenklich reibt er sich das Kinn, und plötzlich leuchten seine

Augen auf. »Ich hab's! Ich könnte einfach schreiben, dass die Pistole des zweiten Ermittlers plötzlich losging und dich fatalerweise traf. Das gibt noch ein paar Seiten mehr und folglich mehr Spannung. Und einem Krimi ist eine zweite Leiche noch nie schlecht bekommen.«

»Ein Ermittler, der die unmittelbare Konkurrenz erschießt? Wirklich sehr originell.«

Höhnisch lache ich auf. Oder ist es Galgenhumor?

»Sam Esparta wird nicht durch eine Kugel sterben, sondern an einem Herzinfarkt, ausgelöst vom Wechselbad der Gefühle: Erst beschuldigt er voller Elan einen völlig Falschen – und dann muss er sich seinen Irrtum eingestehen. Das ist einfach zu viel der Anspannung für einen so schwachen Charakter.«

»Du willst also das Blaue vom Himmel herunterlügen. Dir ist schon klar, dass du dir damit deinen ganzen realistischen Roman versaust?«

»Vergiss nicht, dass ich auch noch Dichter bin und mir dichterische Freiheiten erlauben kann: Ich würde deinen Tod einfach in kunstvoll gedrechselte Verse kleiden, vielleicht in Jamben …«

Damit hat er die Geduld seines Lehrmeisters nun aber echt ausgereizt: Wütend hebe ich die schwere Kette so hoch, wie ich nur kann.

»*Das* ist das wahre Ende des Romans, verflucht noch mal!«

»Bring ihn endlich um!«, schreit Eladio Altube mit heiserer Stimme.

Der Einzige, der gelassen bleibt, ist das Blauhemd. Mit einem süffisanten Lächeln sieht er mich an.

»Und überhaupt, Bordaberri, wie bist du für diese Situation hier eigentlich gerüstet? Du bist doch so wehrlos wie ein Täubchen! Erstens steht hier Aussage gegen Aussage. Ein ernst zu nehmender Ermittler würde niemals eine so schwere Anklage in den Raum stellen, ohne Beweise zu haben. Wo sind sie? Zeig mir einen einzigen, und ich schlage bei den Verlagen in Burgos eine Bresche für deinen Roman. Und zweitens: Selbst wenn du diese Beweise wie durch ein Wunder erbringen könntest, wie würdest du den Täter überwältigen? Mit bloßen Händen? Neben dir ist Eladio ein wahrer Athlet und noch dazu nicht fußlahm.«

»Genau, du Arschloch, liefere erst mal einen Beweis für deine infame Behauptung!«, brüllt Eladio Altube hinter ihm.

Die Kette ist mir schon lange zu schwer geworden, weshalb ich sie vorhin gleich wieder auf den Tisch gelegt habe. Ist sie der stichhaltige Beweis? Oder ist sie nur ein Indiz? Es braucht mindestens drei davon, um als Beweis zu gelten.

»Und was machst du, wenn bei deiner Ermittlung die Spuren doch alle zu Eladio führen, wie dies unweigerlich eintreten wird?«

O Gott, was für hohle Phrasen. Jetzt zeigt sich, dass ich aus weicherem Holz geschnitzt bin als sie.

Spöttisch klopft Luciano mir auf die Schulter.

»Nimm's nicht so schwer, Bordaberri, ich werde dir ein würdiger Nachfolger sein. Es wird den Krimi geben, das versprech ich dir, und du wirst darin einen Ehrenplatz haben, wenn auch als Leiche.«

»Dem hast du es aber gezeigt!« Eladio Altube ist wie ausgewechselt und schlägt sich lachend auf die Schenkel. »Der Hurensohn hat keinen einzigen Beweis – weil er gar keinen haben *kann*! Und da ich selbst an den Felsen gekettet war, bin ich über jeden Verdacht erhaben. Ich habe eine blütenreine Weste!«

Nervös raufe ich mir die Haare. O Gott, ich brauche Zeit, um aus den Indizien einen Beweis zu drechseln. Da zeichnet sich auf einmal im Türrahmen eine stumme Gestalt ab.

Kurz bin ich irritiert, bis ich Bidane erkenne. Wie ist sie hereingekommen? Blöde Frage, es ist ihr Haus, sie hat natürlich einen Schlüssel. Aber was macht sie hier? Ich habe den beiden Frauen doch befohlen, dass sie ... Was zum Teufel machen die beiden hier? Hinter Bidane steht nämlich plötzlich auch Koldobike. Sie müssen wie Gespenster durch den Flur geschwebt sein, denn wir haben in der guten Stube nichts gehört.

»Ich habe den Beweis«, erklärt Bidane, ihre Stimme ist nur leider viel zu leise und ängstlich für diesen Knüller.

»Ja, sie hat den Beweis!«, versichert Koldobike deshalb noch einmal laut und alles andere als verzagt. »Und ich finde, sie ist eine sehr mutige Frau.«

Gebannt starren wir alle Bidane an. Hinter ihr steht beschützend Koldobike, die mich mit einem Gesicht ansieht, das mir eindeutig zu verstehen gibt: Pass auf, gleich geht die Bombe hoch.

In der guten Stube ist es totenstill.

»Er soll mit den Ohren wackeln«, sagt die Hausherrin. »Sagt ihm, er soll mit den Ohren wackeln.«

Den Satz hätte man für einen Witz halten können, hätte Eladios Gesicht nicht plötzlich alle Farbe verloren.

»Na los, warum wackelst du nicht mit den Ohren, wenn du der bist, der du zu sein behauptest?« Die Frau ist zwei Schritte vor ihrem Mann stehen geblieben. Sie wirkt völlig ruhig. »Wenn du es nicht tust, werden unsere Besucher denken, du bist Leonardo. Er konnte es nämlich nicht, erinnerst du dich?«

Was redet sie da für einen Unsinn? ... Da auf einmal blitzt in mir der tiefe Sinn ihrer Worte auf. Leonardo? Unglaublich! Die Zwillinge, der tote und der lebendige, das großartige Alibi – und der Zwilling vor uns kann nicht mit den Ohren wackeln, wie seine schreckensweit aufgerissenen Augen offenbaren. Also ist er der andere. Und der Ertrunkene er. Nicht zu fassen!

Eladios Ohrenwackeln: Nicht viele von uns haben es jemals gesehen, wohl aber davon gehört: Er musste nur ein paar Gesichtsmuskeln anspannen, und schon wedelte er mit den Ohren, als wären es zwei Fächer. Dies zu überprüfen, wäre die ganzen zehn Jahre möglich gewesen. Warum haben wir es nie getan? Weil niemand auf die Idee kam, dass dieser Eladio nicht der echte Eladio ist!

Eladio – ihn Leonardo zu nennen, bringe ich allerdings noch nicht fertig, nicht nur, weil das zu verdauen seine Zeit braucht, sondern weil es am Ende eines Romans immer noch einen Rest Zweifel geben muss – rudert in diesem Moment wild mit den Armen, ja er scheint allen Muskeln seines Körpers befohlen zu haben, sich zu bewegen, sodass er plötzlich in unserer Mitte steht und einen nach dem anderen voller Pathos anblickt, so als wolle er sein Publikum um seine geneigte Aufmerksamkeit bitten, wenn seine Ohren sich gleich in Bewegung setzen würden. Er verfolgt dieses Ziel mit so irrwitziger Entschlossenheit, dass es ihn plötzlich wie bei einem Stromschlag von den Füßen bis hoch zu den Ohren durchzuckt – ohne dass diese aus ihrer Trägheit erwachen. Der echte Eladio hatte für sein Kunststückchen sicher keinen solchen Aufwand betrieben.

Ist das der Beweis? Ja, ein Richter würde ihn bestimmt gelten lassen. Allerdings wäre die Kette weitaus entscheidender. Ich sehe den Falangisten an, vermag aber seine Gedanken hinter den flackernden Augen nicht zu erraten. Das Einzige, was an dem Zwilling jetzt noch lebendig wirkt, ist das schnaufende Auf und Ab seines Brustkorbs. Wenn ich jetzt schreiben würde, dass er und Bidane sich ansehen, dann wäre das viel zu schwach ausgedrückt. Was für ein schauriger Blickwechsel! Wie haben sie die ganzen zehn Jahre miteinander gelebt? Wer hat hier wen getäuscht? Wer sich täuschen lassen? Oder war dieser Zwilling hier gar Bidanes erster Verlobter, und sie haben gemeinsam den Tod des anderen Zwillings geplant, sodass die Frau von Anfang an Mitwisserin war?

Leider hat mich die Aufgewühltheit des Moments angesteckt, die Wirklichkeit müsste ich eigentlich viel klarer und besonnener beschreiben. Beobachten wir zum Beispiel diese Frau, wie sie den Mann in die Knie zwingt, mit dem sie so viele Jahre Tisch und Bett geteilt hat. Aus ihrer stoischen Gelassenheit lässt sich schließen, dass sie ihn gerade eine alte Schuld sühnen lässt. Wer weiß, wie lange sie schon darum weiß. Irgendwann muss sie ihn einmal gebeten haben, mit den Ohren zu wackeln – Aus einer Laune heraus? Oder weil sie den Betrug ahnte? Konnte selbst sie die beiden nicht auseinanderhalten? –, und er war dazu nicht imstande gewesen.

Die Szene ist so aufgeladen, dass das tierische Knurren des Mörders wie ein Peitschenhieb klingt: »Bring die Pappnase endlich um, Luciano!«

Kaum ausgesprochen, stürzt sich Eladio auf Bidane und beginnt sie mit seinen Pranken zu würgen. Sie wehrt sich wie ein wild gewordenes Tier, Koldobike schlägt mit Fäusten auf den Mann ein, der immer weiter zudrückt, ich will ebenfalls eingreifen – da stellt sich mir das Blauhemd in den Weg und drückt mir seine Pistole in die Nieren.

»Bring ihn um!«, brüllt der Zwilling wieder.

»Er bringt Bidane um!«, schreie ich in der törichten Hoffnung, das Herz eines Falangisten zu erweichen, der schon viele zu viele Menschen auf dem Gewissen hat.

Doch Luciano wiegt nur den Kopf und sieht mich durchdringend an, so als wollte er mir sagen: Tut mir leid, Buchhändler, dein letztes Stündlein hat geschlagen, die Geschichte hat sich nun einmal so entwickelt.

»Diese Szene ist weitaus schwieriger zu schreiben, als ich gedacht habe.«

Jäh sind meine Nieren erlöst von dem Druck, als das Blauhemd hinter den Rücken des tobenden Zwillings tritt. Für einen Augenblick ruht der Pistolenlauf unbemerkt auf dessen Nacken, dann ein Schuss, und in der guten Stube wird es schlagartig dunkel. Markenzeichen eines guten Romans.

Epilog

Er war nur ein Toter mehr: Die Hampelmänner des Regimes bogen es so hin, dass Luciano nicht verurteilt wurde, mit der hinlänglich bekannten Begründung, es sei doch überhaupt nichts passiert.

Ich selbst hätte auch lieber mit der Wahrheit hinter dem Berg gehalten, diesem Spiel mit den Identitäten, von dem neben Bidane nur wir drei – Koldobike, das Blauhemd und ich – wissen sollten. Gegen diesen ersten Impuls lehnte sich jedoch eine Wirklichkeit auf, die sich nicht mehr unterdrücken ließ: das Eigenleben meines Kriminalromans. Man musste mit dem Schlimmsten rechnen: dass er veröffentlicht würde und so alles ans Licht käme. Sicher war es von ihm nicht sonderlich edelmütig, sich zum Schiedsrichter zu erheben, ob die Wahrheit ans Licht kam oder nicht. Hätte Bidane sich für seine Zensur entschieden, oder war es ihr egal, ob man sie nach der Lektüre in Getxo für dumm, wenn nicht gar noch Schlimmeres hielt? Er ließ ihr nicht die Wahl.

Leonardos Leiche wurde seinen Eltern mit dem richtigen Namen übergeben. Auf Roque Altubes Bitte hin hatte man seinerzeit auf dem Friedhof in La Galea neben dem Grab des ersten Zwillings Platz für den zweiten gelassen, da der

Vater sie im Tod beisammen wissen wollte. Kurz vor der Beerdigung ging Bidane zu Roque Altube und bat darum, Leonardo an einem anderen Platz auf dem Friedhof zu begraben, was der Vater gut verstand, denn das Ganze war auch für ihn wie ein schrecklich schlechter Traum. Danach ging sie zum Leichenbestatter und erklärte ihm ohne Umschweife, dass sie selbst neben Eladio begraben werden wolle, wenn ihre letzte Stunde gekommen sei, wohl um sich so für die zehn Jahre ungewollter Trennung schadlos zu halten.

Tage später schlug Koldobike mir einen Spaziergang nach Zumalabena vor.

»Wozu?«

»Ein bisschen Gesellschaft wird ihr guttun.«

»Gesellschaft?«

Aber meine Sekretärin hatte mal wieder recht: Auch mir fehlte noch so etwas wie ein Schlusswort. Nichts immens Wichtiges, das alles noch mal infrage stellte, nein, aber … Bidane und Leonardo Altube: Wie war das eigentlich zwischen ihnen gewesen? Und zu welchem Zeitpunkt ihrer Ehe merkte sie, dass sie mit dem Falschen verheiratet war?

Niemand hat das Recht, in anderer Leute Privatsphäre herumzuschnüffeln, egal, was für eine krankhafte Faszination das auf einen ausübt. Trotzdem machten Koldobike und ich uns auf den Weg zu ihr, aus Mitgefühl, wie wir uns einredeten, und weil wir insgeheim wissen wollten, warum sie uns mit solcher Selbstverständlichkeit benutzt hatte.

»Sie hatte begriffen, dass eine Ehefrau ihren Mann nicht einfach so des Mordes überführen kann, und deshalb hat sie uns diese Aufgabe zugeschoben«, sagte ich zu Koldobike. »Sie ließ uns glauben, dass er vom Mörder seines Bruders bedroht wurde – dabei war sie die Bedrohung! Sie hat uns zum Versteck der Kette geführt und es mit ihrer Geschichte vom baskischen Geld geschickt eingefädelt, dass wir das

Sakrileg begingen, sie unter dem Sessel hervorzuholen. Ein paar Sekunden zuvor hatte sie beschlossen, sich nicht länger zu verstellen …«

Dann kamen mir wieder ein paar der erlebten Szenen in den Sinn, die ich im Stillen noch einmal Revue passieren ließ, bis mich Koldobike fragte, woran ich gerade dachte.

»Du hast mehr mit Bidane geredet als ich, aber soweit ich mich erinnern kann, kam nie ein ›Eladio‹ über ihre Lippen, immer nur ›mein Mann‹. Seit wann wusste sie von dem Betrug? Wie lange waren sie da schon verheiratet? Haben wir beide es wirklich nicht verdient, Näheres darüber zu erfahren?«

Wurden wir erwartet? Es schien fast so, denn vor der schweren Haustür standen drei Stühle aus der guten Stube. Bidane hatte uns also nicht nur erwartet, sondern lud uns sogar zu einem zwanglosen Schwätzchen ein, ein Privileg, das wir mit allem, was es bedeutete, durchaus zu schätzen wussten.

Jeder von uns hatte wohl Angst vor den ersten Worten, weshalb wir uns nur leise murmelnd begrüßten. Die Stühle standen im Dreieck, und so setzen wir uns auch, das Fehlen eines Tischs in der Mitte sollte gewiss einen vertraulichen Umgang fördern.

»Ich konnte mit dem Doppel leben«, brach Bidane nach einer halben Ewigkeit das Schweigen. Lächelte sie etwa? Ja, auch wenn ihre Augen uns verrieten, dass ihr innerer Kampf noch lange nicht ausgefochten war. »Als ich Leonardo das Jawort gab, wusste ich bereits, dass er nicht Eladio war, aber ich wusste auch, dass ich niemals einen Mann finden würde, der ihm ähnlicher wäre. Das klingt jetzt vielleicht banal, aber so habe ich es nun mal empfunden. Ich habe ihn aus Liebe geheiratet, aus Liebe zu Eladio. Denn Eladio hätte es gutgeheißen, dass Leonardo seine Stelle einnahm, mein Verlobter und später mein Ehemann würde; irgendwann hatten wir einmal darüber geredet, was ich tun sollte, falls ihm etwas zustoßen würde. Und außerdem war Leonardo ebenfalls unsterblich in mich verliebt, ja, auch er liebte mich, die Liebe stand über allem. Und so forderte ich das Schicksal heraus, wollte das Unmögliche wieder möglich machen. Ich wusste einfach nicht, wie ich meinen Schmerz sonst …«

Ihre Sätze waren viel zu geschliffen, um nicht aus jahrelangen Überlegungen hervorgegangen zu sein, getragen von der Hoffnung, sich die Zeit, die diese Notlösung dauern würde, schönzufärben oder zumindest erträglich zu machen. Sicher hatte sie es sich die ganzen zehn Jahre immer wieder vorgesagt: »Die Liebe stand über allem.« Und wenn man Bidane so sah, wollte man ihr das auch ohne Weiteres glauben.

Koldobike und ich hatten bis dahin noch kein Wort gesagt, sodass ich nun meinen ganzen Mut zusammennahm und sie fragte, was ihrer Meinung nach den Ausschlag gegeben hatte, den Bruder umzubringen: die Aussicht, alleiniger Besitzer des gesamten Vermögens zu werden? Oder … die Liebe? Ich selbst hatte nicht den geringsten Zweifel.

»Sie waren Brüder und Geschäftspartner, sie glichen einander wie ein Ei dem anderen, und womöglich waren sie gar nicht so reich, wie die Leute glaubten, nicht einmal ich als Ehefrau wusste, wie viel Geld sie wirklich hatten. Aber egal, ob es nun viel war oder wenig, sie konnten sich nur gemeinsam daran erfreuen, getrennt voneinander waren sie dazu nicht fähig, der eine so wenig wie der andere. Sie waren nicht zwei Personen, sie bildeten eine Einheit.«

»Eine Einheit, die dieselbe Frau liebte«, warf Koldobike ein.

»Ja, ich war das Einzige, was sie im Leben nicht teilen konnten.« Bidane nickte, wobei ihr eine blonde Strähne über die Augen fiel, versunken in ihre Erinnerungen bemerkte sie es nicht einmal. »Ja, ich wusste, wen ich heiratete, aber ein Jahr davor ließ ich mich für ein paar Stunden täuschen. Und diese Stunden waren später entscheidend. In eine Wolldecke gehüllt, saß er am Feuer in der Küche, als ich in jenen schrecklichen Morgenstunden zu ihm kam. Als ich ihn fragte, was passiert sei, schluchzte er nur immer in einem fort: ›Er ist … er ist neben mir ertrunken … und ich konnte nichts für ihn tun.‹ Etwas anderes war nicht aus ihm herauszukriegen. Und da dachte ich, dass wenn mein Verlobter von einem sprach, der neben ihm ertrunken war, der Ertrunkene Leonardo sein musste. Der Arme zitterte am ganzen Körper und weinte so bitterlich, dass ich mich vor ihn kniete, ihn umarmte und ihn küsste … Als ich später dann herausfand, dass er nicht Eladio war und meinen Verlobten sogar umgebracht hatte, fragte ich mich schon, ob diese Tränen echt gewesen waren. Aber warum hätten sie es auch nicht sein sollen? Zwar hatte er seinen Bruder auf dem Gewissen, aber er hatte ihn doch auch geliebt! … Jedenfalls hatte ich meinen Eladio noch nie so geliebt wie in jenen Stunden, bevor ich begriff, dass er tot war. Ich drückte ihn an mich, küsste ihn leidenschaftlich, unzählige Male, sodass der arme Etxe schon gar nicht mehr wusste, wo er noch hinschauen sollte. Irgendwann musste ich dann aber zurück nach Zumalabena zum Melken, und nachdem ich mit dem Milchaustragen fertig war, legte ich mich nach der Aufregung eine Weile hin. Ich lag noch keine zehn Minuten, als ich hochschreckte und schrie: ›Es ist gar nicht Eladio!‹«

»Die Ohren«, sagte Koldobike.

»Nein. Die Küsse. Im Halbschlaf hatte mich mein Unterbewusstsein an Eladios Küsse erinnert, die so ganz anders waren als die Küsse an jenem Morgen, und da fiel es mir wie Schuppen von den Augen. Ich rannte nach Berango, aber die Tür war verschlossen. Fast täglich lief ich danach zum Hof der Zwillinge, aber er streckte nur immer halb den Kopf aus der Dachkammerluke und nuschelte irgendwas vor sich hin. So verging ein ganzes Jahr, bis er sich eines Tages wohl einredete, dass ich mich jetzt sicher nicht mehr an Eladios Aussehen erinnern könnte, und deshalb kam er dann zu mir und sprach von Hochzeit.«

Sie hielt inne, wohl weil sie eine Atempause brauchte, sicher aber auch, um von unseren Gesichtern abzulesen, wie wir das mit der Hochzeit aufgenommen hatten. Für sie muss ihr Jawort einen Sinn ergeben haben, doch ihre Entscheidung für Leonardo war nun zum ersten Mal der öffentlichen Moral ausgesetzt, und sie musste für ihr weiteres Leben wissen, wie man über eine Frau dachte, die aus Liebe zu einem Mann einen anderen geheiratet hatte.

Ich suchte Blickkontakt zu Koldobike, um ihr zu signalisieren, dass sie jetzt bloß nichts sagen sollte, doch sie sah sowieso schon schweigend zu Boden. Bidane hatte sich so entschieden, um den tiefen Schmerz über den Verlust des Geliebten irgendwie zu verwinden: Ein Urteil über sie stand uns wirklich nicht zu.

»Es waren diese sechs Stunden, die zwischen unseren Küssen in der Küche und meinem Schreckensschrei lagen«, fuhr Bidane schließlich leise fort, »in diesen sechs Stunden war mir Eladio so nah gewesen wie nie zuvor, obwohl ich Leonardo geküsst hatte, und dieses Gefühl der Verbundenheit und des grenzenlosen Glücks wollte ich nie wieder hergeben, niemals! In diesen sechs Stunden schloss ich die Augen vor der Realität. Ich bin mir sicher, dass der Allmächtige mir diese Stunden geschenkt hat, um mir Eladios Verlust erträglich zu machen, und ihm verdanke ich auch die folgenden acht Jahre ohne Trauer und Leid.«

Wieder breitete sich Stille aus.

»Acht Jahre?«, fragte Koldobike schließlich leise.

Ja, acht Jahre, die Illusion hielt nicht zehn, sondern nur acht.

»Vor etwa zwei Jahren kam es ans Licht, dass ich Bescheid wusste, dass ich wusste, was tatsächlich in jener Nacht am Strand geschehen war. ›Was wirst du jetzt tun?‹, fragte er mich. ›Wirst du mit der Geschichte zur Polizei gehen?‹ Ich versicherte ihm, dass ich nichts dergleichen tun würde, und er glaubte mir, denn die Monate vergingen, und ich hielt den Mund. Warum sollte ich ihn auch verraten, ich hatte von Anfang an geschwiegen. Doch dann erschienst du, Samuel Esparta, und mit Leonardos Ruhe war es vorbei.«

»Aber wie kam er dahinter, dass du alles wusstest?«, fragte Koldobike.

»Eines Abends rief ich ihn, weil er mir irgendwas vom Dachboden holen sollte, doch er reagierte nicht darauf, sodass ich ihn danach völlig gedankenlos an beiden Ohren packte, sie lang zog und dabei brüllte, er solle mal wieder gehörig mit den Ohren wackeln, da er anscheinend jede Menge Bohnen drin hätte. Wenn Blicke töten könnten, sage ich euch! Doch ich hielt ihm stand, und *mein* Blick sagte ihm dann mehr als tausend Worte. Auf so bescheuerte Weise erfuhr er, dass ich Bescheid wusste ... Und als du, Samuel Esparta, dann das Ganze schonungslos aufzudecken begannst, wurde er nervös, stahl die Kette und versteckte sie unter dem alten Sessel, und wer weiß, ob er mich damit nicht ebenfalls an Apraiz' Felsen ketten und umbringen wollte, war ich doch der einzige Mensch auf der Welt, der sein schreckliches Geheimnis kannte und dich auf die richtige Spur bringen konnte. Irgendwie hätte er mich in allernächster Zeit jedenfalls aus dem Weg geräumt, da bin ich mir sicher.«

Da konnte ich mich nicht mehr länger zurückhalten: Es brach aus mir heraus, dass das doch alles sicher von ihr oder irgendeinem Möchtegernautor erfunden sei.

»Erfunden?« Bidane schüttelte vehement den Kopf. »Ihr kennt doch das Sprichwort: Ein gutes Gewissen ist ein sanftes Ruhekissen. Wenn aber ein Mann sich Nacht für Nacht stöhnend hin und her wälzt und eine Ehefrau ihn im Schlaf reden hört … Irgendwann hatte ich keine andere Wahl mehr, als mir zu überlegen, wie ich die Wahrheit ans Licht bringen könnte. Und so wurde ich zu einer Gefahr für ihn. Diese Rolle war für mich allerdings eine einzige Qual. Mal wollte ich alles verraten, mal wieder nicht. Ich wollte, dass seine Schandtat herauskommt, er aber nicht erfährt, wer ihn ans Messer geliefert hat. Darum habe ich euch zu Hilfe geholt.« Sie seufzte tief. »Zum Glück ist der Albtraum jetzt vorbei.«

Als könnte sie meine Gedanken lesen, stand Koldobike auf und reichte Bidane zum Abschied voller Mitgefühl die Hand.

Ein paar Schritte hatten wir uns schon von dem Hof entfernt, als sie uns noch etwas hinterherrief:

»Trotz allem hat er mich geliebt! So sehr, dass er für mich sogar seinen Zwillingsbruder getötet hat!«

Doch wir drehten uns nicht mehr um.

Als ich die letzte Seite aus meiner Underwood ziehe, kommt Koldobike zu mir und drückt mir wortlos eine kleine Schachtel in die Hand. Neugierig öffne ich sie – und strahle augenblicklich übers ganze Gesicht. Endlich, meine Visitenkarten:

SAMUEL ESPARTA
Privatdetektiv

Buchhandlung Beltza
Avenida del Ejército, 8
Algorta/Getxo

Andächtig nehme ich eine heraus, und während ich sie gedankenverloren betrachte, ist mir, als höre ich die spöttische Stimme meiner Sekretärin:

»Soll ich dir was sagen, Sam? Du …«

Alles Weitere bekomme ich nicht mehr mit, denn ich bin mit meinen Gedanken bereits bei neuen, ungeahnten Abenteuern, zu denen mich diese Visitenkarte bestimmt führen wird.